U0091112

古典文學研究輯刊

二九編

第15冊

佛教文學視域中的楚石梵琦詩歌研究（上）

齊勝利 著

國家圖書館出版品預行編目資料

佛教文學視域中的楚石梵琦詩歌研究（上）／齊勝利 著 --
初版 -- 新北市：花木蘭文化事業有限公司，2024〔民 113〕
序 4+ 目 4+176 面；19×26 公分
（古典文學研究輯刊 二九編；第 15 冊）
ISBN 978-626-344-565-9（精裝）
1.CST：（元）釋梵琦 2.CST：佛教傳記 3.CST：詩歌
4.CST：佛教文學
820.8 112022462

ISBN-978-626-344-565-9

古典文學研究輯刊
二九編 第十五冊 ISBN：978-626-344-565-9

佛教文學視域中的楚石梵琦詩歌研究（上）

作　　者 齊勝利
總 編 輯 杜潔祥
副總編輯 楊嘉樂
編輯主任 許郁翎
編　　輯 潘玟靜、蔡正宣 美術編輯 陳逸婷
出　　版 花木蘭文化事業有限公司
發 行 人 高小娟
聯絡地址 235 新北市中和區中安街七二號十三樓
電話：02-2923-1455／傳真：02-2923-1452
網　　址 http://www.huamulan.tw 信箱 service@huamulans.com
印　　刷 普羅文化出版廣告事業
初　　版 2024 年 3 月
定　　價 二九編 21 冊（精裝）新台幣 56,000 元

佛教文學視域中的楚石梵琦詩歌研究（上）

齊勝利 著

作者簡介

齊勝利，1993 年生，男，甘肅慶陽人。曾服役於原武警陝西消防總隊某特勤中隊。福建師範大學博士生，研習方向為宗教文化與中國文學。碩士就讀於浙江師範大學，師從崔小敬先生。於《華林國際佛學學刊》發表《縱橫三教、鸎鳴日韓——楚石梵琦行跡與交遊考略》，在《法音》發表《論唐代天台三聖對元代禪林的影響——以語錄及禪畫為考察中心》，在《陰山學刊》發表《論佛教對林逋及其詩歌創作的影響》，《楚石的北遊之旅研究》刊於《普陀學刊》（第十七輯）。《詩意盎然的楚石語錄》一文曾提交於上海外國語大學文學研究院宗教與文學研究中心 2022 年 11 月舉行的「故事的旅行：中古敘事文學研討會」。

提　　要

元明之際的臨濟宗高僧楚石梵琦被譽為「國初第一等宗師」，他禪淨雙修，而最終歸心蓮宗。在元代禪林紹承宋代文字禪流風餘韻的背景下，楚石梵琦修行的重要方式自然是以筆硯做佛事。楚石梵琦在不同修行階段創作出主題各異的佛教詩歌：求法時期，楚石北遊大都、上都，寫出記錄開悟歷程與兩都風物之《北遊詩》。主持寺院時期，楚石禪師因機施教，弟子們記錄了他那縱橫恣肆又詩意盎然的說法語錄。歸隱西齋至入明時期，楚石梵琦首次全篇賡和天台三聖詩，成為後世禪宗重要寫作傳統之一；同時，楚石梵琦專注修行淨土，他在筆端又將西方極樂世界之莊嚴殊勝詩化呈現；在此期間，楚石梵琦又專力和陶，成為釋子中惟一和陶且和詩能被結集刊刻的僧人。本書擬針對楚石梵琦的高僧身份，運用近年來學者在佛教文學研究中的新觀念與新成果對楚石大師現存詩集逐一探討，從而闡發其詩歌之佛教文化意蘊。

「元明之際的著名禪僧楚石梵琦及其詩歌創作是中國宗教文學史研究中不可忽略的內容，近年來引起學界的不少關注，尤其他的《西齋淨土詩》和《北遊詩》，其中不乏從佛教視角進行解讀者，但較之楚石梵琦現存的大量作品而言，相關的研究還顯得薄弱，故此，無論從佛教文學的角度還是從一般文學史的角度而言，本文的選題都適當和頗具學術價值的。這篇論文的精彩之處頗多，如將楚石梵琦的詩歌創作置於「天台三聖」的詩歌文化傳統與生態中進行分析解讀；又如將《西齋淨土詩》的解讀與楚石梵琦的修行和豐富的佛學思想相結合，從中解讀其藝術特色和主要內容；尤其論文對大量文獻的熟稔和分析，顯示了作者紮實的文獻基礎和駕馭、運用文獻解決問題的學術能力。整體而言，這篇論文結構合理，論證嚴謹，語言流暢、運用準確，引文規範，是一篇優秀的碩士學位論文」。——某論文盲審專家評語

序

崔小敬

說實話，這還是我人生中第一次以導師的身份給學生寫序。這得感謝勝利同學，以他的天份、勤奮和不懈的努力，在不到三年的碩士學習中，初次接觸佛教這樣一個廣博深邃的領域，就能取得如此不匪的成績，我很是為他驕傲。

複試時就發現勝利大學期間參軍過，考研時以「士兵計劃」的名義特招。而我因為做了二三十年軍屬，對軍隊裏出來的人自然也多了一份香火情。而勝利來自甘肅慶陽，一個我以前幾乎沒怎麼聽說過的縣城。但因我從前有一個博士師弟就是甘肅蘭州人，所以整體上我對甘肅人印象很好，對我這種評價人物常不免限入「地圖炮」、感性大於理性的人，對勝利的第一印象是很不錯的。當然，這是我們的師生「名分」確定之後的事情了，因為本校的碩士生與導師是實行雙向選擇的。總而言之，與勝利的緣分可以說是陰差陽錯，又情理之中。從入學成績上來說並不很突出的勝利在入學之後就埋頭於各種佛教書目中，一面苦讀，一面練筆，不斷給我發來他自己寫的各種論文。觀點雖然稚嫩，路子還算成熟，文筆則顯得累贅粗疏，還特愛用好幾行都不斷句的長句子，經常會出現我反覆讀了幾遍，最終也不能明確他真正究竟想表達的是哪一層意思。一方面我驚訝於他的勤奮和努力，另一方面一開始我還是頗有「微詞」的，我覺得他嘗試動手寫論文有點太早，積累得還遠遠不夠，有點沒走穩就想學跑的感覺。我曾經把勝利叫來狠狠地批評過，甚至還要求他把現代漢語的語法之類的課程再自修一遍，不要求他語言多美，至少要寫出能正確明白地表達自己想法的句子。勝利虛心聽從，也四處嘗試投稿。當然，後來事實證明勝利的做法是對的，現在這個時代已經不同於我當年讀碩士的九十年代了，碩士生已經開始有各種各樣的管理條例、各種各樣的評優評獎，還有各種各樣要參加的活動，面對這種新的形勢，學生必須做出改變。據我所知，在碩士學習過程中，勝利就曾經獲得過學業一等獎學金，也算對得起他自己的努力。

回顧一下勝利論文寫作的過程，坦率說來，其實並不怎麼順利。我一開始是不太同意他選擇楚石梵琦做研究的，在我看來，楚石梵琦雖然在教內有宗師之稱，但在文學上並沒有什麼標炳史冊的特殊成就。我二十年前做博士論文「寒山研究」的時候也簡單瞭解過梵石梵琦的《和天台三聖詩》，雖然教內讚譽頗多，但在我一個專業研究文學的讀者看來無甚特色。現在我得為自己這種囿於傳統僧詩研究，而不考慮僧詩創作主體是「僧」、乃修行之人的主體特殊性而表示慚愧。不太同意這個選題的另一個原因是楚石梵琦的著作較多而現代整理校注本較少，且有不少佚作正在陸續發現整理中。沒有好的校注本，對勝利本人的文獻功底又是一個考驗。當然，後來經過幾番討論，我們最終還是確定下了這個選題。我本來建議勝利可以只寫詩文部分，這還是傳統文學的範圍，但勝利認為楚石梵琦的那些不怎麼為人注意的詩讚、偈頌、語錄等涉佛文體更有價值與特色，立志要做最難的挑戰，我為他捏了一把汗。在寫作過程中，整個論文的研究框架幾經改動、調整，在面臨定稿的時候又幾乎整個再調整了一次。現在呈現在各位面前的論文當然也還遠遠談不上成熟，只能說這是勝利學術生涯中走出的蹣跚的第一步。

整個論文中最值得肯定的是勝利嘗試採用了目前宗教界和文學界還算剛剛興起的「宗教文學（佛教文學）」建構的新視野和路徑，這一方面極有成就的研究者自然是武漢大學的吳光正先生。我與吳先生有幾面之緣，對他的學問深表欽敬。這一點勝利在緒論中也已經講得比較詳細了，我不再贅述。我想談的是我自己的一點閱讀感受，嘗試用勝利提出的新視角，我再看原先覺得「無甚特色」的《和天台三聖詩》，竟然也看出了一些「別有一番天地」的感覺。如服勝利在論文這樣評論：「楚石梵琦在其禪理詩中對自性的認知、對生死的超脫、對修行的思考是極為深刻的，甚至有對宇宙生成的思考，如其《天地一鴻爐》詩……可以看見老聃在此重視的是現象界生命的生生不息，而楚石梵琦是透過現象界來叩問宇宙終極的本體為何」，這種結合了楚石梵琦個人修行實踐的評價就勝過僅從文學手法或技巧角度入手的傳統「僧詩」研究。再如「楚石梵琦作為一位胸懷天下、慈憫眾生的漢傳佛教詩人，他在詩中強烈地表現出繼承古佛英風、振興佛教的自覺性與大乘佛教淑世善生的兼濟性。楚石梵琦勸導詩中表現出繼承古德風範的詩歌茲引之如下：……在元代佛教風氣敗壞的現實面前，楚石梵琦在詩中對比今昔佛教人物天壤之別的行為痛心萬分。他目睹開創唯識宗的無著所著的《攝大乘論》《集論》與其弟世親（即天親）所著的《俱舍論》《莊嚴論釋》《攝大乘釋》《十地論》《唯識三十論》等佛教經典蒙塵，心中發問末法時期又有誰能弘揚佛法呢？禪宗祖師的不立文字的佛心無人能知，其師元叟行端法筵龍象盛集的叢林氣象已蕩然無存。有鑑於此，楚石梵琦自己梵行殫苦、修建佛寺雁塔，也勸勉僧眾『只談心地法，堪繼嶺南能(《不失沙門樣》)』，振興佛教。」也是結合楚石梵琦的修行實踐來評論其詩特性的例子。

總之，勝利同學作為一名碩士生，能運用剛剛興起的一種理論和方法來探究楚石梵琦這樣一位宗門大德，還是難能可貴的，這種嘗試很有價值。當然，論文中肯定也還存在一些問題，在提交出版社之前勝利給我看最後定稿，我對他的語言表述其實還是不怎麼滿意的，但我覺得已經能表達清楚他的意思了，文如其人，或許勝利其人正如他的語言那樣樸實、踏實吧。我尊重他的行文習慣，故而不加任何改動。

我本人學識淺薄，根機遲鈍，所幸勝利已被錄取為福建師大李小榮先生門下博士，擬跟隨其師深入敦煌學領域，將來回到家鄉，為敦煌文化建設發光發熱！相信勝利同學在名師門下定會取得更大成就，在學術之路上百尺竿頭，更進一步！

崔小敬

2023 年 2 月 16 日

目次

上冊

緒　論

一、佛教文學研究的新進展

「若從近現代學術史考察，較早使用『佛教文學』（Buddhist literature）概念者是英人塞繆爾·比爾（Samuel Beal，1825～1889），隨後它便成了東亞文化圈相關研究中最常用的概念之一」。〔註1〕日本學術界在明治以後受歐洲學界佛教文學觀念影響，湧現出較多以佛教文學為研究對象的學者如佐佐木惠璋、和田覺二、芳賀矢一，之後小野玄妙、深浦正文、鈴木暢幸等人皆有更為系統的著作問世。此外，《佛教文學》等刊物亦創刊。但在此階段日本學者的佛教文學內涵僅指佛典文學。〔註2〕在二十世紀六十年代日本學者加地哲定開創性的著作《中國佛教文學》問世，福井康順在該書的序言中提出佛教文學的定義：「佛教文學歷來似乎僅指經典中的譬喻、說話之類的文字。而本書作者認為，那些為數眾多的、為解釋說明教理而把追求形式美作為目的的作品，不能稱之為純粹的佛教文學。真正的佛教文學應當是為揭示或鼓吹教理而有意識地創作的文學作品。」〔註3〕加地哲定本人在此書中認為佛教文學是：「所謂佛教文學，是以佛教精神為內容、有意識地創作的文學作品。可以說佛教和文學本質地存在著不二之立場。更具體地說，佛教文學是描寫從人事跼蹐的塵

〔註1〕李小榮著：《晉唐佛教文學史》，北京：人民出版社，2017年，第23頁。

〔註2〕鄭阿財著：《敦煌佛教文學》，蘭州：甘肅教育出版社，2010年，第9～11頁。李小榮先生在《晉唐佛教文學史》緒論部分對相關內容有十分詳細的論述可參閱。

〔註3〕（日）加地哲定著，劉衛星譯，秦惠彬校：《中國佛教文學》，北京：今日中國出版社，1990年，第1頁。

世中解脫出來的、遊心於大自然和崇高佛教之中並使之淨化和提高的那種心境融合世界的文學。」加地哲定在該書中論述了讚、賦、銘、詩、變文、偈頌、公案等多種佛教文學作品，使得佛教文學的研究對象更加豐富多樣。〔註 4〕

國內佛教與文學的研究在沈曾植、梁啟超、胡適、錢鍾書等前賢的基礎上得到持續地推進（在此期間發生了由佛教與文學向佛教文學的轉變），既有研究佛教文學的論文集編撰，如陳允吉先生主編的《佛經文學研究論集》（復旦大學出版社，2004 年版）、《佛經文學研究論集續編》（復旦大學出版社，2011 年版）等；也有佛教文學史的建構，如孫昌武主編的《中華佛教史．佛教文學卷》（此書 2013 年由山西教育出版社出版，2021 年由中華書局再版時更名為《中華佛教文學史》），李小榮撰寫的《晉唐佛教文學史》（人民出版社，2017 年版），周裕鍇等著《宋元佛教文學史．詩歌卷》（復旦大學出版社，2023 年版）；還有佛教文學研究叢書的編寫，如周裕鍇先生主編的宋代佛教文學叢書〔註 5〕：《法眼與詩心——宋代佛禪語境下的詩學話語建構》《唱道與樂情——宋代禪宗漁父詞研究》《宗風與寶訓——禪宗寫作傳統研究》《近佛與變雅——北宋中後期文人學佛與詩歌流變研究》《指月與話禪——雪竇重顯研究》《僧史與聖傳——〈禪林僧寶傳〉的歷史書寫》，此系列宋代佛教文學叢書推動了宋代的詩文與佛教研究，對於中國佛教文學研究持續推進意義重大；亦有研究敦煌佛教文學的專著，如鄭阿財《敦煌佛教文學》（甘肅教育出版社，2013 年版）、李小榮《敦煌佛教音樂文學》（福建人民出版社，2007 年版）等，其中，鄭氏認為「『佛教文學』則指以佛教思想為精神，以文學類別為載體的文藝創作，包括了僧、俗兩界的作品：僧人作品有僧詩（化俗詩歌、佛曲）、偈頌（修道偈、傳法偈、證道歌等）、語錄……世俗作品則有正統文人的佛教詩歌、駢散文章、以及俗文學裏的講唱變文、靈驗記等等」〔註 6〕；佛教文體學的研究論著也時有可見，如李小榮《漢譯佛典文體及其影響研究》（上海古籍出版社，2010 年版），王麗娜《漢譯佛典偈頌研究》（商務印書館，2016 年版）等；佛教文學比較研究的論著也不斷問世，如侯傳文等著《中印佛教文學比較研究》（中華書局，2018 年版）。

〔註 4〕（日）加地哲定著，劉衛星譯，秦惠彬校：《中國佛教文學》，北京：今日中國出版社，1990 年，第 22 頁。

〔註 5〕周裕鍇：《僧史與聖傳：〈禪林僧寶傳〉的歷史書寫．總序》，北京：中國社會科學出版社，2014 年，第 1 頁。

〔註 6〕鄭阿財著：《敦煌佛教文學》，蘭州：甘肅教育出版社，2010 年，第 15 頁。

就筆者目前所知，還有幾支團隊仍在致力於佛教文學史的編撰，一是普慧教授團隊領軍編寫的《中國佛教文學通史》，已於 2012 年 10 月在西北大學舉行開題會議（普慧主編的《中國佛教文學研究》已經由中華書局 2012 年 1 月出版）。普慧教授認為漢文佛教文學由漢譯佛典文學、中國僧尼文學、世俗文人崇佛文學以及華夏民間佛教信仰文學四部分構成，這種界定使得中國佛教文學的內涵既全面又清晰。〔註 7〕二是武漢大學吳光正教授率領團隊正在著手編寫的《中國宗教文學史》，共 12 卷 25 冊，其編寫理念為從宗教實踐的角度界定宗教文學的內涵與外延，把握中國宗教文學的精神內涵與詩學特徵。吳光正先生主編的《中國宗教文學史編撰研討會論文集》（北方文藝出版社，2015 年版）與《百年中國佛道文學研究史論》（中國社會科學出版社，2021 年版）也已經出版。在前書中吳先生提出較為嚴謹的、也是筆者論文寫作所借鑒的佛教文學定義：「佛教文學就是佛教徒創作的文學，就是佛教實踐即佛教修持和佛教弘傳過程中產生的文學。」（按：本文在佛教文學類別方面則參考鄭阿財的觀點）〔註 8〕在我國臺灣，對於宗教文學史的編寫也出現學者呼籲、編撰，如蕭麗華先生曾經發表相關論文兩篇，分別題為《「中國佛教文學史」建構方法芻議》《再議「中國佛教文學史」的建構》。令人欣喜、振奮的是，由佛光大學人文學院院長蕭麗華率領 22 位專家學者撰寫的《中國佛教文學史》（上冊，佛光文化出版社）已於 2022 年 3 月 21 日在佛光大學舉辦了新書發布會。下冊由廖肇亨、黃敬家等人編寫，2023 年 7 月出版。由此可見，中國宗教文學（佛教文學）被廣泛關注並趨向深入研究。項楚先生曾經對宗教文學研究的期待，亦正在逐漸實現。〔註 9〕

二、楚石梵琦及其作品簡介

梵琦（1296～1370），字楚石，別字曇曜，俗姓朱，寧波象山人，元明之際臨濟宗著名禪師，屬大慧宗杲五世法孫。由於其童年時即卓犖超群，得趙孟

〔註 7〕普慧：《佛教文學研究五題》，《寶雞文理學院學報》，2018 年第 4 期，第 7 頁。

〔註 8〕吳光正主編：《擴大中國文學版圖　建構中國佛教詩學——〈中國佛教文學史〉編撰芻議》，《〈中國宗教文學史〉編撰研討會論文集》，哈爾濱：北方文藝出版社，2015 年，第 57 頁。

〔註 9〕項楚先生曾言「中國文學史上從來沒有宗教文學的地位。不過敦煌遺書中發現的大量釋道詩歌，卻證明了宗教詩歌的普遍存在，並在社會生活中發揮作用的事實。……深信宗教文學今後必將引起學者們的廣泛注意和深入研究」。項楚：《敦煌詩歌導論》，北京：中華書局，2019 年，第 71～72 頁。

頫賞識並為其購置僧牒。十六歲於杭州昭慶寺受具足戒，從而正式為僧。曾閱《首楞嚴經》「緣見因明，暗成無見」有所省悟，此後博覽內外典籍。之後前往徑山寺參訪元叟行端（1255～1341），修持精進。因問元叟行端「如何是言發非聲？色前不物？」元叟以所問之言反詰，自此楚石梵琦之疑惑如巨石填胸。元英宗（1321～1323）詔寫金字大藏經，楚石梵琦擅長書道，又因趙孟頫、鄧文原等人舉薦而北遊赴詔。泰定元年（1324）因聞鼓聲豁然頓悟，吟詠悟法偈：「崇天門外鼓騰騰，驀札虛空就地崩。拾得紅爐一點雪，卻是黃河六月冰」。楚石梵琦返回徑山後，再參元叟行端，得其印可，聲名漸著，六坐道場，帝師賜號「佛日普照慧辯禪師」。

入明後，楚石梵琦應明太祖朱元璋詔，兩次參加蔣山法會，得太祖賜宴、賜金。洪武三年（1370），再次應詔，即將面聖敷奏神鬼幽微之事，忽然示疾，最終安然入寂。時禁火葬，但由於楚石梵琦德行彪炳，特命依佛教之火葬，世壽七十五，僧臘六十三。

楚石梵琦一生著作豐富且在教內教外頗有影響，其《六會語錄》《西齋和陶集》在生前已經刊刻行世。楚石梵琦第一部詩集《北遊集》由其九世法孫明秀刊刻於正德十年（1515）三月，目前只有鈔本。其《和天台三聖詩》由華藏原明禪師刊刻行世。《鳳山集》《西齋集》《和永明壽禪師山居詩》《和林逋詩》，包括《西齋淨土詩》中的《勸念佛篇》《三十二相頌》《八十種好頌》《四十八願偈》《慈氏上生偈》已佚。《西齋和陶集》現存詩 8 首，賦 2 篇。楚石禪師梵行精嚴，信仰虔誠；勤於筆耕，妙轉法輪；造塔建寺，獅吼叢林，楚石和尚堪為有元一代僧中龍象。

根據于德隆整理《楚石梵琦全集》統計楚石梵琦存世作品數據如下（包括于德隆收錄的佚文／詩），有語錄 20 卷，其中讚 188 首，偈頌 483 首。詩歌 984 首，其中包括《北遊詩》315 首，《和天台三聖詩》358 首，《西齋淨土詩》289 首，其他詩歌 22 首。〔註 10〕《全元詩》因「體例所限，未收入《西齋淨土詩》」，共收錄其詩 711 首〔註 11〕（《全元詩》將楚石梵琦部分偈頌收入，如《送寧侍者參方禮祖》屬於《佛日普照慧辯禪師語錄》卷十六中的偈頌；偈頌

〔註 10〕本文統計數據來自（元）梵琦著，于德隆點校的《楚石梵琦全集》，北京：九州出版社，2017 年，其中于氏未收錄楚石《和陶潛詩》八首，而楊鐮編撰《全元詩》（第 38 冊）雖收錄楚石和陶詩但存在不少問題，詳見附論。

〔註 11〕楊鐮主編：《全元詩》（第 38 冊），北京：中華書局，2013 年，第 286 頁。

也有收錄不全的情況，如《送寧侍者參方禮祖》只收錄前半部分等等，重要的是楚石梵琦四百多首偈頌大都被忽略不計）。《全元文》僅收錄楚石梵琦的《鎮海浮圖頌序》一文〔註 12〕。另外，九州出版社 2017 年出版由于德隆點校的《楚石梵琦全集》中，于氏增輯楚石梵琦 40 首（篇）文（詩）。在導師指督促下，筆者收集楚石梵琦相關資料時，亦發現楚石梵琦佚詩佚文及其相關資料若干，詳見文後附錄。

三、研究綜述

對於楚石梵琦及其文學作品的評點者與研究者自元至今代不乏人，可分為傳統詩僧研究背景下的楚石梵琦研究（按：此處包括其僧侶身份）與佛教文學建構背景下的楚石梵琦研究。前者具體而言約有以下數端：其一，楚石梵琦修持精進且說法弘化變化萬端，故而自元明以來教內外人士對其生平活動記錄翔實，奠定了研究楚石梵琦的文獻基礎。其二，楚石梵琦詩歌內容豐富、藝術精湛，因此古人對其詩歌創作的評論精彩紛呈；近年來楚石梵琦《北遊詩》《和天台三聖詩》因其對元大都、上都的書寫及受「寒山熱」影響引起不少學者的關注。其三，楚石梵琦的佛教思想涵攝禪淨，為能仁之教的碩德耆宿所推崇弘揚；現代學者則圍繞楚石梵琦禪淨思想、楚石梵琦與政治的關係進行討論。其四，楚石梵琦與日本、高麗僧侶交往密切，具有促進中日等國文化交流的作用，不少學人對此梳理、研究（附楚石梵琦書法研究）。其五，日美兩國也有學者研究楚石梵琦的佛教思想與書法藝術，其中日本學者的研究起步早，成果也較多。

佛教文學建構背景下的楚石梵琦研究成果僅有吳光正先生研究《西齋淨土詩》的一篇論文，亟待全面闡述。

1. 傳統詩僧研究背景下的楚石梵琦研究

（1）楚石梵琦生平的記錄

元代錢惟善的《佛日普照慧辯楚石語錄序》與楚石梵琦法弟至仁之《楚石和尚行狀》皆詳細地記錄了楚石梵琦的生平行履。宋濂據至仁所寫行狀撰《佛日普照慧辯禪師塔銘有序》（按：該塔銘由危素篆題），姚廣孝寫有《西齋和尚傳》，釋妙聲撰有《祭楚石和尚文》皆為研究梵琦生平的可靠文獻。

至於僧傳中為楚石梵琦列傳的甚多，羅列如下：明代明河撰寫的《補續高

〔註 12〕李修生主編：《全元文》（第 3 冊），南京：鳳凰出版社，2004 年，第 299～300 頁。

僧傳》，淨柱輯的《五燈會元續略》，通容輯的《五燈嚴統》，文秀寫的《增續傳燈錄》，通問編、施沛彙集的《續燈存稿》，元賢輯的《繼燈錄》，幻輪所著《釋氏稽古略續集》，袾宏的《皇明名僧輯略》（該書將楚石梵琦列於首位）。清代濟能撰集的《角虎集》，集雲堂編的《宗鑒法林》，超永編輯的《五燈全書》，聶先編《續指月錄》，性統編寫的《續燈正統》，心圓居士拈別、火蓮居士集的《揞黑豆集》。另，清代錢謙益所著《列朝詩集小傳》的丁集下高僧十人中第一位便是「西齋和尚琦公」。綜上可知，記載楚石梵琦生平文獻相當豐富，亦可看出其在僧史上具有相當高的地位。

（2）楚石梵琦詩歌的評論與研究

楚石梵琦作為禪門碩德不僅佛學修養深厚，而且口吐白鳳、詩名遠揚，關於其詩的評價自元明以來不絕於書。其在元明之際詩壇的地位，筆者以為沈季友的評價相當重要，沈氏在《檇李詩繫》中評價為「自楚石倡詩教於永祚，正、嘉、隆、萬間，詩僧輩起，吟派之盛於茲為最矣」〔註13〕，沈氏認為楚石梵琦的詩歌創作對後代詩僧有引領之功。目前關於楚石梵琦詩歌的研究主要圍繞其《北遊詩》對京杭運河、元大都與上都風俗民情的反映，鮑翔麟、李舜臣等人分別在文章中勾勒出楚石梵琦的北遊路線，並結合詩歌分析楚石梵琦對於漠北奇異景觀與蒙古人民生活的書寫。楚石大師《西齋淨土詩》中的和寒山詩已有人初步對其分類歸納進行探討。

第一，《北遊詩》研究。明人徐泰在《詩談》中有言「釋來復……梵琦四子，雄深雅健，殊不類僧家之作。我國初詩僧盛矣」。〔註14〕筆者認為結合楚石梵琦全部詩歌的風格特徵分析可知，徐泰此處所評「雄深雅健」當指楚石梵琦《北遊詩》。卞勝在《楚石大師〈北遊詩〉序》中寫到「桑門能詩者，四明楚石師為今湖海首稱。余嘗訪之於秦溪別墅，得所示《北遊詩集》，凡絕句、五、七言律彌三百餘首。蓋在昔至治癸亥、甲子之歲，北留京都時所作也。故凡京華之事，燕灤之風物，囊收稿積，莫非佳詠。今觀其篇什，則雄渾而蒼古，淵泳而典雅。厭飫百家，淬礪杜氏。煒煒乎若埋豐城之寶劍，而光有不能掩焉者也。雖古有貫休、齊己、靈澈、道潛之徒，恐莫能窺其奧」〔註15〕。憨山德

〔註13〕《檇李詩繫》（卷三十一），清文淵閣四庫全書本，第638頁。

〔註14〕徐泰：《詩談》，《四庫全書存目叢書》集部（第417冊），第4頁。

〔註15〕（元）梵琦著，于德隆點校：《楚石梵琦全集》，北京：九州出版社，2017年，第624頁。

清亦認為「明國初有楚石……諸大老，後則無聞焉」〔註 16〕，由此可見，梵琦實為明初詩僧之翹楚。朱彝尊在其《靜志居詩話》中評價道：「楚石，僧中龍象，筆有慧刃，……讀其《北遊》一集，風土物候，畢寫無遺，志在新奇，初無定則。假令唐代緇流見之，猶當瞠乎退舍，矧癩可、瘦權輩可乎」〔註 17〕，朱氏在此指出楚石大師《北遊詩》特色在於「新奇」，可謂的評。沈德潛的《明詩別裁集》收錄楚石梵琦《北遊詩》中的《曉過西湖》，注云：「釋子詩取無蔬筍氣者，寥寥數章，已盡其概。」由於中國古代詩僧大多出於江南，再加上僧人生活空間狹小，因此蘇軾評論詩僧之作有「蔬筍氣」為世人所共知，而楚石梵琦北遊大都、上都眼界大開，詩歌創作開闊雄渾。

近些年《北遊詩》的研究熱點在於其對運河及元大都與上都風物、民俗的書寫。此外，亦有少數學者對其中的兩首「水滸詩」是否可作為宋江起事於梁山的資料作了探討。

現代學者最早注意到《北遊詩》記錄運河、元大都、上都的重要價值的是鮑翔麟，其文章《一部關於元朝大都、上都和運河的真實記錄——讀初刊〈楚石大師北遊詩〉》是第一篇研究楚石梵琦詩歌的文章。文章簡述楚石梵琦生平及其得以北至大都、上都的因緣，並清晰呈現楚石梵琦北遊路線；敘述楚石梵琦與郭冀州、虞集及洪司徒的交往；分析楚石梵琦詩歌記錄北遊途中的景物、地理、氣候、民俗、蒙古人民的生活。鮑翔麟認為北遊詩忠實記錄了元代京杭運河、大都、上都的歷史，而北遊亦促使楚石梵琦頓悟。鮑文認為與《馬可波羅遊記》相比，《楚石大師北遊詩》顯得典雅委婉，見識遠大。〔註 18〕鮑氏的主觀評論中將意大利旅行家馬可波羅的遊記與中國高僧的詩作相提並論似有失妥當：其一，二人國別與書寫語言不同，美學風格迥異；其二，就見識而言，馬可波羅周遊新疆、雲南、越南、緬甸、蘇門答臘等地，足跡更廣、見聞更多。

緊接著江西師範大學的師生李舜臣、歐陽江琳、劉娉婷對楚石梵琦《北遊詩》進行研究，由於劉娉婷論文引用的是李舜臣《楚石梵琦「上京紀行詩」初探》的未刊稿，此文後發表於《民族文學研究》，所以先從李舜臣的文章談起。

〔註 16〕憨山德清：《憨山老人夢遊集》（卷三十五），清順治十七年毛褒等刻本，第 2581 頁。

〔註 17〕（清）朱彝尊：《靜志居詩話》，北京：人民文學出版社，1990 年，第 733 頁。

〔註 18〕鮑翔麟：《一部關於元朝大都、上都和運河的真實記錄——讀初刊〈楚石大師北遊詩〉》，《世界宗教文化》，2008 年第 4 期，第 54～57 頁。

李文首先論述楚石梵琦上都之行的始末，簡述楚石生平與著述，敘述楚石北遊至大都的因緣，後又因其與藏傳佛教僧人密切交往從而得以扈從前往上都；其次，論述楚石梵琦「上京紀行詩」書寫的上都風情，較鮑翔鱗文章更為詳實；再次，分析楚石梵琦「上京紀行詩」中對歷史的感歎、對百姓的同情、對故鄉的懷念等情感意蘊；最後，論述楚石梵琦「上京紀行詩」的詩歌史意義，認為楚石大師「上京紀行詩」描寫的漠北風情內容新奇，且想像奇偉，字句新奇，是對僧詩狹窄視野的開拓。〔註 19〕劉娉婷的碩士學位論文《北遊詩研究》以吳定中、鮑翔鱗校注的《楚石北遊詩》為底本進行研究。分別從楚石梵琦的生平及著作、《北遊詩》的情感意蘊、《北遊詩》的詩藝、《北遊詩》的文獻價值四個方面進行敘述，大部分內容不出李舜臣文章範圍。〔註 20〕筆者以為在楚石梵琦北遊至大都、上都，除書寫迥異於江南的自然風光外，對楚石梵琦本人而言北遊絕非世俗之人的旅行，而是修行之旅。雖然楚石《北遊詩》不乏對自然風光描寫的詩作，但最核心的是楚石梵琦以法眼觀物，無俗不真。更有藏傳佛教與雲門宗對其修行的影響，而這些因素在以往研究中明顯關注不多。

對於楚石梵琦「水滸詩」最先進行研究的是歐陽江琳，其文章《兩首稀見的元代水滸詩——楚石梵琦〈梁山泊〉〈宋江分贓臺〉考釋》，主要以楚石梵琦《北遊詩》中的《梁山泊》與《宋江分贓臺》兩首詩為論述對象，認為在關於宋江起事的文獻記載缺乏的宋元時代，以上兩首詩既可以作為考證宋江在梁山泊起事的文獻依據，又可反映元人對宋江起事的評價。〔註 21〕隨後，許勇強、李蕊芹撰寫《楚石梵琦水滸詩是宋江起事的重要依據嗎？——就教於歐陽江琳女士》，作者認為楚石梵琦的《梁山泊》詩純屬寫景詩，與宋江起事無關。而《宋江分贓臺》一詩寫到宋江分贓臺的地理位置在梁山泊，這種觀點是受到民間說唱文學及水滸戲傳播的影響，因此該詩並不能作為考證宋江起事於梁山的文獻依據。〔註 22〕從兩篇文章的論述來看，後者更具說服力，楚石梵琦的這兩首詩並不能作為證明宋江於梁山泊起事的可靠證據。

〔註 19〕李舜臣：《楚石梵琦「上京紀行詩」初探》，《民族文學研究》，2013 年第 6 期，第 165～172 頁。

〔註 20〕劉娉婷：《〈北遊詩〉研究》，江西師範大學，碩士論文，2013 年，第 1～42 頁。

〔註 21〕歐陽江琳：《兩首稀見的元代水滸詩——楚石梵琦〈梁山泊〉〈宋江分贓臺〉考釋》，《中國典籍與文化》，2014 年（總）第 90 期，第 155～157 頁。

〔註 22〕許勇強，李蕊芹：《楚石梵琦水滸詩是宋江起事於梁山的重要依據嗎——就教於歐陽江琳女士》，《中國典籍與文化》，2015 年第 4 期，第 29～32 頁。

第二，《和天台三聖詩》研究。楚石梵琦《和天台三聖詩》具有濃厚的宗教文化意蘊，因此在教內廣為流佈。元明清三代之人頗多好評，元代清欲評價為「富哉三聖詩，妙處絕言跡。擬之唯法燈，和之獨楚石。十虛可銷殞，一字難改易。灌頂甘露漿，何人不蒙益」〔註 23〕，認為楚石梵琦的庚和之作一字難易，而且明確指出其和詩的教化作用如密宗的灌頂儀式使人清醒開悟。明代大佑在《和天台三聖詩序》中評價「西齋老人屬和，灼見三聖之心，其言無今昔之異。華藏原明禪師，刻梓以傳，使三聖人撫掌於大寂定中、西齋為不滅矣。其法利無窮，可得而思議哉」！〔註 24〕大佑認為楚石梵琦為菩薩之應身，在末法之世法利眾生，其和詩同原詩都為教化之方便。

因楚石梵琦首次全篇庚和寒山詩，開庚韻寒山詩風氣之先，明代石樹禪師、民國林春山等人皆傚仿楚石梵琦庚和不輟。近年的「寒山熱」又使得楚石梵琦和詩進入近現代學者視野。關於楚石梵琦和詩在近代的印刷流行，就筆者所知有以下幾次：1980 年我國臺灣學者黃博仁出版《寒山及其詩》中引用由這一代出版社出版的《合訂天台三聖二和詩集》，認為「寒山詩……明初琦公一和之，……禪機俱徹，足見三聖之心矣」；〔註 25〕1981 年趙滋蕃籌印揚州藏經院版《天台三聖二和詩集》；1932 年上海法藏寺募刻揚州藏經院版的《合訂天台三聖二和詩集》。

1984 年陳慧劍的《寒山子研究》出版，該書在反駁部分人認為「寒山非禪」的觀點以及論述寒山詩具有的禪宗「玄境」時寫道：「楚石、石樹二位禪師和《寒山詩》，禪出禪入」，從楚石梵琦等和詩具有禪境的角度證明寒山為「禪客」。〔註 26〕項楚先生在《寒山詩注》的注釋部分多次使用楚石語錄作為補充材料，而且在附錄部分收錄《合訂天台三聖二和詩集新刻緣起》《寒山唱和序》《合刻楚石、石樹二大師和三聖詩集序》等關涉楚石梵琦的序九篇，可見其對楚石梵琦和詩的重視。而入矢義高、孫昌武、錢學烈等「寒山詩專家」或許早知楚石梵琦的和詩。較早重視楚石梵琦《和天台三聖詩》的是陳耀東先生，陳

〔註 23〕（元）梵琦著，于德隆點校：《楚石梵琦全集》，北京：九州出版社，2017 年，第 425 頁。

〔註 24〕（元）梵琦著，于德隆點校：《楚石梵琦全集》，北京：九州出版社，2017 年，第 436 頁。

〔註 25〕黃博仁：《寒山及其詩》，臺北：新文豐出版股份有限公司，1980 年，第 38 頁。

〔註 26〕陳慧劍：《寒山子研究》，臺北：東大圖書股份有限公司，2003 年，第 121～122 頁。

先生 1994 年發表的《寒山詩之被「引」、「擬」、「和」——寒山詩在禪林、文壇中的影響及其版本研究》中認為楚石梵琦為庚和寒山詩的第一人，並提及保存楚石梵琦和詩的兩種元刻殘本《三聖集》《天台三聖詩集》及明代兩種覆元刊本。爾後，陳耀東又出版《寒山詩集版本研究》一書，書中將楚石梵琦和詩全部收錄。〔註 27〕崔小敬 2004 年的博士論文《寒山及其詩研究》中結合楚石梵琦的《和三聖詩自序》與《和陶歸去來兮辭》對寒山詩與楚石梵琦和詩進行了扼要的論述。〔註 28〕葉珠紅先生亦較早關注到楚石梵琦《和天台三聖詩》，在其著作《寒山資料類編》中根據上海法藏寺募刻揚州藏經院藏版的《合訂天台三聖二和詩集》收錄楚石梵琦和詩 358 首。〔註 29〕楊遇青在《中國佛教文學》中認為楚石梵琦和詩有寒山詩的清逸靈秀之美，但論述較為簡略。曹裕玲《寒山在明代叢林中的影響》在論述明代叢林庚和寒山詩的一章中將楚石梵琦的和寒山詩分為佛禪類、隱逸類、化俗類三種進行簡要論述。曹裕玲認為寒山詩意境清寂，楚石梵琦和詩稍顯質直；寒山詩有對道家思想的認識，而楚石梵琦和詩略顯寡淡；化俗類詩與寒山詩思想迥異但悲憫之心相同。〔註 30〕

由此可知這位入明三年便圓寂，其活動的時代以元代為主的高僧其和詩的創作與元代叢林中天台三聖文化傳播的關係為人們所忽視（楚石梵琦之師元叟行端禪師曾創作擬寒山子詩四十多首，當時叢林廣為傳誦），楚石梵琦的《和天台三聖詩》中對於拾得與豐干的和詩亦為人所忽略。

第三，《西齋淨土詩》研究。在永明延壽之後，禪淨雙修之風逐漸盛行叢林，楚石梵琦的《西齋淨土詩》書寫淨土修持之境界，故而被釋子、居士廣為傳唱，高僧、優婆塞為之寫讚撰序。智旭的《西齋淨土詩讚》寫到「稽首楚石大導師，即是阿彌陀正覺。以茲微妙勝伽陀，令我讀誦當參學。一讀二讀塵念消，三讀四讀染情薄。讀至十百千萬遍，此身已向蓮花托。亦願後來讀誦者，同予畢竟生極樂。還攝無邊念佛人，永破事理分張惡。同居淨故四俱淨，圓融

〔註 27〕陳耀東：《寒山詩之被「引」、「擬」、「和」——寒山詩在禪林、文壇中的影響及其版本研究》，《吉首大學學報》，1994 年第 2 期，第 59～66 頁。陳耀東著：《寒山詩集版本研究》，北京：世界知識出版社，2007 年。

〔註 28〕崔小敬：《寒山及其詩研究》，復旦大學，博士論文，2004 年，第 21 頁。

〔註 29〕葉珠紅編著：《寒山資料類編》，臺北：秀威信息科技股份有限公司，2005 年，第 133～185 頁。

〔註 30〕曹裕玲：《寒山在明代叢林中的影響》，江西師範大學，碩士論文，2016 年，第 26～34 頁。

直捷超方略」〔註31〕，智旭高度肯定楚石梵琦的淨土詩創作，認為千萬遍的誦讀可往生西方極樂世界。大佑的序中評價為「西齋和尚，禪門之上達也。觀其自童幼至於耆年，孜孜以淨業為務，精修密練，不捨晝夜。發為歌詩數千首，皆三昧心中所流出」。〔註32〕弘道法師在序中寫到「廬山遠法師招同志結蓮社，修念佛三昧。晉唐諸賢皆有念佛三昧詠。宋楂嚴教主始作懷淨土詩。繼而和者亦不少矣，然未有若西齋老人，禪悅之餘，專意淨業，觸境遇物，發為歌詩，凡數百餘首，歷歷與契經合。使人讀之，恍然如遊珠網瓊林、金沙玉沼，殊不知有人間世也」〔註33〕，弘道認為楚石梵琦深諳經書佛旨，宗祧慧遠，棲心淨土，觸境遇物，最終形諸歌詠。此外大囧、朱元弼等人皆有評論，不再臚列。（現代學者對《西齋淨土詩》的研究屬於佛教文學範疇，詳見下文）

另外，林孟蓉、李聖華、馬焯榮的著作亦關涉到楚石梵琦詩歌的研究。林孟蓉的《明清禪宗「牧牛詩組」之研究》一書中涉及楚石梵琦的《和廓庵牧牛圖頌》十首，認為楚石梵琦在該詩組中強調佛法在「天涯海角」「萬重煙嶂」處，「東西南北」「認角聞聲」都可見「牛」見「跡」，最終「人牛俱忘」「珍御全抛」，達到「輝鑒天地」的境界。〔註34〕從李聖華所著《初明詩歌研究》一書的「明初僧家詩」中可知楚石梵琦在元人賴良編《大雅集》錄詩僧七家中位列第三，明僧正勉等編的《古今禪藻集》的五言古、七言古、五言律、七言律、七言絕句中均將楚石梵琦列於首位，足見其在元明詩僧中的地位。《初明詩歌研究》中敘述朱元璋洪武四年詔徵楚石梵琦等高僧十人參加蔣山法會時間有誤，楚石梵琦法弟至仁所撰《楚石和尚行狀》的記載為洪武三年〔註35〕，其他中國學者及日本忽滑谷快天亦認為楚石梵琦卒於洪武三年（1370年）。馬焯榮的《中國宗教文學史》明代僧道詩詞部分將楚石梵琦歸類為御用詩僧，對其身處帝王之鄉而不慕富貴保持方外人的品格與心理結合其三首和陶詩進行分析，並簡要分析其塞外之行時所作描寫塞外荒寒與異域

〔註31〕（元）梵琦著，于德隆點校：《楚石梵琦全集》，北京：九州出版社，2017年，第353頁。

〔註32〕（元）梵琦著，于德隆點校，《楚石梵琦全集》，北京：九州出版社，2017年，第354頁。

〔註33〕（元）梵琦著，于德隆點校，《楚石梵琦全集》，北京：九州出版社，2017年，第355頁。

〔註34〕林孟蓉著：《明清禪宗「牧牛詩組」之研究》，成都：巴蜀書社，2019年，第85～89頁。

〔註35〕李聖華著：《初明詩歌研究》，北京：中華書局，2012年，第518～537頁。

情調的詩歌。〔註 36〕

第四，楚石梵琦佛教思想研究。在古代研究階段中對楚石梵琦佛教思想的評點主要以序跋、傳記等形式呈現。其中，較早對楚石梵琦做出評價的文人是元代的錢惟善和明初的宋濂，二人均認為楚石梵琦繼承了宋代臨濟宗高僧大慧宗杲的宗風精髓。第一位對其思想進行評價的文人是約稍後於楚石梵琦的錢惟善，在他為楚石梵琦撰寫的《佛日普照慧辯楚石禪師語錄序》中評價楚石梵琦「今天寧楚石禪師，實嗣元叟。五十年間，六坐道場，偈語流佈叢林。其提唱有《六會錄》，脫略近時窠臼，嚴持古宿風規，電坼霜開，金聲玉振。是稱妙喜第五世的骨之孫。覽者自當有所證入」〔註 37〕，認為楚石梵琦親得元叟行端印可，遠紹大慧宗杲（妙喜）之風，既恪守叢林清規，又能擺脫當時窠臼。楚石梵琦的法弟至仁評價其「道化所被，薄海內外，高麗、日本學者尤欽慕焉」。〔註 38〕入明後，因政治因素的影響，楚石梵琦得洪武帝青睞，曾兩度奉詔赴蔣山法會，被譽為「國初第一宗師」，明代開國文臣之首宋濂為其撰寫《楚石禪師六會語錄序》《佛日普照慧辯禪師塔銘》，並認為楚石梵琦禪師「世間萬物，總總林林，皆能助發真常之機。自是六坐道場，說法度人，嬉笑怒罵，無非佛事」〔註 39〕「舉明正法，滂沛演迤，有不知其所窮。凡所涖之處，黑白嚮慕，如水歸壑。一彈指間，湧殿飛樓，上插雲際，未嘗見師有作。君子謂師縱橫自如，應物無跡，山川出雲，雷蟠電掣，神功收斂，寂莫無聲」〔註 40〕，亦認為楚石梵琦能「助發真常之機」，說法縱橫自如，宗風遠扇日本、高句麗。

有明一代，僧俗二界均對楚石梵琦評價極高，如愚庵智及評價楚石大師「鐵錫時敲白下門，麻鞋直上黃金殿（愚庵智及《悼楚石和尚詩三首・其一》）」。直至明末高僧雲棲袾宏在其《皇明名僧輯略》中將楚石梵琦列為「正

〔註 36〕馬焯榮著：《中國宗教文學史》，北京：中國社會科學出版社，2014 年，第 624～625 頁。

〔註 37〕（元）梵琦著，于德隆點校：《楚石梵琦全集》，北京：九州出版社，2017 年，第 5 頁。

〔註 38〕（元）梵琦著，于德隆點校：《楚石梵琦全集》，北京：九州出版社，2017 年，第 346 頁。

〔註 39〕（明）宋濂著，黃靈庚編輯校點：《宋濂全集》，北京：人民文學出版社，2014 年，第 490 頁。

〔註 40〕（明）宋濂著，黃靈庚編輯校點：《宋濂全集》，北京：人民文學出版社，2014 年，第 1764～1767 頁。

錄」十人中的第一人，並謂「本朝第一流宗師，無尚於楚石」〔註41〕。另一高僧藕益智旭則高度讚揚楚石梵琦在淨土修持上的成就，認為其《西齋淨土詩》可與王羲之之字、杜甫之詩相媲美。明末文人朱元弼評論楚石梵琦「秉妙喜之一燈，光浮七級。證天台之三昧，念徹千聲」〔註42〕，謂其禪淨兼修，旁及天台，皆臻化境。何喬遠的《名山藏》卷一百四十稱讚楚石梵琦精神朗照，能夠弘揚佛法，隨機設教，揚名海內，飲譽海外。綜而論之，元末明初之人多認定楚石梵琦為禪門中人，而之後，尤其是明末楚石大師的淨土詩影響更大。

現代關於楚石梵琦佛教思想的現代研究多為專題論文與專著，根據研究問題的內容，對楚石梵琦佛教思想的研究可分為兩類：楚石梵琦禪淨思想問題的爭鳴、楚石梵琦與政治的關係。

楚石梵琦禪淨思想問題的爭鳴。在各類佛教史的著作中可以發現對楚石梵琦的禪淨思想的不同論述，佛教通史類著作如由杜繼文主編的《佛教史》宏觀敘述印度、中國、日本、朝鮮等國佛教史時，在該書的明代佛教部分指出禪僧楚石梵琦提倡淨土修持為宋元禪僧的一般趨向。〔註 43〕斷代佛教史如郭朋的《明清佛教》，佛教宗派史如陳揚炯的《中國淨土宗通史》等都涉及到楚石梵琦的禪淨思想。楚石梵琦禪淨雙修，而對於其禪淨思想的爭論主要有禪淨並重說與揚淨抑禪說兩種觀點。

主張楚石梵琦禪淨並重說的有：國內最早研究楚石梵琦禪宗思想的禪宗思想史學者潘桂明，他認為自楚石梵琦時代便規定下明代禪淨融合的方向，其最終視西方淨土為歸宿。同時，認為自楚石梵琦發端的明代禪淨合一，後經臨濟宗笑岩德寶、曹洞宗的無異元來、永覺元賢禪師的努力下到明末高僧智旭終成「完整的融混體系」，〔註44〕這與杜繼文《佛教史》的觀點一致。麻天祥指出就詩人的角度看，楚石梵琦具有對禪認識的灑脫的一面，即發揮了禪的超越精神、否定和批判意識；就信仰角度看，楚石梵琦具有偏執、與俗浮沉的思想傾向；楚石梵琦秉持狂禪之風，極力表現禪道中的平常心，同時

〔註41〕（明）袾宏：《皇明名僧輯略》（卷一），《卍續藏經》（第 124 冊），第 409 頁。

〔註42〕（元）梵琦著，于德隆點校：《楚石梵琦全集》，九州出版社，2017 年，第 357 頁。

〔註43〕杜繼文主編：《佛教史》，南京：江蘇人民出版社，2006 年，第 438～439 頁。

〔註44〕潘桂明著：《中國禪宗思想歷程》，北京：今日中國出版社，1992 年，第 546～547 頁。

具有堅定的淨土信仰，但沒有在理論上予以合理性的解釋，因此是一種粗淺的信仰主義。〔註45〕麻天祥雖承認楚石梵琦禪淨並重，但認為其淨土信仰缺乏理論（中國人民大學出版社 2017 年出版其《禪宗文化大學講稿》，在論述楚石梵琦佛教思想部分與上書相同）。賴永海、陳永革提出楚石梵琦是明代第一位倡導禪淨雙修的禪師，認為其將禪淨雙修的目的闡釋為自性與佛性間同一性的自覺意識。由此可知，二位先生在此充分肯定了楚石梵琦禪淨雙修的意義與價值。〔註46〕

主張楚石梵琦揚淨抑禪說的主要有國內學術界對楚石梵琦佛教思想最早進行系統性研究的佛教史學者郭朋，他認為楚石梵琦顯示禪僧本色時露骨地否定淨土，尋找歸宿時急切的忻求淨土，此種做法未免笨拙。「而梵琦，則不過是禪僧其名、實則棲心淨土的人」。〔註47〕郭朋認為楚石梵琦表面上禪淨並重，實質上棲心淨土。但郭氏的論述相當保守且對楚石梵琦極盡嘲笑諷刺之能事，缺乏對宗教應有的理解與同情。杜繼文與魏道儒認為楚石梵琦繼承禪家的放曠精神，篤信西方淨土而至死不渝，其名重一時主要在於以禪僧身份揚淨抑禪。〔註48〕陳揚炯認為楚石梵琦在推崇華嚴的同時，揚淨抑禪。且表現在多次在法會上宣揚普渡眾生，終歸淨土世界。〔註49〕劉昀認為：首先，楚石梵琦的修行理念是禪淨相融，因為禪宗與淨土宗具有互通性，所以楚石梵琦實踐了「唯心淨土，自性彌陀」的修持理念，並從華嚴境界闡發「唯心淨土」的宗旨，最終實現在「一真乘」上，諸法皆空，無所執著，從而獲得清淨自性。其次，楚石梵琦實踐禪淨相資的修行路線，先是以淨入禪，淨為禪資。退隱西齋後，以禪入淨，禪為淨資。最後，楚石梵琦往生西方的修行實踐，主要從其修習淨業的三種方法（即觀想憶持、持名念佛、實相念佛）與部分淨土詩進行論述。〔註50〕

楚石梵琦與政治的關係。對於楚石梵琦與政治的關係有兩種不同的看法，

〔註45〕麻天祥著：《中國禪宗思想發展史》（修訂版），武漢大學出版社，2007 年，第 232～239 頁。該書有 1997 年版本，筆者未見，暫以修訂版為據。

〔註46〕賴永海主編：《中國佛教通史》，南京：江蘇人民出版社，2010 年，第 48～52 頁。

〔註47〕郭朋著：《明清佛教》，福州：福建人民出版社，1982 年，第 56 頁。

〔註48〕杜繼文，魏道儒著：《中國禪宗通史》，南京：江蘇人民出版社，2007 年，第 537～538 頁。

〔註49〕陳揚炯著：《中國淨土宗通史》，南京：鳳凰出版社，2008 年，第 435～436 頁。

〔註50〕劉昀：《梵琦禪師的淨土觀》，《法音》，2019 年第 1 期，第 21～25 頁。

一是郭朋認為楚石梵琦對封建政治的依附關係，一是周齊主張楚石與政治「不即不離」的關係。在郭朋看來楚石梵琦對於元明統治者過於親近，其活動的性質多半都是「官辦」的，國恩遠重於佛恩，因此楚石梵琦是官方僧人，是屬於統治階級的一員。此外，郭朋認為楚石梵琦的「禪見」在於對佛的否定、對教法的否定、對佛教義理的否定，這是對晚唐以來狂禪之流「呵佛罵祖」把戲的重演。在楚石梵琦的宗教思想和世界觀方面，認為楚石梵琦的「真性」是先天地而有，後天地永存，「真性」是宇宙實體，諸佛「法身」，是世界本原，亦是成佛之「佛性」，故而認為其具有真心一元論的客觀唯心主義的世界觀。〔註 51〕

周齊所著《明代佛教與政治文化》一書中利用《大智度論》《壇經》等佛家典籍，以大乘佛教的「世間法中皆有涅槃性」的思維結合元明政治形勢對楚石梵琦世出世間、不二無別的處世出世觀進行闡釋：

> 梵琦這樣的不忘塵剎之深心，亦是對天下太平、眾生安定的祝願，是佛家普世情懷的體現，同時也可以看作是禪僧本色的體現，是對所謂世出世間不二法門的運用。面對無法超越的社會政治文化環境，不是以厭棄逃避的態度獨善其身，而是以世間即出世間，隨染淨之緣，或順應或緩和或消解或解除，以天下眾生之需要為是。……而以佛教「世出世法，本無出沒」的意識，游移於世出世間的處世態度及作為則是合乎佛家邏輯的結果和現象。〔註 52〕

筆者認為釋道安感慨的「不依國主，則法事難立」是佛教在中國封建社會發展的不二法則。周氏以佛家理路詮釋僧人行為不一定絕對精確，但合情合理，符合歷史演進的邏輯，對楚石梵琦的佛教與政治行為，應作如是觀。周齊也著重揭示楚石梵琦奉行的隨緣放曠、任性縱橫的參禪悟道路線，反對教條，出離分別，反對知解，強調自心自覺，用華嚴經意揭示禪意，推動禪教合一。周齊發掘出《南宋元明禪林寶傳》記載楚石梵琦不署帝王所贈之號的文獻記載，這對於探討楚石梵琦的政治態度具有重要價值。〔註 53〕

此外，楊力以楚石梵琦援儒入佛思想的來源與體現、楚石梵琦援儒入佛的思想內容、「世出世間為津：楚石梵琦援儒入佛思想特徵」三章論述楚石梵琦

〔註 51〕郭朋著：《明清佛教》，福州：福建人民出版社，1982 年，第 46～61 頁。
〔註 52〕周齊著：《明代佛教與政治文化》，北京：人民出版社，2005 年，第 221 頁。
〔註 53〕周齊著：《明代佛教與政治文化》，北京：人民出版社，2005 年，第 212～221 頁。

的佛教思想與儒家思想的關聯。作者通過楚石梵琦的儒學基礎、社會交往、北遊之行剖析其儒家思想來源，考察楚石梵琦的宗教活動參與，分析楚石梵琦的君臣觀念、農經實法思想，從而論述其援儒入佛思想的表現。然後從佛性論、心學入手分析楚石梵琦的援儒入佛思想內容。最後認為楚石梵琦援儒入佛具有圓融性特徵，並且分析出楚石梵琦淨土思想中大同思想的特質。〔註54〕但楊氏在以「大丈夫」作為論證楚石梵琦大同思想的依據時忽視了「大丈夫」一詞的佛教文化含義，「『大丈夫』之人格為歌《五更轉》及《行路難》之眾師僧所同重，辭內先後凡四見……丈夫指勇健強固、堪忍永劫修行積德猛進者。北涼道諦譯《大丈夫論》二卷，廣說悲心行施之相狀及功德。（〇五〇六，按：指《行路難・共住修道第七》）說大丈夫能『逆順平等』」，此外佛教還有《大丈夫經》一卷。〔註55〕

第五，楚石梵琦與日本等國域外高僧交往研究。元明之際是中日韓文化第二次交流的高潮時期，楚石梵琦嗣法「五山十剎」之首徑山寺的高僧元叟行端，之後梵行殫苦，譽滿天下。國內最先研究楚石梵琦與國外僧人交往的是鮑翔麟，其文章《梵琦楚石與日本、高麗僧人的交往》一文論述在元明時期的中日韓文化交流熱潮中，日本、高麗僧侶大都以到徑山寺為最大心願，而楚石梵琦在元叟行端門下為第二座，因此其青年時期便與日本、高麗僧人交往。作者統計《六會語錄》中楚石梵琦贈予日本、高麗僧侶 32 首偈頌，並對與楚石梵琦交往的日本、高麗僧侶的佛教身份與來處、去處進行考證；論述楚石梵琦贈予濟知客「雪舟」墨蹟，以及雪舟等楊與該墨蹟的因緣。〔註56〕楊古城的《雪淨舟動・心得手應——日本畫聖「雪舟」名號之由來及元代浙江高僧楚石梵琦與日僧之交往》介紹「日本水墨畫始祖」等楊崇慕南宋畫家楊無咎的品格與畫風便以等揚為號，見到楚石「雪舟」墨蹟，在龍崗真圭的開示下領悟「雪舟」中「雪靜舟動，心得手應」的禪意，便以「雪舟」為終身之號。論述楚石梵琦與日僧交往部分與鮑翔麟文章相同。〔註57〕

〔註54〕楊力：《梵琦援儒入佛思想研究》，陝西師範大學，碩士論文，2018 年，第 1～65 頁。

〔註55〕任半塘著：《敦煌歌辭總編》（新 1 版），上海：上海古籍出版社，2006 年，第 1002 頁。

〔註56〕鮑翔麟：《梵琦楚石與日本、高麗僧人的交往》，《東方博物》，2005 年第 4 期，第 97～99 頁。

〔註57〕楊古城：《雪淨舟動・心得手應——日本畫聖「雪舟」名號之由來及元代浙江高僧與日僧之交往》，《浙江佛教》，2005 年第 4 期，第 178～180 頁。

張家成所著《宋元時期的中日佛教文化交流：以浙江佛教為中心的考察》一書中，根據楚石梵琦《六會語錄》、木宮泰彥《日中文化交流史》、鮑翔麟《梵琦楚石與日本高麗僧人的交往》統計出與楚石梵琦交往的日僧共 35 人約占木宮泰彥統計入元日僧 220 人的 15%；此外還有與楚石梵琦交往而沒有詩文記錄的日僧古劍妙快、無文元選；亦有無緣來中國而託入華日僧攜其詩文「以詩會友」的日僧，如「五山文學大家」義堂周信；還有不能來華而託楚石梵琦撰寫塔銘的日僧，如高山照禪師；亦論及楚石梵琦墨蹟現在日本的收藏情況。〔註 58〕

由於楚石梵琦在書法方面頗有造詣且馳名當世，故而對於其書法的評價亦能見到。元代陶宗儀《書史會要》卷七大元收錄釋梵琦條，評價其「工行草，有書名」。〔註 59〕賴永海、陳永革認為楚石梵琦將詩禪、書道結合的行化風格更容易為文人士大夫認同，為其教化眾生、應機弘化裨益不少。〔註 60〕皮朝綱在《中國禪宗書畫美學史綱》中指出楚石梵琦重視像教對於眾生的教化作用，而其書寫佛經更是意在弘揚佛教，「然鍾鼓非禮樂之本，而器不可去。文字非宗乘之極，而書不可無」，楚石梵琦在虔誠的信仰下甚至鼓勵僧人血書佛經，從而獲得福慧、得見諸佛與菩薩。〔註 61〕戎龍超在《元代佛教書法研究》中認為楚石梵琦是學習蘇軾的延宋派，他結合楚石梵琦的書法作品《法語》，評價楚石梵琦的書法氣脈連貫，收放自如，有氣定神閑之美感。〔註 62〕其實楚石梵琦的書法創作與趙孟頫及元叟行端的薰染密不可分，如元叟行端亦強調書畫「誘導教化」與「刺血書經」的佛教教化與信仰表白功能。

此外，值得注意的是當前教內外對於楚石梵琦著述的文獻整理工作取得一些成就，主要包括海鹽天寧寺主持曉明法師重印的《六會語錄》《西齋淨土詩》《和三聖詩》《北遊詩》等；2010 年為紀念楚石大師圓寂六百四十週年出版了《楚石北遊詩》，該書由吳定中、鮑翔麟二人整理校注，以曉明從臺灣佛

〔註 58〕張家成著：《宋元時期的中日佛教文化交流：以浙江佛教為中心的考察》，北京：中國社會科學出版社，2020 年，第 163～173 頁。

〔註 59〕魏崇武主編，徐永明點校：《書史會要》，北京：北京師範大學出版社，2016 年，第 183 頁。

〔註 60〕賴永海主編：《中國佛教通史》（第十二卷），南京：江蘇人民出版社，2010 年，第 48～52 頁。

〔註 61〕皮朝綱著：《中國禪宗書畫美學思想史綱》，成都：四川美術出版社，2012 年，第 311～315 頁。

〔註 62〕戎龍超：《元代佛教書法研究》，吉林大學，碩士論文，2013 年，第 53～54 頁。

光山重印的抄本為底本，採用《古香樓》等三種抄本互校，又採用錢謙益的《列朝詩集》與朱彝尊的《明詩綜》參校，且編寫楚石大師年譜，也收錄了周退密、田敖撰寫的出版緣起與序，封面由陳允吉先生題名，是目前楚石《北遊詩》較好的讀本；2019 年，于德隆整理出版《楚石梵琦全集》，此書收錄了楚石大師現存的絕大部分作品而且輯得佚文佚詩四十多篇，此書在整理中參考《嘉興藏》《卍續藏》《大藏經補編》等多種教內資料，在文獻基礎方面能有力地支撐楚石梵琦研究。

第六，日本等國的楚石梵琦研究。日美兩國亦有對楚石梵琦的研究，其中日本學者的成果較為豐富，美國學者僅對楚石梵琦進行簡要介紹。日本學者對楚石梵琦的研究主要集中在其禪學思想及其與日僧交往兩個方面，在日本學者所著的中國佛教史中亦有涉及楚石梵琦。在楚石梵琦禪學思想方面最早研究的學者是忽滑谷快天（1867～1934），其成書於大正十四年（1925）的著作《禪學思想史》（下卷），由朱謙之先生 1994 年翻譯為《中國禪學思想史》出版（「印度部」內容沒有翻譯），該書闡述楚石梵琦參學求法的經歷，主持寺院，建塔、造寺、鑄像的行業，海內海外學僧奔走座下的盛況。忽滑谷快天認為楚石梵琦承接北宋以降禪門盛用《華嚴經》的傳統，達到一乘圓融妙旨。最後論述在禪教合流的趨勢下，各宗特色盡失，而楚石梵琦又欣慕淨業。〔註 63〕

在研究楚石梵琦與日僧交往的方面是以其墨蹟對雪舟等楊的影響為主。熊谷宣夫在 1937 年於美術研究發表《雪舟號に関して》一文，論述日本「水墨畫之祖」畫僧雪舟等楊的號「雪舟」與楚石老人墨蹟之間的因緣，並考證龍崗真圭大師在寬正三年（1462）二月五日為雪舟等楊講說「雪舟」二字禪意的事蹟。對後人將雪舟嘉猷與雪舟等楊的事蹟混淆進行考證辨析。〔註 64〕此文與上引楊古城文章部分內容重複，但熊谷宣夫之文是孤鳴先發。隨後，玉村竹二 1951 年發表《楚石梵〔キ〕筆「雪舟」二大字について》一文也是論述雪舟等楊的號與楚石梵琦的關係。〔註 65〕昭和三十年（1955）木宮泰彥

〔註 63〕（日）忽滑谷快天撰，朱之謙譯，楊曾文導讀：《中國禪學思想史》，上海：上海古籍出版社，2002 年，第 702～705 頁。

〔註 64〕（日）熊古宣夫：《雪舟號に関して》，《美術研究》，1937 年第 63 期，第 1～7 頁。

〔註 65〕（日）玉村竹二：《楚石梵〔キ〕筆「雪舟」二大字について》，《Ars buddhica》，1951 年第 11 期，第 24～29 頁。

著《日中文化交流史》一書，由胡錫年 1980 年翻譯出版。在書中南宋、元篇的第五章入元僧和文化的移植中有入元僧人一覽表，該表清晰列出與楚石梵琦交往的日僧無文元選、易侍者等 22 位日僧，楚石大師操觚為這些日僧贈詩、書偈、寫讚等，成為楚石梵琦與日僧友好往來的見證。〔註 66〕另外，鐮田茂雄在其《中國佛教史》中對楚石梵琦的宗派歸屬與著述進行羅列，並指出其提倡教禪一致。〔註 67〕

在美國，由費正清提出編寫的《明代名人傳》1976 年由美國哥倫比亞大學出版社出版，於 2015 年由李小林、馮金朋等人翻譯出版。該書收錄梵琦（FAN-CH』I）條，詳列楚石梵琦的生卒年為 1296 年 7 月 21 日～1370 年 8 月 17 日，並收錄了楚石梵琦閱讀《楞嚴經》後有感而作的詩句「眾生不守真如性，諸佛皆居常寂光」，之後簡述楚石梵琦拜見元叟行端禪師、北遊、主持寺院、明太祖召見及其著述等內容。〔註 68〕但此書在論述及翻譯過程中出現不少問題，其一，楚石梵琦即將圓寂時，問其「何處去？」的並非隨從，而是同被徵召的高僧夢堂噩公。其二，《和天台三聖詩》共 358 首而非 360 首，《北遊詩》共 315 首而非 300 首。其三，為楚石梵琦作傳的是姚廣孝而非姚匡蕭。

除專著與論文關涉楚石梵琦研究外，部分佛教辭典亦對楚石梵琦有詳略不同的介紹，其中不乏真知灼見，如以下所示：

丁福保先生編纂的《佛學大辭典》有楚石條，「名梵琦，字楚石，得法於元叟端，主持天寧永祚寺。明洪武三年寂，壽七十五，國初第一等之宗師也」。〔註 69〕任道斌在 1991 年主編的《佛教文化辭典》的佛教人物中收錄梵琦條，簡明介紹其籍貫、生平與著作情況。由賴永海主編，業露華、董群所著的《中國佛教百科全書·教義·人物卷》一書中的人物卷第六十條為國初第一宗師梵琦，書中認為明初最著名的禪僧當推楚石梵琦，其繼承了傳統禪宗的強調自主，反對求知求解的基本精神，發揮了晚唐以來的狂禪作風，嚮往淨土。又認

〔註 66〕（日）木宮泰彥著，胡錫年譯：《日中文化交流史》，北京：商務印書館，1980 年，第 421～461 頁。

〔註 67〕（日）鐮田茂雄著，鄭彭年譯，力生校：《簡明中國佛教史》，上海：上海譯文出版社，1986 年，第 288 頁。

〔註 68〕（美）富路特，房兆楹原主編，李小林，馮金朋主編：《明代名人傳》（第 2 冊），北京：北京時代文華書局，2015 年，第 423～426。

〔註 69〕丁福保著：《佛學大辭典》，北京：文物出版社，1984 年，第 1154 頁。

為楚石梵琦禪法的基礎理論是心性論，以呵佛罵祖強化自主精神。楚石梵琦的禪最終歸於淨土，具有禪淨合一的趨向。〔註 70〕綜上所述，學界對楚石梵琦的詩歌、思想、交遊諸方面進行了較為全面的研究，但仍然囿於傳統文人文學的觀念中進行鑽研。楚石梵琦的僧侶身份沒有得到凸顯，其作品的佛教文學特色沒有彰顯，更遑論從佛教世界觀、人生觀、價值觀分析其作品，甚至楚石梵琦詩歌中的佛教典故亦沒能得到闡釋。縱觀現代絕大多數研究者對楚石梵琦這位佛門中人的詩歌研究，參考文獻中竟然沒有一部佛教經典，這似乎有隔靴搔癢之嫌疑。

2. 佛教文學建構背景下的楚石梵琦研究

佛教文學的建構雖是近年來提出的重要命題，但就楚石梵琦的文學研究而言，清人張寂便早能以佛教視域觀照楚石梵琦的《和天台三聖詩》，張氏在《重刻〈和天台三聖詩〉序》評價楚石大師和詩「『若夫道人之詩，一自真性中流出，通天地萬物之靈，而無所作為也；湧泉源萬斛之富，而不立一字也。苟得其意，雖漁歌樵唱，鳥語蟲吟，乃至山河大地，牆壁瓦礫，有情無情，若語若默，一一皆宣妙諦，塵塵妙轉法輪』。若是者，可與讀楚石詩，並可與讀三聖詩」〔註 71〕，序中不僅將楚石梵琦的和詩媲美於三聖原作，還強調了豐干、寒山、拾得、楚石梵琦的詩無論書寫的是「有情」，還是「無情」，皆能「宣妙諦」「轉法輪」，具有佛教文學的神聖性。

現代學者對楚石梵琦文學作品基於佛教文學本位研究僅涉及《西齋淨土詩》。楊遇青曾對楚石梵琦淨土詩進行了簡要的論述，認為：「他（楚石梵琦）說西方，不流於通俗教說，而是以清新流麗的文學語言，寫自己對西方世界的嚮往和參悟體驗。」〔註 72〕由此可見，楊氏已注意到《西齋淨土詩》中的佛教實踐特徵，但限於篇幅沒能深入分析。吳光正先生在其《楚石梵琦的禪淨雙修與〈西齋淨土詩〉創作》一文中首先論述楚石梵琦的宗教實踐與文學創作，重點對楚石梵琦著述流傳、存佚情況進行考證。其次，論述楚石梵琦《西齋淨土詩》中的「觀想之旅」，從宗教實踐中研究楚石梵琦的作品，認為《西齋淨土

〔註 70〕業露華，董群著：《中國佛教百科全書・教義・人物卷》，上海：上海古籍出版社，2000 年，第 402～405 頁。

〔註 71〕（元）梵琦著，于德隆點校：《楚石梵琦全集》，北京：九州出版社，2017 年，第 436～437 頁。

〔註 72〕高慎濤，楊遇青著：《中國佛教文學》，西安：陝西人民出版社，2009 年，第 171～177 頁。

詩》的核心是「懷淨土」，將其體裁分為詩歌體、偈讚體、歌詞體三類。吳氏對《懷淨土詩一百韻》的敘事邏輯進行分析，認為楚石梵琦撰寫淨土詩聚焦於觀想之術與觀想之境兩個層面。復次，從楚石梵琦《漁家傲》詞論述《西齋淨土詩》中呈現的娑婆世界與西方淨土，淨土詩的創作既表達自己的淨土修行體會，亦能勸人修持淨土。並對作品的勸信之術尚俗與尚雅、契理與契機的特徵進行論述。

尤為關鍵的是吳光正先生認為楚石梵琦禪淨雙修，宗教實踐與文學創作成就突出。吳先生此文又回顧近百年來中國宗教文學的研究重點在宗教與文學，而對宗教文學重視不足。此文的撰寫是為 2007 年開始編寫的 12 卷 25 冊的《中國宗教文學史》尋找個案基礎。作者認為淨土文學研究任重道遠，就把握宗教文學的本質而論，高僧文學創作價值遠遠大於詩僧。〔註 73〕

綜論學界關於楚石梵琦的研究可知，楚石梵琦的詩歌、佛教思想、國內外交遊及書法等眾多方面前賢時彥皆有重要成果，但也有進一步研究的空間。

四、選題意義

1. 佛教文學視域中楚石梵琦作品的闡釋

目前我國宗教文學的研究不斷推進，近百年來的宗教與文學的研究逐漸向宗教文學自身轉移，宗教徒的文學創作對於文學與宗教的影響日益得到關注。通過綜觀上文梳理的佛教文學新進展與楚石梵琦研究綜述可知，隨著佛教文學命題的提出及佛教文學研究的學術建構，在佛教文學視域下研究僧侶、信徒文學作品成為時代學術之新潮流，能預流其中，研究楚石梵琦及其作品是切合時宜的。再加上，關於楚石梵琦的研究成果大多為碎片化形式，楚石梵琦文獻的整理亦有不足之處，故而對楚石梵琦詩歌在佛教文學視域中進行專題研究是需要的。

2. 楚石梵琦各體作品研究尚有開拓空間

楚石梵琦乃元明時期佛教高僧，不僅注重戒、定、慧三學修持，還無比虔誠地崇敬讚歎佛、法、僧三寶。楚石梵琦屬於漢傳佛教僧人，因此他不像羅漢做「自了漢」，而是深受大乘佛教思想與儒家兼濟思想的影響淑世利生。職是之故，弘傳佛教與普渡眾生乃為其弘誓願。自宋代起，僧侶文士化成為佛教徒

〔註 73〕吳光正：《楚石梵琦的禪淨雙修與〈西齋淨土詩〉創作》，《社會科學戰線》，2017 年第 7 期，第 136～143 頁。

的一大特徵，以文字做佛事成為佛門傳統。因此，楚石梵琦以大智慧、弘誓願孜孜矻矻地著述，就文體而言便包括詩、讚、偈頌、語錄等。目前學界對楚石梵琦的偈頌、讚、語錄等作品關注不足，由此可見楚石梵琦各體文學作品皆尚存研究餘地。

詩歌方面，關於楚石梵琦的詩歌研究主要聚焦在《北遊詩》記錄京杭運河、元大都（北京）、上都（內蒙古）的文獻價值，而對於楚石梵琦在北遊之旅中的修持與《北遊詩》中的佛教思想關注不足。關於《和天台三聖詩》的研究，只是對和寒山詩進行分類與簡單的論述，亦未能聯繫元代天台三聖文化的流佈狀況，全面深刻分析其和詩的思想。49 首《和拾得詩》與 2 首《和豐干詩》無人過問。吳光正先生對《西齋淨土詩》進行了有深度的闡釋，但若能聯繫元代其他僧人如中峰明本等人的作品，從元代淨土詩的背景下分析將會使研究視野更為開闊、立體。楚石梵琦嗣法高僧元叟行端，亦有不少能詩同門及高徒，他們與楚石梵琦之間的詩歌與思想也可以比較分析，從而將楚石梵琦置於社會關係網中進行研究。更為重要的是，許多研究者以文人世俗文學的眼光研究楚石梵琦詩歌，尚未能使其詩歌回歸至佛教文學本位的應有位置。

讚與偈頌方面，楚石梵琦的《六會語錄》中包含大量讚、偈頌、上堂法語等文體。其中的讚與偈頌具有古典詩歌的美學特徵，但歷來乏人問津。〔註 74〕讚類文體，關於楚石梵琦大量的讚整體研究有待推進。劉勰《文心雕龍》中對於讚這種中國本有的文體已有論述，佛教傳入之後，讚類文體因應佛教的傳播需要發生新變，尤其是支遁推進讚文體朝著詩化的方向發展。唐宋禪宗發展迅速，禪門之人為佛、菩薩、歷代祖師、當代高僧作讚蔚然成風。楚石梵琦語錄中保存大量讚類文體，其文學與宗教的價值與功能值得探究。偈頌類文體，偈頌作為佛經翻譯而產生的佛教文體，其在翻譯之初便採用近似詩歌的語言，與詩歌關係密切。之後中國僧侶使用漢語言創作的偈頌詩味更濃，又經晚唐及宋的文字禪洗禮詩化程度更高。楚石梵琦創作的大量偈頌有較高文學價值，其中流露的情感亦真切感人，值得進一步研究。

〔註 74〕郭敏飛：《楚石禪師贈來華求法僧送行詩研究》，《嘉興學院學報》，2022 年第 2 期，第 75～79 頁。郭氏此文與其曾發表的《雅俗兼具　隨心無礙——楚石禪師贈日韓求法僧送行詩研究》基本相同。參見：《楚石禪師研究文集》，海鹽縣天寧佛教文化基金會，2017 年，第 57～67 頁。

本選題的意義在於對楚石梵琦這位繼承禪宗寫作傳統〔註 75〕的高僧的現存著作運用佛教文學的理念進行研究，理解並分析楚石梵琦的佛教行持與弘化方式，發掘其佛教文學書寫的藝術策略與趣味。希望通過對楚石梵琦詩歌的全面研究能夠盡可能地接近高僧楚石梵琦文學的本來面目，從而把握其佛教文學創作的真諦，分析其佛教文學作品的內容與特徵。

以上是本選題的研究背景，也是本選題理由與意義所在，希望本選題的進行能在建構中的佛教文學的新理念指導下更接近一代高僧楚石梵琦及其文學創作的歷史真實。同時，為正在建構中的佛教文學史增添一個較為完整的個案。此外，由於楚石大師乃浙北佛教聖地海鹽天寧永祚禪寺史上極具影響力的人物，故而楚石大師及其詩歌的研究必將對當今天寧永祚禪寺乃至中國佛教的寺院文化建設及僧侶教育發揮積極作用。

五、研究方案

1. 研究目標、研究內容和擬解決的關鍵問題

研究目標：

（1）《北遊詩》

（2）《和天台三聖詩》

（3）《西齋淨土詩》

（4）《六會語錄》

（5）《西齋和陶集》

研究內容與擬解決的關鍵問題：

結合關於楚石梵琦的文獻資料與研究成果，最大限度地呈現其接近歷史真實的生平經歷。通過細讀、梳理相關材料，進一步確定楚石梵琦國內外交遊對象的身份、數量。正視楚石梵琦的僧侶作家身份，從佛教修持的角度上探究其作品中蘊含的佛教情感與世界觀，在其佛教實踐的角度下審視其作品中的宗教宣傳藝術與社會史書寫。

〔註 75〕「所謂禪宗寫作傳統，是指禪宗文學中具有相對固定的寫作形態且世代相傳的文學樣式。最突出的有山居詩、擬寒山詩、十二時歌、五更轉、牧牛頌、漁父詞、山中四威儀等，在唐宋元明清各時代都有流傳。此外還包括描寫宗教生活的樂道歌，歌頌古德公案、闡明佛理禪機的頌古詞和祖師讚等，都是以文學手法表達宗教的意圖並且隨著法脈傳承而綿延不絕」。祁偉著：《禪宗寫作傳統研究・緒言》，北京：中華書局，2021 年，第 1 頁。楚石梵琦關於以上主題的作品大多涉筆成趣。

2. 擬採取的研究方法及可行性分析

（1）文獻搜集與整理法。查找與楚石梵琦研究相關的文獻與論文，並對資料進行整體梳理，分析並確定與研究內容有關的資料，使論點持之有故。

（2）文本細讀法，對楚石梵琦的詩、文、語錄等作品及相關文獻進行詳細解讀，從中發現問題，提出觀點，使論文言之有據、言之有理。

（3）縱橫比較法，橫向比較楚石梵琦的佛教文學創作與同時代僧人如中峰明本、元叟行端的佛教文學創作進行共時性比較；縱向上將楚石梵琦與曾活躍於浙江地域的僧人如支遁、豐干、寒山、拾得、智圓等人的作品進行歷時性比照。

（4）文史互證法，利用陳高華等人的元代佛教史成果解讀楚石梵琦詩歌。

3. 本研究的特色與創新之處

（1）突破以往對於楚石梵琦佛教文學作品世俗文人文學視角的觀照，立足佛教文學本位，將楚石梵琦詩歌置於更符合歷史與邏輯的佛教文學視域中闡釋。

（2）著力探究楚石梵琦佛教文學作品中的偈頌、讚、語錄。

（3）運用佛學與文學的雙視角進行研究。

第一章　楚石梵琦行跡考略

浙江是中國佛教文化生長的重要地理區域，自東晉以來高僧輩出，經典的佛教文學作品更是指不勝數。有元一代，浙江禪林龍驤獅吼。寧波的臨濟宗僧楚石梵琦大師便為禪門尊宿。他出生於佛教信仰濃厚的家庭，出家後飽覽外書內典。楚石梵琦又嗣法高僧元叟行端，得其印可，爾後，六坐道場，弘法佈道，飲譽海內外。楚石大師衣缽乃為皇帝御賜，極其珍貴，引起後世無數文人瞻禮、詠歎；其著作豐富，以文字般若教化眾生；交遊對象遍布儒、釋、道三教，廣泛涉及我國大江南北的僧俗，且其與四十多位日本僧侶、數位高麗僧人密切交往，是東亞佛教交流互動的重要人物。職是之故，楚石梵琦堪為元明之際的一代高僧。

佛教東漸，晉室渡江。浙江便以其鍾靈毓秀之山水吸引不少高僧大德駐錫修道。如東晉即色宗支道林，由河南遷居，曾棲止剡山、石城山。其山居修道之餘，亦創作出山水詩，「他開啟詩歌對自然風光的描繪，對於山水詩形成與發展的貢獻是不容小覷的」。〔註1〕浙江本地亦湧現出大量的佛門碩德，「浙河之西，山川清妍。其所毓人物，性多敏慧。學禪那者，以攻辭翰，辯器物為尚」。〔註2〕如南朝陳僧洪偃，山陰人，「少小出塵，從龍光綽公學，穎秀好讀書，神悟絕倫，尤善詩書。其貌、義、詩、書時人稱為『四絕』」。〔註3〕降至唐代，傳說中的「天台三聖」（豐干、寒山、拾得）屢現靈異，以詩偈勸化眾生、遊

〔註1〕孫昌武：《僧詩與詩僧》，北京：中華書局，2020年，第20頁。

〔註2〕《卍續藏經》（第123冊），臺北：新文豐出版股份有限公司，1993年，第374頁，後文所引《卍續藏經》均同此，不再注明版本。

〔註3〕陳耳東：《歷代高僧詩選》，天津：天津人民出版社，1996年，第28頁。

戲三昧。吳興皎然、杭州護國、會稽清江、靈澈、婺州貫休等人詩名遠揚。宋代，天台宗山外派智圓在孤山與林逋唱和；「九僧」中的保暹、行肇、簡長皆為浙江人；與蘇軾交好的道潛、「濟公活佛」道濟亦占籍浙江。元代，能詩高僧中峰明本、元叟行端、楚石梵琦等皆於浙江弘法佈道。「元代詩僧從籍貫看，在 140 名詩僧中，有明確籍貫者，江浙行省有 86 人」。〔註4〕此外，我國禪宗文學既具有顯著的國內互動性特徵，其中以川僧為典型，北宋川僧出遊地理區域為蘄州五祖山，南宋川僧南詢的目的地則是浙江，〔註5〕也具有國際（東亞）交流的明顯特徵。在中國乃至東亞佛教的交流互動中，浙江是重要場域所在。由此可知，浙江是中國佛教文學產生的極為重要的文學地理區域。臨濟宗大慧系的楚石梵琦是元明之際的禪宗文學大家，其家鄉寧波，寶剎林立。南宋實行的「五山十剎」制度中，寧波的天童寺、育王寺屬於禪院五山，雪竇寺屬於禪院十剎，白蓮寺屬於教院五山，寶陀寺屬於教院十剎。此外，還有寧波的廣利禪寺。宋濂謂其「名列五山，為浙河東一大叢林，緇衣之士執瓶錫而來者，動以千計」。〔註 6〕可見，浙江寧波濃厚的佛教文化氛圍對於高僧楚石梵琦的成長有「法乳之恩」。

第一節　楚石梵琦生平

一、童稚知法，少年受戒

梵琦（1296～1370），字楚石，小字曇曜，俗姓朱，明州象山人。其父朱杲，「好善，有隱德」。〔註7〕其母張氏，「事佛惟謹」。〔註8〕楚石梵琦「自幼知有彌陀教法，清晨十念，求生淨土，未嘗一日少懈」〔註9〕的淨土宗信仰便

〔註 4〕韋德強：《元代中後期詩僧研究》，中南大學，碩士學位論文，2010 年，第 41～42 頁。

〔註 5〕具體內容參見李小榮：《兩宋川浙禪宗文學區域互動略說》，《文學遺產》，2021 年第 3 期，第 51～64 頁。

〔註 6〕（明）宋濂著，黃靈庚編輯校點：《宋濂全集》（第 1 冊），北京：人民文學出版社，2014 年，第 111 頁。

〔註 7〕（元）梵琦著，于德隆點校：《楚石梵琦全集》，北京：九州出版社，2017 年，第 344 頁。

〔註 8〕（元）梵琦著，于德隆點校：《楚石梵琦全集》，北京：九州出版社，2017 年，第 344 頁。

〔註 9〕（元）梵琦著，于德隆點校：《楚石梵琦全集》，北京：九州出版社，2017 年，第 709 頁。

是受其母影響而建立。傳說有神僧稱楚石梵琦為佛日，宗族鄉黨便為其取字曇曜。四歲，楚石梵琦失怙恃，由其祖母王氏養育。王氏具備較好的儒業素養，為楚石梵琦口授《論語》。楚石梵琦學習《論語》「輒能成誦」，且崇尚儒家君子道義的修養。〔註 10〕六歲，楚石梵琦便表現出善於詩文屬對的天賦。七歲，能書寫大字，「詩書過目不忘，一邑以奇童稱之」。〔註 11〕楚石梵琦出生於書香門第，其父好善仁慈，其母篤信佛教，此般家庭環境對一代高僧楚石梵琦的成長具有滋養之功。

楚石梵琦九歲，前往海鹽拜見「少歷江湖，戒行冰潔」的天寧永祚禪寺住持訥翁模（摹）公，學習佛教經典。他在《授業先師天寧訥翁和尚讚》中寫訥翁模公「開荊棘之地而作寶坊，化屠沽之人而修淨業」〔註 12〕，可見其禪淨雙修的修持法門，之後楚石梵琦禪淨雙修似亦受其師影響。楚石梵琦後又前往湖州崇恩寺〔註 13〕，依晉洵和尚。此時湖州趙孟頫任江浙儒學提舉，其好友馬昫守湖州。「趙文敏公以先隴在崇恩，數往來其間，每見師，異之，為鬻僧牒，禮訥翁得度」。〔註 14〕楚石梵琦十五歲時，曾受郭冀州供養，其《北遊詩》中有《南城郭冀州在南方時，余尚小，撫若己子，常受其家供養。今八十餘矣，強健如五六十人。至京往見，以詩讚云》「公在南方佐郡時，憶年十五尚兒癡」。〔註 15〕十六歲，楚石梵琦在杭州昭慶寺受具足戒，成為大僧。「是時文采炳蔚，聲光靄著，兩浙名山宿德，爭欲招致座下。徑山虛谷陵、天童雲外岫、淨慈晦機熙，各有龍象數百，更稱譽之」。〔註 16〕

〔註 10〕「或問：『書中所好者何語？』即應曰：『君子喻於義。』」（元）梵琦著，于德隆點校：《楚石梵琦全集》，北京：九州出版社，2017 年，第 344 頁。

〔註 11〕（元）梵琦著，于德隆點校：《楚石梵琦全集》，北京：九州出版社，2017 年，第 344 頁。

〔註 12〕（元）梵琦著，于德隆點校：《楚石梵琦全集》，北京：九州出版社，2017 年，第 239 頁。

〔註 13〕「崇恩寺係趙氏宗室、元大書畫家趙孟頫（1254～1322）的父親趙與訔（晚號坡菊居士）所建。趙孟頫因有先祖的墓地在崇恩寺，所以經常前來」。（元）楚石著，吳定中、鮑翔麟校注：《楚石北遊詩》，杭州：浙江古籍出版社，2010 年，第 183 頁。

〔註 14〕（元）梵琦著，于德隆點校：《楚石梵琦全集》，北京：九州出版社，2017 年，第 344 頁。

〔註 15〕（元）楚石著，吳定中、鮑翔麟點校：《楚石北遊詩》，杭州：浙江古籍出版社，2010 年，第 13 頁。

〔註 16〕（元）梵琦著，于德隆點校：《楚石梵琦全集》，北京：九州出版社，2017 年，第 344 頁。

二、雲遊求法，主持寺院

二十歲，楚石梵琦隨晉洵至湖州道場山護聖萬壽禪寺。〔註 17〕在此期間，楚石梵琦擔任晉洵侍者兼管藏經。在其閱讀「開悟的《楞嚴》」〔註 18〕卷四「緣見因明，暗成無見；不明自發，則諸暗相永不能昏」〔註 19〕，對真覺元明之心與消盡根塵有所領悟。自此以後，楚石梵琦「由是閱內外典籍，宛如宿習」，〔註 20〕但他「膠於名相，未能釋去纏縛」。〔註 21〕

至治二年（1322），楚石梵琦拜訪徑山興聖萬壽禪寺的臨濟宗尊宿元叟行端禪師。楚石梵琦詢問行端禪師：「如何是『言發非聲，色前不物』？」〔註 22〕元叟以其問話反詰。楚石梵琦正欲回答，卻被行端大聲喝退。至治三年（1323），英宗「敕金書《藏經》二部，命拜住等總之」。〔註 23〕楚石梵琦因書法精湛，被召往大都。泰定元年（1324），楚石梵琦因聞鼓聲而豁然頓悟。至仁所撰《楚石和尚行狀》記載，同年，楚石梵琦東歸，再參元叟行端，得其印可，「叟遂以第二座延之，而學者多諮扣焉」。〔註 24〕宋濂撰寫的《佛日普照慧辯禪師塔銘》寫道「遽處以第一第二座，且言妙喜大法盡在於師」。〔註 25〕明僧明河《補續高僧傳》中則載「遽處以第一座，且言妙喜大法，盡在於師」〔註 26〕。宋濂的塔銘是「（楚石梵琦）嗣法上首景𪩘，復偕文晟以仁公（至仁）所造行狀來

〔註 17〕（元）楚石著，吳定中、鮑翔麟點校：《楚石北遊詩》，杭州，浙江古籍出版社，2010 年，第 184 頁。

〔註 18〕禪門有「開悟的《楞嚴》，成佛的《法華》」之說。賴永海主編，劉鹿鳴譯注：《楞嚴經．前言》，北京：中華書局，2012 年。

〔註 19〕賴永海主編，劉鹿鳴譯注：《楞嚴經》，北京：中華書局，2012 年，第 198 頁。

〔註 20〕（元）梵琦著，于德隆點校：《楚石梵琦全集》，北京：九州出版社，2017 年，第 344 頁。

〔註 21〕（明）宋濂著，黃靈庚編輯校點：《宋濂全集》（第 3 冊），北京：人民文學出版社，2014 年，第 1765 頁。

〔註 22〕（元）梵琦著，于德隆點校：《楚石梵琦全集》，北京：九州出版社，2017 年，第 344 頁。

〔註 23〕（明）宋濂等撰：《元史》（第 3 冊），北京：中華書局，1976 年，第 629 頁。

〔註 24〕（元）梵琦著，于德隆點校：《楚石梵琦全集》，北京：九州出版社，2017 年，第 344 頁。

〔註 25〕（明）宋濂著，黃靈庚編輯校點，《宋濂全集》（第 3 冊），北京：人民文學出版社，2004 年，第 1765 頁。

〔註 26〕（元）梵琦著，于德隆點校，《楚石梵琦全集》，北京：九州出版社，2017 年，第 710 頁。

征銘」。〔註 27〕可以推測元叟行端先任其為第二座，之後升為第一座，楚石梵琦語錄中記載「師於泰定元年冬，在徑山興聖萬壽禪寺首座僚，受請入寺」〔註 28〕可為佐證。在元叟門下修行期間，楚石梵琦為其整理了《杭州徑山興聖萬壽禪寺語錄》。

隨後，楚石梵琦在泰定元年冬，接受行宣政院的任命住持海鹽州福臻禪寺；天曆元年（1328）二月初三日，住持海鹽州天寧永祚禪寺；至元元年（1335）七月二十五日，住持杭州路鳳山大報國禪寺；至正四年（1344）四月八日，住持嘉興路本覺寺。「丁亥（1347 年），帝師錫號，曰佛日普照慧辯禪師」。〔註 29〕至正甲午（1354 年），「張士誠起義於泰州，戰亂波及江浙兩省，杭州報國寺、海鹽福臻寺（今屬平湖）和天寧寺千佛閣被毀」。〔註 30〕「海鹽之南，可二十里，有豐山焉。秦駐屏於左，秦溪帶於右，地最幽勝。元至正甲午歲（1354 年），楚石琦公過而愛之，因創庵於山麓」。〔註 31〕至正十七年（1357）八月一日，六十二歲的楚石梵琦住持嘉興路報恩光孝禪寺。「己亥（1359 年），有退休志。以海鹽天寧有山海之勝，遂築寺西偏以居，別自號西齋老人」。〔註 32〕至正二十三年（1363），原天寧永祚禪寺祖光入滅，在州大夫的勉強下楚石梵琦再次住持該寺。〔註 33〕據其所撰《重修釋迦如來真身舍利寶塔頌》記載，「取至正二十四年（1364）甲辰秋九月二十四日，奉瓶修塔，天雨寶花。明年乙巳歲（1365 年）七月泥蓋方畢」。〔註 34〕

〔註 27〕（明）宋濂著，黃靈庚編輯校點：《宋濂全集》（第 3 冊），北京：人民文學出版社，2004 年，第 1765 頁。

〔註 28〕（元）梵琦著，于德隆點校：《楚石梵琦全集》，北京：九州出版社，2017 年，第 6 頁。

〔註 29〕（元）梵琦著，于德隆點校：《楚石梵琦全集》，北京：九州出版社，2017 年，第 345 頁。

〔註 30〕（元）楚石著，吳定中、鮑翔麟點校：《楚石北遊詩》，杭州：浙江古籍出版社，2010 年，第 192 頁。

〔註 31〕《（雍正）浙江通志》（第 228 卷），清文淵閣四庫全書本。

〔註 32〕（元）梵琦著，于德隆點校：《楚石梵琦全集》，北京：九州出版社，2017 年，第 345 頁。

〔註 33〕楚石梵琦住持寺院的具體情況可參閱馮國棟先生：《楚石梵琦住持諸寺考》，《楚石禪師研究文集》，海鹽天寧佛教文化基金會，2017 年，第 21～32 頁。

〔註 34〕（元）梵琦著，于德隆點校：《楚石梵琦全集》，北京：九州出版社，2017 年，第 338～340 頁。

三、退隱西齋，入明說法

至正二十八年（洪武元年），楚石梵琦舉薦其上首弟子景瓛取代自己，退隱西齋。「皇明啟運，混一海宇。天子念將臣或歿於戰，民庶或死於兵，宜以釋氏法，設冥以濟拔之」。〔註 35〕洪武元年（1368）九月十一日，七十三歲的楚石禪師赴金陵蔣山水陸法會並升座說法，龍顏大悅。洪武二年（1369）三月十三日，楚石梵琦再次於蔣山寺水陸法會中升座，皇帝賜宴文樓並賜白金。洪武三年（1370）秋，楚石梵琦與夢堂曇噩、行中至仁等十六位高僧應詔入京，為皇帝闡述鬼神之事。楚石梵琦七月十二日宿於天界寺方丈，二十二日示微疾，但仍援據經論、辨核佛理。二十六日楚石梵琦索浴更衣，結跏趺坐，書辭世偈「真性圓明，本無生滅。木馬夜鳴，西方日出」，〔註 36〕世壽七十五，僧臘六十三。楚石梵琦圓寂後，「上為嗟悼久之。翰林學士宋公景濂、危公太朴（危素），與師方外友，尤惻痛焉」。〔註 37〕天界寺住持白庵金禪師為其料理後事，「時例禁火化，上以師故，特開僧家火化之例」。〔註 38〕之後，其參學弟子文晟「奉其遺骼及諸不壞者歸海鹽，以八月二十八日，葬於西齋而塔焉」。〔註 39〕

第二節　楚石梵琦的著述、功德與衣缽

一、楚石梵琦著述

楚石梵琦為元明間釋門瑚璉，「遊戲翰墨」〔註 40〕。至仁在《楚石和尚行狀》中記錄了楚石梵琦的主要著述，「師平日度人，或以文字而作佛事。

〔註 35〕（元）梵琦著，于德隆點校：《楚石梵琦全集》，北京：九州出版社，2017 年，第 345 頁。
〔註 36〕（元）梵琦著，于德隆點校：《楚石梵琦全集》，北京：九州出版社，2017 年，第 345 頁。
〔註 37〕（元）梵琦著，于德隆點校：《楚石梵琦全集》，北京：九州出版社，2017 年，第 345 頁。
〔註 38〕（元）梵琦著，于德隆點校：《楚石梵琦全集》，北京：九州出版社，2017 年，第 345 頁。
〔註 39〕（元）梵琦著，于德隆點校：《楚石梵琦全集》，北京：九州出版社，2017 年，第 345 頁。
〔註 40〕（明）宋濂著，黃靈庚編輯校點：《宋濂全集》（第 3 冊），北京：人民文學出版社，2014 年，第 1766 頁。

《六會語》梓傳已久，外有《淨土詩》《慈氏上升偈》《北遊集》《鳳山集》，又有和天台三聖詩、（和）永明壽禪師詩、（和）陶潛詩、（和）林逋詩，總若干卷，並行於世」。〔註 41〕其中《鳳山集》《西齋集》《和永明壽禪師詩》《和林逋詩》與《西齋淨土詩》中的《勸念佛篇》《三十二相頌》《八十種好頌》《四十八願偈》《慈氏上生偈》及《和陶詩》部分應該已佚。〔註 42〕又據張天駬《元僧楚石梵琦研究的新材料與新視野——以日藏文獻為中心》可知日本所存《西齋和尚外集》收錄其文 100 篇，江戶寫本《宋元諸師四六》收錄其文 30 篇。〔註 43〕此外，楚石梵琦可能撰寫過《僧史》，現已亡佚。楚石梵琦作為禪門碩德不僅在國內緇素嚮慕，而且聲名遠揚日本、高麗諸國。楚石梵琦在與東亞諸國僧人交往時多以詩文相贈，如于德隆整理的《楚石梵琦全集》便收錄楚石梵琦存於日本的部分佚文（詩）。〔註 44〕因此，楚石梵琦全集的整理與研究勢必隨著新材料的出現呈漸進式發展，而非「頓悟式」躍進。由此可見楚石和尚文字般若之汪洋與精彩。

二、建塔造寺功德

楚石梵琦重視建雁塔、造佛閣累積功德，造福眾生。至順二年（1332），楚石梵琦住持海鹽天寧永祚禪寺時，由於「海鹽縣地處海濱，潮汐經常入侵，百姓受苦，人問：『如何才能為眾生鎮住海潮，免去淹圮之患？』楚石答：『唯千佛最勝之。』」〔註 45〕楚石大師為濟拔海鹽民眾於災害中而建造千佛閣，「范銅肖毗盧遮那佛、千佛，文殊、普賢、大悲千手眼菩薩等像，位置上下，

〔註 41〕（元）梵琦著，于德隆點校：《楚石梵琦全集》，北京：九州出版社，2017 年，第 345 頁。

〔註 42〕臺灣佛光大學李忠達博士後主持《西齋楚石和尚外集》及其他著作源流考的科研計劃，應該對梵琦著作存佚情況有新的發現。張天駬在其文章《元僧楚石梵琦研究的新材料與新視野——以日藏文獻為中心》中指出江戶寫本《宋元諸師四六》中梵琦的 30 篇疏文屬於《鳳山集》。張氏此文刊於《元史及民族與邊疆研究集刊》（第三十九輯），2020 年第 1 期，第 105～117 頁。

〔註 43〕張天駬：《元僧楚石梵琦研究的新材料與新視野——以日藏文獻為中心》，《元史及民族與邊疆研究集刊》（第三十九輯），2020 年第 1 期，第 105～117 頁。

〔註 44〕（元）梵琦著，于德隆點校：《楚石梵琦全集》，北京：九州出版社，2017 年，第 692～706 頁。

〔註 45〕（元）楚石著，吳定中、鮑翔麟校注：杭州：浙江古籍出版社，2010 年，第 187 頁。

相好殊勝」。〔註46〕文人遊覽千佛閣，有《千佛閣》詩「未到閣先見，才登胸便寬。置身飛鳥上，舉首暮雲端。海氣孤城白，人煙一塔寒。琦公不可作，荒草上吟壇」。（原注：明寺僧梵琦，字楚石）〔註47〕詩中所言雁塔即為楚石梵琦率眾建成的天寧寺鎮海塔，《鎮海浮圖放光歌並序》序云「武原天寧永祚禪寺後塔七層八面，高二百四十尺。寺僧梵琦建於元時，名鎮海浮圖。嘉慶十三年正月八日夜，塔頂忽放異光，照見十里外，自戌初至丑時三刻止。十八夜復放光如前，爰作歌紀之」。詩曰：「長見桑田變海水，不逢海水為桑田。仙家視海常遊戲，佛家視海苦無邊。佛日墮地正作此，救民不假精衛填。浮圖傾刻湧十指，壓破萬古蛟龍淵。天寧古剎連蜃氣，中開一丈獅象筵。傳聞此塔經營日，跪頌一經（按：楚石梵琦所誦為《千手千眼觀世音大悲心陀羅尼》簡稱「大悲咒」，不空譯）頂一磚。雨花倒影既異感，鈴鐸遙鳴兜率天。今歲放光復一再，夜半可數秋豪顛。共云寶壺積精氣，（原注：建塔時以寶壺冠其頂。按：楚石梵琦《重修釋迦如來真身舍利寶塔頌》記載：「越十二年，兵興。己亥（1359 年）秋，失寶瓶（應為詩中之壺），計白金二百兩。……乃造鍮石寶瓶」〔註48〕）變現上與星辰連。豈知至寶不在此，更有妙理無人詮。億萬遍經欲出世，化作白虹照幽元。或云海之東，扶桑花耀色增豔。或云海之西，貫月查疑天漢遠。又云海之南，海之北。赤城霞起標相映，燭龍銜燭不敢前。又云海之中，散作陰火然。如摩尼珠照濁水，如無盡燈傳千百。我思此時光內望，定見琦公來翩翩……」〔註49〕。此外，陳善有《天寧雁塔詩》，周福柱寫有《登鎮海塔詩》等。

至正五年（1345），楚石梵琦在嘉興本覺寺建萬佛閣，次年閣成。至正六年（1346），比丘若欽施捨錢財，楚石梵琦造大悲像，「其面二十有一，其手一千有八，其目則如其手之數而加面焉。其四十二手各有所執，光映於座，應承於足。由足下座石，至頂上化佛，高凡四十尺有奇。木用楠桐，髹用朱漆，金

〔註46〕（元）梵琦著，于德隆點校：《楚石梵琦全集》，北京：九州出版社，2017 年，第 346 頁。千佛閣「在二十年後，即至正十六年（一三五六）千佛大寶閣被張士誠拆去為自己造宮殿，閣廢。明崇禎元年（一六二八）重建，名千佛閣，保存至今。……現為浙江省重點文物保護單位」。（元）楚石著，吳定中、鮑翔麟校注，《楚石北遊詩》，杭州：浙江古籍出版社，2010 年，第 187 頁。

〔註47〕《菽歡堂詩集》（第一卷），清咸豐三年刻本，第 30 頁。

〔註48〕（元）梵琦著，于德隆點校：《楚石梵琦全集》，北京：九州出版社，2017 年，第 339 頁。

〔註49〕《菽歡堂詩集》（第五卷），清咸豐三年刻本，第 148 頁。

用純金。日光（密號威德金剛，藥師如來脅侍）在左，月光（密號清涼金剛，同為藥師脅侍）在右，善財、龍女、韋天（南天王八將軍之一，曾為律宗南山宗道宣示現）大權（全名大權脩利菩薩，有保駕護航之神通）以次列侍。驟開戶而望之，晃晃乎，若七金之山從海上來而屹立於前也」。〔註 50〕楚石梵琦建立的萬佛閣與大悲像上下結構，「上以奉萬佛，下以奉大悲菩薩、十地菩薩。閣之雄偉，像設之莊嚴，殆冠西浙」。〔註 51〕

三、楚石大師衣缽

楚石大師的衣缽十分寶貴，海鹽劉祖錫在楚石和尚撰寫的《送徒弟巘書記參學》詩的左側寫道「高皇帝所賜高麗缽，並存吾邑天寧寺天泉房，……又師所常披白氎一領，存水竹西房，今晚岩德公處，與缽及書，寺稱三寶」。〔註 52〕楚石梵琦的衣缽造型為「衣是大幅白氎，領微作衣襞積，高麗國王所獻。缽紋似桄榔，口徑九寸，四旁著當（鐺？）如股，各以夷銅環綴，作貫珠狀，其杪以銅冒之，餘地黃金環香草四，通髹之漆。咸豐時失之」。〔註 53〕「至今傳寶」〔註 54〕的楚石大師衣缽引起眾人的瞻仰，明代秀水文人馮夢禎「先至天寧水竹居，索楚石禪衣瞻禮。主僧陸晚岩能詩，云：『此出西竺，為兜羅錦。西人云：「其價視灑哈剌（俟考）數倍。」』乃禮楚石塔，復至他僧舍索缽。缽徑尺，正圓如倭，漆有四巴（色？），上如鱗者二層，四周泥金為天花飾之，內木文理甚細。余每至海上則索衣缽觀焉，今三度矣」。〔註 55〕楚石梵琦珍貴的衣缽甚至引起了「楚石衣缽詩」的創作熱。

董漢陽《碧里後集．達存上》《高麗缽記》載，高麗國王聞楚石梵琦道行高邁，遣僧贈楚石和尚缽盂，缽有神異。碧里居士瞻仰楚石大師方丈有偈曰：

> 比丘為我說，是缽所從來。云自高麗國，其王昔持至。鴨綠逾

〔註 50〕（元）梵琦著，于德隆點校：《楚石梵琦全集》，北京：九州出版社，2017 年，第 338 頁。

〔註 51〕（元）梵琦著，于德隆點校：《楚石梵琦全集》，北京：九州出版社，2017 年，第 346 頁。

〔註 52〕（元）梵琦著，于德隆點校：《楚石梵琦全集》，北京：九州出版社，2017 年，第 697～698 頁。

〔註 53〕《(光緒）海鹽縣志》（第七卷），清光緒二年刊本，第 848 頁。

〔註 54〕《(天啟）海鹽圖經》（第三卷），天啟四年刊本，第 152 頁。

〔註 55〕（明）馮夢禎：《快雪堂集．快雪堂日記之四十八》，明萬曆四十四年黃汝亨、朱之蕃等刻本，第 2685～2686 頁。

萬里，黑風滾波濤。當其渡海時，魚龍避光彩。陪臣以王命，捧擎九衢中。當其入國時，緇素得未見。天界鞏鼓下，朝宗來萬方。當其獻師時，檀施如雲集。兵戈大亂後，遊魂塞天壤。當其咒食時，萬鬼皆飽足。竭來二百祀，兒孫世相守。精廬遭劫難，神物固無恙。稽首問比丘，是事誠稀有。我觀此圓體，而悟於真空。方其未來時，本無空可說。中空外亦然，誰析空為二。因而有空相，方圓各隨形。亦復有空量，多寡任容受。忽以物實之，其空安所往。傾倒出其物，空體原自在。是諸皆見病，熾然相凌奪。本來非空實，亦無空實者。東南西北方，四維及上下。虛空不可思，有形悉皆患。舉投此規中，無欠亦無餘。而況升合儲，欲盈無盡藏。不見乾陀越，花香隨願滿。不見曹溪水，蛇蜒蛻靈骨。小大可互入，至理非神通。有能如是觀，豈惟無空實。亦復無有無，存亡悉皆患。浮漚覺海中，聖賢如電拂。而況一盂微，欲齊無量壽。種種自心生，是誰為起滅。悟此真空法，是則為傳心。〔註 56〕

由此詩可知，楚石梵琦由高麗國王賜予的缽盂既可以作為法會上為餓鬼散食的法器，又能作為理解佛教般若空、不生不滅及禪宗傳心的媒介。

明人彭孫貽《茗齋集》卷二，《水竹西院觀梵琦衣缽歌》：

琦公妙喜的骨孫，犍椎震地開雷門。木馬夜鳴徑山月，西城街鼓搖風幡。毘盧寂滅留法眼，七祖東來遞相衍。黃梅以後暢宗風，衣缽仍留梵帝宮。一花五葉紛如雨，其間臨濟真法乳。千燈指月照盲龍，更留二物表南宗。梵琦大力猶龍象，化胡慧燭開幽罔。佛日高懸鐵木都，雨花不墜天魔上。濠梁真人赤伏符，手握金鏡懸空衢。人王大法惘萬有，欲變荊棘為醍醐。蔣山說法轉慧珠，舍利不壞金剛軀。傳衣示信上座足，托缽四角天龍趨。絨花猴毳簇火浣，藤花兜漆圓蘭盂。施飯森寒山鬼立，參禪偏袒迦文趺。名僧之至後赤烏，弘碩尚轉金浮圖。竹西園擬古給孤，我來擊缽崔詩逋。若遇彌勒亦酒徒，暫典衲衣傾一壺。〔註 57〕

同書卷六，《梵琦大師衣缽》：「妙喜聞孫屬梵公，千秋衣缽鎮蓮宮。衣翻火浣

〔註 56〕（明）董漢陽：《董漢陽碧里後集．達存上》，明嘉靖四十四年黃鯤刻本，第 302～305 頁。

〔註 57〕（明）彭孫貽：《茗齋集》（第二卷），四部叢刊續編景寫本，第 47～48 頁。

炎洲雪，缽洗桄榔瘴海風。自有楞伽傳密記，常留心印表真空。懸知娑竭群龍護，夜夜寒光貫白虹。」〔註58〕

黃宗羲在其《觀天寧寺楚石衣缽》寫道：「楚石篇章字字新，猶留故物在城闉。犀皮齋缽何方乞，白氎禪衣不染塵。已閱興亡三百載，只消鍾鼓數千巡。門庭自是能堅忍，錯會捧持有鬼神。」〔註59〕可見黃宗羲雖對楚石梵琦討論鬼神的思想持批判態度，但對其詩文之新奇與衣缽之珍貴也極為稱讚。

第三節　楚石梵琦交遊補苴

楚石大師六坐道場，道望甚高，弘教佈道，法利眾生，其妙轉法輪，「道化所被，薄海內外」，〔註60〕「舉明正法，滂沛演迤，有不知其所窮。凡所蒞之處，黑白嚮慕，如水歸壑。一彈指間，湧殿飛樓，上插雲際，未嘗見師有作。君子謂師縱橫自如，應物無跡，山川出雲，雷蟠電掣，神功收斂，寂寞無聲。由是內而燕、齊、秦、楚，外而日本、高句麗諮決心要，奔走座下。得師片言，裝潢襲藏，不翅拱璧」。〔註61〕楚石梵琦禪師應機說法，巧設方

〔註58〕（明）彭孫貽：《茗齋集》（第二卷），四部叢刊續編景寫本，第294頁。

〔註59〕（明）黃宗羲：《南雷詩曆》（第三卷），清鄭大節刻本，第24頁。

〔註60〕（元）梵琦著，于德隆點校：《楚石梵琦全集》，北京：九州出版社，2017年，第346頁。

〔註61〕（明）宋濂著，黃靈庚編輯校點：《宋濂全集》（第三冊），北京：人民文學出版社，2014年，第1766頁。楚石大師書法造詣頗深，其眾多墨蹟現存於日本。張家成據海鹽縣政協文史委編寫的《海鹽天寧永祚禪寺》（2012年版）中《楚石著作和墨蹟》統計楚石存於日本的作品具體情況：1.《題智常禪師圖》，楚石題讚曰：「椰子中藏萬卷書，當時太守焚分疏。山僧手裏榔栗棒，便是佛來難救渠。」現為日本靜嘉堂文庫美術館收藏。2.《題丹霞燒佛圖》，楚石題讚曰：「古寺天寒度一宵，不禁風冷雪飄飄。既無舍利何奇特，且取堂中木佛燒。」現為日本石橋美術館收藏。3.《題布袋蔣摩訶問答圖》，楚石題讚曰：「花街鬧市恣經過，喚作慈尊又是魔。忽然背上揩隻眼，幾乎驚殺蔣摩訶。」現為日本根津美術館收藏。4.《題浮玉山居圖》，元錢選畫。楚石題詩為：「舜舉偏工著山色，如斯水墨畫尤難。蒼茫樹石煙霞外，合作營丘老筆看。」原作現藏上海博物館。5.《贈日本石屏介藏主偈》，名偈實詞，文長不錄，現藏於日本。6.《送徒弟珠維那偈》，現藏於日本。7. 楚石所書「雪舟」手跡保存良好，至今仍珍藏在日本山口崇福寺，被視為國寶。原件紙豎1.6尺，橫2.49尺，橫書「雪舟」二大字，落款為「嘉禾天寧住山楚石為濟知客書」，下鈐三印，為「釋氏梵琦」「楚石」和「如幻三昧」，均為陽文。張家成著，《宋元時期的中日佛教文化交流：以浙江佛教為中心的考察》，北京：中國社會科學出版社，2020年，第166～169頁。

便，聲名顯著，與趙孟頫、宋濂、虞集、吳全節（高道）、濟知客等國內外人士廣泛交往。〔註 62〕筆者檢尋楚石梵琦資料發現楊力的《梵琦援儒入佛思想研究》一文中對楚石梵琦交遊的部分重要人物有所忽略。禪林人士：如楚石梵琦三位師父：天寧永祚禪寺住持訥翁和尚，又稱訥翁模公，信仰虔誠且頗具佛學修養，「天寧住持永摹訥翁補增《大藏經》文，重建觀音寶殿於寺之東廡，朱甍畫棟，湧壁菩薩、諸天聖像煥然一新」。〔註 63〕楚石梵琦撰有《受業先師天寧訥翁和尚讚》，讚文中稱其「單傳直指之妙，非文字所可形容；潛利陰益之心，如虛空自然周匝」。〔註 64〕晉翁和尚，又稱晉洵，是楚石梵琦的從族祖，任湖州崇恩寺住持。楚石梵琦撰《道場晉翁和尚讚》，讚中讚歎晉翁和尚超佛越祖、敢於突破權威的禪宗精神，「胡達磨不是祖，老枯禪何必數。若非滅族子孫，誰紹潑天門戶」。〔註 65〕元叟行端（1255～1341），嗣法靈隱之善。行端曾住持湖州資福寺等寶剎，朝廷先後賜其「慧文正辯禪師」「佛日普照」號，其文學作品有擬寒山子詩等。楚石梵琦佩其心印，並請行端禪師寫讚相贈。行端所寫讚為《福臻琦長老請讚》（原注：以下師自讚凡六首，琦即楚石也）：「心直如弦，性急似箭。觸著則發，無背無面。父藏叟，不設藏叟之門庭。祖大慧，不識大慧機辯。福臻手眼既通，切忌隨他腳跟轉」〔註 66〕，行端禪師稱讚楚石梵琦能夠體悟自性本心，具備禪宗獨立自信之精神，不隨他人腳跟轉。楚石梵琦寫有《徑山送寂照先師入塔回寺上堂》《徑山寂照先師元叟和尚讚》，讚中記載行端禪師說法機鋒峻烈、棒喝交加，「棒如雨點，喝似雷奔。掀翻海嶽，震動乾坤」。〔註 67〕曇噩（1285～1373），字無夢，號酉庵，楚石梵琦同門。宋濂《佛真文懿禪師無夢曇噩和

〔註 62〕楚石交遊的情況可參閱（日）木宮泰彥、胡錫年：《日中文化交流史》之《入元僧一覽表》，北京：商務印書館，1980 年。鮑翔麟：《梵琦楚石與日本、高麗僧人的交往》，《東方博物》，2005 年第十七輯。楊力：《梵琦援儒入佛思想研究》，陝西師範大學，碩士論文，2018 年，第 15～17 頁。但二人統計的數據不全，詳見後文。

〔註 63〕《（天啟）海鹽圖經》（卷三），明天啟四年刻本，第 255 頁。

〔註 64〕（元）梵琦著，于德隆點校：《楚石梵琦全集》，北京：九州出版社，2017 年，第 239 頁。

〔註 65〕（元）梵琦著，于德隆點校：《楚石梵琦全集》，北京：九州出版社，2017 年，第 239 頁。

〔註 66〕《卍續藏經》（第 124 冊），第 53 頁。

〔註 67〕（元）梵琦著，于德隆點校：《楚石梵琦全集》，北京：九州出版社，2017 年，第 238 頁。

尚塔銘》載「元叟風規嚴峻，非宿學之士莫敢闖其門。師直前諮扣，了無畏懼。機鋒交觸，情想路絕。迅雷一掣，怒庭隨擊。內外如一，靡間豪忽。自一轉至於六七，語愈朗烈。元叟欣然頷之」，著名文人袁桷、張翥對其詩文創作評價極高。〔註 68〕智及（1311～1373），字以中，號愚庵。智及「釋書與儒典並進」，宋濂甚至稱讚其為「自宋季以迄于今，提唱達摩正傳，追配先哲者，唯明辯正宗廣慧禪師一人而已」。〔註 69〕智及寫有《悼楚石和尚詩三首》《祭楚石和尚文》。楚石梵琦法弟至仁「博通內外典，文辭簡奧有西漢風」〔註 70〕。曇芳守忠（1275～1348），嗣法雲居玉山珍，曾住持大龍翔集慶寺，微笑居士虞集為其語錄撰寫《曇芳和尚語錄序》。元朝廷先後賜守忠「佛海普印大禪師」「大中大夫廣慈圓悟大禪師」號，楚石梵琦為其寫有《龍翔曇芳和尚遺書至上堂》。文人：危素，宋濂有言：「危公，亦深知師者也。」〔註 71〕楚石梵琦圓寂後，危素為其篆題塔銘。忽都達兒，楚石梵琦語錄中有《忽都達兒狀元入山上堂》。周伯琦，楚石大師為日本臨濟宗高山慈照（1235～1390）撰寫的《高山照禪師塔銘》為楚石梵琦撰文，周伯琦纂額。〔註 72〕楚石梵琦甚至也與元帥有交往，《六會語錄》中有《探元帥回上堂》。

現將楚石梵琦與日本僧侶交往情況列表如下〔註 73〕：

〔註 68〕（明）宋濂著，黃靈庚編輯校點：《宋濂全集》（第 2 冊），北京：人民文學出版社，2014 年，第 1114～1117 頁。

〔註 69〕（明）宋濂著，黃靈庚編輯校點：《宋濂全集》（第 4 冊），北京：人民文學出版社，2014 年，第 1820 頁。

〔註 70〕（明）宋濂著，黃靈庚編輯校點：《宋濂全集》（第 3 冊），北京：人民文學出版社，2004 年，第 1765 頁。

〔註 71〕（明）宋濂著，黃靈庚編輯校點：《宋濂全集》（第 3 冊），北京：人民文學出版社，2014 年，第 1766 頁。

〔註 72〕張天騏：《元僧楚石梵琦研究的新材料與新視野——以日藏文獻為中心》，《元史及民族與邊疆研究集刊》（第三十九輯），2020 年第 1 期，第 114～116 頁，張文來自金程宇先生的家藏本。

〔註 73〕此表對於楚石梵琦與日本僧人交往的情況吸納了日人木宮泰彥《日中文化交流史》之《入元僧一覽表》中的成果，但其重在反映整個元代中日僧人的交往，因此關於梵琦交往的記錄十分分散，且遺漏不少、出處不夠具體。筆者統計數據採用的是于德隆點校的《楚石梵琦全集》，於先生收集了楚石不少存於日本的文章，更為真實地反映了楚石與日本僧侶的交往情況。鮑翔麟先生也曾梳理過梵琦與外國僧人交往的情況，但有遺漏與誤收。

人　名	入元年代	回國年代	事　蹟	文獻來源
*1. 東林友丘	約 1334 年	不詳	一山一寧法嗣，入元育王山月江正印會下掌藏鑰，有聲名，回國後住持建長、圓覺等寺。	《月江正印語錄》《楚石梵琦語錄》《鐮倉五山記》等。(按：在《楚石梵琦全集》中未發現相關記錄，或在日本有相關文獻)
*2. 無文元選	1339 年	1350 年	後醍醐天皇第十一子，師事建仁的可翁、雪村，參訪過了庵清欲、千岩元長等，返國後開創方廣寺。	楚石梵琦《贈日本無文元選禪師偈》《無文元選語錄》等。
3. 易侍者（易上人）	約 1347 年	不詳	鐵舟德濟弟子，《閻浮集》中有《送易、惠二侍者入宋》詩，楚石有《送日本易上人》詩。	《閻浮集》、楚石梵琦《送日本易上人》。
*4. 古劍妙快	約 1349 年	約 1366 年	天龍夢窗疏石法嗣，來華參訪過楚石梵琦、穆安康等禪師，返國後歷住等持、東光等寺，擅長詩文，有詩集《了幻集》。	《了幻集》《空華集》《蕉堅稿》等。
*5. 約庵德久	約 1351 年	不詳	紀伊大慈山高山慈照弟子，參訪楚石梵琦、了庵清欲，後住嘉興府圓通禪寺，明洪武九年（1376）在我國入滅。	《約庵禪師略傳》、清欲《開福月庵老衲、月林無門、法燈高山，凡七世。日東久藏主繪其像，請讚以歸》《日本名僧傳》等。
*6. 日岩光	1347～1370 年	不詳	為約庵德久侍者，約庵圓寂後，奉遺命攜帶遺書、佛祖圖與楚石梵琦撰寫的《高山照禪師塔銘》歸國，安置在建仁的靈洞院。	楚石梵琦《高山照禪師塔銘》,《約庵禪師略傳》《本朝高僧傳》。

7. 無我省吾（吾藏主）	1349 年	1359 年	曾參拜承天的仲銘新、天寧的楚石梵琦、本覺的清欲等。	楚石梵琦《送中天竺吾藏主還日本》等。
*8. 大功績	約 1349 年	不詳	博多聖福寺秀山元中弟子，曾向楚石梵琦求真讚。	《延寶傳燈錄》《肥後國志》
*9. 大嶽妙積	1347～1370 年	不詳	參訪天寧楚石大師，歸國後歷住淨妙、圓覺等寺。	楚石梵琦《大嶽贈日本積首座》
*10. 少林如春	1347～1370 年	不詳	建長寺東明惠日法嗣，入元謁見多位禪門碩德。	楚石梵琦《送日本春侍者》、愚庵智及有《示日本春禪人》等
*11. 信中自敬	1347～1370 年	不詳	參見過了堂惟一、楚石梵琦。	了堂《次韻贈日本敬藏主》、楚石梵琦《送天寧敬藏主》，《本朝高僧傳》《延寶傳燈錄》
12. 寰中元志	1347～1370 年	不詳	參見楚石梵琦，返日後接受菊池朝邀請，為成道寺的開山。	楚石梵琦《送志侍者》，《寰中和尚傳》《碧山日錄》等
13. 淵默庵（默庵淵）	1347～1370 年	不詳	參見楚石梵琦，繪製禪宗二十二祖圖，請楚石題讚。	楚石梵琦《日本淵默庵畫二十二祖請讚》《送默庵淵首座》
14. 成藏主	1347～1370 年	不詳	楚石梵琦《辟支佛牙讚》曰：「日本成藏主入吳，逢一童子，施辟支佛牙，得而寶之，請讚。」	楚石梵琦《辟支佛牙讚》
15. 世首座	1347～1370 年	不詳		楚石梵琦《送延聖世首座還日本》
16. 楚藏主	約 1370 年	不詳		楚石梵琦《送萬年楚藏主回日本》
17. 用首座	約 1370 年	不詳	楚石梵琦《送用首座》言：「道人日本來，將甚麼過海？」	楚石梵琦《送用首座》
18. 丘侍者	約 1370 年	不詳		楚石梵琦《送日本丘侍者之金陵》
19. 訥藏主	約 1370 年	不詳		楚石《梵琦無相贈日本訥藏主》

20. 嚴藏主	約 1370 年	不詳		楚石梵琦《無外贈日本嚴藏主》
21. 全藏主	約 1370 年	不詳		楚石梵琦《大機贈日本全藏主》
22. 聞侍者	約 1370 年	不詳		楚石梵琦《思遠贈日本聞侍者》
23. 月長老	約 1370 年	不詳		楚石梵琦《桂岩贈日本淨居月長老》
*24. 中山法穎	約 1370 年	不詳	參見楚石梵琦，歸國後，歷住東禪寺、壽福寺、建長寺，後董理天龍寺，管領南禪寺。	楚石梵琦《中山贈穎首座》,《了幻集》《天境靈致語錄》等
25. 興東（東藏主）	約 1370 年	約 1370 年	曾來華遊歷臺、雁等地，回國謁見義堂周信。	楚石梵琦《送日本東藏主遊台雁》,《寶華日工集》。
*26. 斥然中端	約 1370 年	不詳	入元與興東等同在楚石梵琦會下。日本應安六年（公元 1373）椿庭海壽回國時，談到斥然患病，住明州翠峰。	《空華日工集》《楚石和尚語錄》（筆者按：檢尋《楚石梵琦全集》並未發現相關記載）
27. 在首座	不詳	不詳		楚石梵琦《送石霜在首座歸國》云:「家住海門東，扶桑最先照。」
28. 的藏主	不詳	不詳		楚石梵琦《送的藏主歸里》曰:「日本禪師皆可喜，不憚鯨波千萬里。」
*29. 森藏主	不詳	不詳		楚石梵琦《送森藏主》言:「森禪日東來，意氣何慷慨。」
*30. 巳禪人	不詳	不詳		楚石梵琦《送巳禪人》:「扶桑天子呵呵笑，尺二眉毛頷下垂。」

31. 榮藏主	不詳	不詳		楚石梵琦《送雪竇榮藏主歸國》:「百尺竿頭五兩垂，大唐又向扶桑歸。」
*32. 東侍者	不詳	不詳		楚石梵琦《送東侍者之天平》:「上人來自扶桑國，貫見琉璃浸天碧。」(筆者按:此人不知是否與東林友丘為同一人)
*34. 介藏主	不詳	1353 年	至正七年（公元1347）二月，介藏主由嘉興本覺寺前往江西參方禮祖。	楚石梵琦《偈送日東石屏介藏主之江西》《與日本石屏介藏主》，其中有言:「於其行，筆此餞焉。至正十三年冬，前本覺梵琦。」
35. 壽首座	不詳	1363 年		楚石梵琦《送淨慈壽首座還日本》《與日本椿庭壽藏主送別偈》，後者有言「至正廿三年三月閏月二十二日，楚石道人梵琦。」
*36. 進侍者	不詳	不詳		楚石梵琦《送進侍者》:「疏山賣卻布單，三千里外行腳。……扶桑那畔一輪日，直至黃昏後方出。」
37. 佐侍者	不詳	不詳		楚石梵琦《送日本建長佐侍者之廬山》
38. 佚名	不詳	不詳		楚石梵琦《送日本侍者》
39. 岳藏主	不詳	不詳		楚石梵琦《送中竺岳藏主》:「唐國之西日本東，都盧攝在微塵中。」(筆者按:不知是否與大嶽妙積為一人。)

*40. 遠侍者	不詳	不詳		楚石梵琦《贈遠侍者》:「昔年日本來,紅爐一朵芙蓉開。」
*41. 愚中	不詳	不詳		楚石梵琦《與日本愚中和尚偈》

(表中所列與梵琦交遊的帶*的 18 位日本僧人,為筆者此次結合《楚石梵琦全集》與《日中文化交流史》在鮑翔麟先生統計之外新發現的日本僧侶。)

此外,據《楚石梵琦全集》可以發現楚石禪師與以下高麗僧也有往來:蘭禪人,楚石梵琦寫有《送高麗蘭禪人禮補陀》;順禪人,楚石《送高麗順禪人歸國》;至無極長老,楚石梵琦《寄高麗檜岩至無極長老七首》;普應國師,楚石梵琦《普應國師之記》其文曰:「沈王,高句麗賢君也,乃能捨身學佛,圓頂參禪。……王始號海印居士,……至正九年歲在己丑,正月下瀚(翰?),本覺梵琦。」〔註 74〕

楚石大師的交遊對象從思想與信仰層面分為儒、釋、道,從國別分為國內、日本、高麗,其中國內主要涉及江南、西域(楚石梵琦有《送天使往西域》)、大都(楚石梵琦有《萬寶坊偶成三首》)及上都(楚石梵琦有《上都十五首》)等地。其交遊對象的眾多與分布廣泛,一是可以證明元明之際,國內及亞洲佛教的區域互動性顯著的特徵;二是呈現佛教文化與世俗文化及其他宗教文化融合發展的特點;三是體現楚石梵琦佛教修養深厚,「大鑒密旨餘十傳,妙喜起蹴龍象筵。有如大將據中堅,鐵卒十萬佩櫜鞬。或觸之者命發懸,誰與五世稱象賢。佛日曉出瀛海堧,紅焰閃閃行中邊」,〔註 75〕能夠弘揚慧能、宗杲等祖師的宗風。在弘揚禪宗外,楚石大師兼修淨土、重視《法華》與《華嚴》等經典,是佛教融合發展進程中的重要人物。孫昌武先生評價其「以他(楚石梵琦)在世俗和教內兩方面的地位,在相當程度上影響了一代佛教的發展方向」。〔註 76〕以上諸端亦是楚石梵琦在佛教史與文化史上的意義所在,其重要載體便是楚石梵琦基於虔誠的佛教信仰創作出的優秀佛教文學作品。

〔註 74〕(元)梵琦著,于德隆點校:《楚石梵琦全集》,北京:九州出版社,2017 年,第 705 頁。

〔註 75〕(明)宋濂著,黃靈庚編輯校點:《宋濂全集》(第 3 冊),北京:人民文學出版社,2014 年,第 1766～1767 頁。

〔註 76〕孫昌武著:《中國古代北方民族與佛教》,北京:中華書局,2020 年,第 474 頁。

第二章　《北遊詩》：元朝帝都之旅

臨濟宗僧人楚石梵琦在二十八歲時，應詔赴京，書寫金字《大藏經》。在北遊之旅中，楚石禪師創作出了大量的反映運河、大都、上都風俗民情的北遊紀行詩。尤為關鍵的是，楚石梵琦在北遊之旅中修行不輟，聞鼓聲而開悟，並在北遊的佛教生活中勤奮踐履佛教儀軌。因此，楚石梵琦的修行境界得到提升。在他的詩歌中也反映出大都的佛教史實。在大都與上都期間，楚石梵琦廣泛交往儒、釋、道三教人物，從而突破了僧人狹隘的交際圈。作為一位浙僧，楚石梵琦在北遊的修行之旅中因為地理、文化、宗教的不同，將產生的江南之思，形諸筆端。楚石梵琦的北遊之旅，亦是元代僧人修行的經典案例，折射出元代佛教生活史之一斑。

楚石梵琦佛學造詣深厚，其書法亦在當時頗受好評。如元人陶宗儀《書史會要》卷七大元收錄釋梵琦條，評價其「工行草，有書名」。〔註 1〕至治三年（1323），「皇帝（英宗）即位之三年，詔改五花觀為壽安山寺，選東南善書者書經以鎮之。三百餘人，余亦預焉」。〔註 2〕二十八歲的浙僧楚石梵琦在趙孟頫、鄧文原等著名書法家的推薦下，應召赴元朝首都大都（今北京）以泥金粉繕寫《大藏經》。從此，楚石梵琦開始了他的北遊之旅，由京杭大運河乘船至大都，後又扈從皇帝巡幸上都（「內蒙古正藍旗旗政府所在地黃旗大營子東北

〔註 1〕魏崇武主編，徐永明點校：《書史會要》，北京：北京師範大學出版社，2016 年，第 183 頁。

〔註 2〕（元）楚石著，吳定中，鮑翔麟校注：《楚石北遊詩》，杭州：浙江古籍出版社，2010 年，第 10 頁。

約 20 公里處」〔註 3〕），之後沿水路返回。

那麼楚石梵琦《北遊詩》是作於此次北遊的旅途中嗎？細心的馮國棟教授發現「梵琦『住福臻禪寺語錄』有『朝京回上堂』語錄一則，據此可知，梵琦在任福臻寺住持期間，曾至京師。如此看來，梵琦禪師在元代應曾兩入京師，一次在任福臻寺之前，一次在（住持）福臻寺期間，因此《北遊詩》中的作品之繫年，當重新考慮」。〔註 4〕據祖光等編的《住福臻寺語錄》可知，楚石梵琦於泰定元年（1324）冬開始住持該寺院。《住福臻寺語錄》記錄楚石梵琦的說法為《山門》……《行宣政院貼》《除夜小參》《元宵上堂》《上堂》（「僧問：『不愁念起』」）《上堂》（「岩頭道：『須是一一從自己胸中流出』」）《朝京回上堂》《浴佛上堂》。〔註 5〕由楚石梵琦的說法順序我們可以推斷《朝京上堂》說法時間為泰定二年（1325）元宵（正月十五）至四月八日期間，即其第二次北遊的時間。茲將《朝京回上堂》引之如下：

祝聖罷，僧出問云：奉詔迢迢上玉京，京師早已播師名。天香滿袖歸來也，恰值黃河一度清。學人上來，請師祝讚。

師云：天無私覆。

進云：金枝永茂千千界，玉葉長數萬萬春。

師云：且得闍梨證明。

進云：昔日宋太宗皇帝因僧朝見，垂問云：「甚處來？」答云：「廬山臥雲庵。」帝云：「朕聞臥雲深處不朝天，因甚到這裡來？」當時無對。還作麼生？

師云：這僧豈不作家。

進云：後來雪竇代云：「難逃至化。」還契得太宗也無？

師云：直是千里萬里。乃云：風不鳴條，雨不破塊。民不失所，路不拾遺。正恁麼時，好個太平時節。山僧近承使命，遠屆上京，面對龍顏，親聞詔旨。風雲慶會，千載一時。及還此山，將何報答？也不出這個時節。諸佛出世，祖師西來，天下老和尚直指曲說，總

〔註 3〕陳高華，史衛民著：《元代大都上都研究》，北京：中國人民大學出版社，2010 年，第 140 頁。

〔註 4〕馮國棟：《楚石梵琦住持諸寺考》，《楚石禪師研究文集》，海鹽縣天寧佛教文化基金會，2017 年，第 24 頁。

〔註 5〕（元）梵琦著，于德隆點校：《楚石梵琦全集》，北京：九州出版社，2017 年，第 6～9 頁。

不出這個時節。所以道：欲觀佛性義，當觀時節因緣。時節若至，其理自彰。且作麼生是自彰底理？皇圖齊北極，聖壽等南山。〔註6〕

關於楚石梵琦第二次北遊的記載雖僅此一條，但我們可以推測《北遊詩》應作於楚石梵琦兩次北遊期間，詩歌創作時間約為 1323 年夏至 1324 年夏與 1325 年正月十五日至四月八日。至於楚石梵琦《北遊詩》具體作品的繫年問題，由於文獻不足徵，只能暫時擱置。

第一節　杭州——帝都紀行

由於大都是元朝的首都，上都為陪都，因此文臣、釋子、黃冠由於種種原因，大多有北遊的經歷。文士如黃溍、薩都剌、袁桷、周伯琦、胡助等；黃冠如玄教高道陳義高、吳全節、薛玄曦等，茅山宗如張雨等；釋子北遊的情況學者較少關注，如楊鐮的《元詩史》僅提及釋英；陳高華、史衛民所著《元代大都上都研究》關注較多的則是藏傳佛教僧人，陳氏又著有《元代佛教史論》一書只提及楚石梵琦一人而已。從北遊詩創作較多的袁桷與楚石梵琦二人詩集中檢尋，北遊僧人情況如下：北禪講師（袁桷《開元恩長老以詩送北禪講師遊上京末章及見余於灤陽次韻》）、圓上人（袁桷《天童山圓上人遠來開平訪華嚴以舊詩求題》）、信上人（袁桷《題信上人手書》：「一去天台隔生死，重來應寫梵天書。」〔註7〕）、上上人（袁桷《上上人遊開平回四明》）、光雪窗（楚石《留城南寄北城光雪窗，時方誦〈寶積經〉二首》）、冰壑，「象山人，……初住蘇之靈巖，又住秀之能仁，明之育王。大德間奉詔旨任常德路僧錄，往來京師五十餘年，年八十」。〔註8〕當然有元一代有北遊經歷的僧人人數很多，僅於此二人詩集中便可睹豹之一斑。另外需要提及的是楚石梵琦之師元叟行端亦有北遊之旅，如其寫有《黃河州中示善藏主二首》。

就目前元代僧人存世文集而言，在僧詩中楚石梵琦《北遊詩》的詩作數量當居書寫以北遊為主題的僧人詩集之首。北遊紀行是楚石梵琦《北遊詩》的重

〔註6〕（元）梵琦著，于德隆點校：《楚石梵琦全集》，北京：九州出版社，2017 年，第 9 頁。

〔註7〕（元）袁桷著，楊亮校注：《袁桷集校注》（第 3 冊），北京：中華書局，2012 年，第 890 頁。

〔註8〕（元）楚石著，吳定中，鮑翔麟校注：《楚石北遊詩》，杭州：浙江古籍出版社，2010 年，第 148 頁。

要書寫內容，包括京杭運河紀行、大都紀行、上京紀行三方面。此外，楚石梵琦在北遊中途經名勝古蹟時觸景生情，以僧人的視角創作出不少詠史抒情詩篇。

一、運河紀行

元朝在前代的基礎上修鑿、治理京杭運河，使得南北交通極為便捷，並且產生了運河詩的創作。〔註9〕楚石梵琦從杭州徑山出發，分別經過西湖、西津（鎮江）、蘇臺驛（蘇州）、揚州、清口（淮陰）、圯橋（睢寧）、沛縣、魯橋（微山）、任城（濟寧）臨清、通州，最後抵達大都，其返程路線與此相同。《北遊詩》為楚石梵琦第一部詩集，收錄的第一首詩是書寫西湖景致的《曉過西湖》，詩云：「船上見月如可呼，愛之且復留斯須。青山倒影水連郭，白藕作花香滿湖。仙林寺遠鐘已動，靈隱塔高燈欲無。西風吹人不得寐，坐聽魚蟹翻菰蒲。」詩中意象豐富，有船、月、青山、湖水、城郭、白藕花、鐘聲、塔燈、西風、魚、蟹、菰、蒲。此詩由遠到近，先寫空中明月，次寫山影城郭，後寫湖面藕花魚蟹。詩人又能運用意根分別從眼根、鼻根、身根、耳根細緻入微地觀察周圍景色，營造出靜中有動、清新優美的詩境，使此詩頗具禪悅之味。因此，《明詩別裁集》收錄楚石梵琦此詩，並在注中評曰：「釋子詩取無蔬筍氣者，寥寥數章，已盡其概。」〔註10〕船過清口時楚石梵琦寫下《泊清口》：「野外三家市，天涯萬里舟。河流歸故道，雲物動新秋。曠海連魚鱉，華星近斗牛。吾鄉去未遠，行李勿深憂。」不經意間，詩人所乘小舟已至清河驛，秋雲繾綣、水面開闊、魚鱉時現、波湧星宿，而此時詩人心中漸生鄉愁。經過臨清時楚石梵琦對此地青草萋萋、魚戲蘋花的如畫景色極為喜愛，有詩云：「北來風物未蕭疏，佳處王維畫不如（《行近臨清，客

〔註9〕元代京杭大運河的情況為：「元世祖至元三十年（1293），隨著濟州河、會通河、通惠河的相繼修竣，長約1，700餘里的京杭大運河全線貫通。運河由北京經通州（通惠河）、天津（北運河）、滄州、德州，到山東臨清（南運河），穿過汶水、泗水，至濟寧（會通河），在徐州入黃河，從鎮江京口往南，經常州呂城壩（鎮江運河）、無錫、蘇州、嘉興，直抵杭州（浙西運河或稱江南運河）；出杭州西興渡，向東經蕭山、過錢清江、紹興曹娥江、上虞姚江、至餘姚、慈谿、於寧波鎮海入東海，此乃浙東運河。」任天曉：《元代運河詩研究》，浙江師範大學，碩士學位論文，2021年，第6頁。關於元代運河詩歌的研究亦可參閱此文。

〔註10〕（清）沈德潛，周准編，《明詩別裁集》，上海：上海古籍出版社，1979年，第326頁。

懷渺然，有江南之思三首・其二》)。」〔註 11〕

返程中途經新州時楚石梵琦描寫水閘「南來七十閘，今夜泊新州（《泊新州二首・其一》）〔註 12〕」，可見京杭運河的建造、治理使得水路交通十分便利。到汴州時楚石梵琦描寫當地慶祝重陽節的習俗是「粉面蒸糕插彩旗，栗黃松子更相宜。汴州風物猶淳厚，不似南人好百為（《九日》）」。〔註 13〕過揚州時，天氣炎熱，楚石梵琦寫在此避暑的情況是「南船不奈火雲蒸，小住須涼看廣陵。珠簟有紋搖細浪，翠瓜無滓嚼寒冰。平山堂下風初到，后土祠前月欲升。聽徹梅花三弄角，只今身是太原僧」，〔註 14〕詩人在揚州食瓜聽曲以消暑，其效果如同身處山西五臺山之清涼地。船至無錫，楚石梵琦描寫惠山泉水「玉音正似珮春撞，何許流來滿石矼。天下名泉雖有數，江南斗水本無雙。因僧浴象心俱淨，共客分茶睡已降。俗駕往來那識此？自今幽夢繞山床」。〔註 15〕

楚石梵琦的京杭運河紀行詩在描寫運河景色外，對於運河兩岸的物產及手工藝品亦有詳盡的記錄。楚石梵琦寫臨清魚蟹「橋下白魚長比劍，石間青蟹大如錢（《行近臨清，客懷渺然，有江南之思三首・其三》）。」〔註 16〕北方的成熟杏子色似美人醉顏，味同蜂蜜甘甜，頗能引起南方之人的注意。如袁桷《食杏有感》詩云：「筠籠賜杏得嘗新，一一如拳醉臉勻。」〔註 17〕楚石梵琦在《荊門》一詩中對於荊門杏子果大價廉進行了描寫，詩云：「梁山蓮蓬浩如海，荊門杏子大於瓜。百錢一斗供無數，敗核焦房易滿車。」〔註 18〕楚石梵琦對山東聊城魏野塘製作的薰香器具博山爐有具體的描寫，其《過東昌》序云「東昌城

〔註 11〕（元）楚石著，吳定中，鮑翔麟校注：《楚石北遊詩》，杭州：浙江古籍出版社，2010 年，第 8 頁。

〔註 12〕（元）楚石著，吳定中，鮑翔麟校注：《楚石北遊詩》，杭州：浙江古籍出版社，2010 年，第 160 頁。

〔註 13〕（元）楚石著，吳定中，鮑翔麟校注：《楚石北遊詩》，杭州：浙江古籍出版社，2010 年，第 144 頁。

〔註 14〕（元）楚石著，吳定中，鮑翔麟校注：《楚石北遊詩》，杭州：浙江古籍出版社，2010 年，第 162 頁。

〔註 15〕（元）楚石著，吳定中，鮑翔麟校注：《楚石北遊詩》，杭州：浙江古籍出版社，2010 年，第 165 頁。

〔註 16〕（元）楚石著，吳定中，鮑翔麟校注：《楚石北遊詩》，杭州：浙江古籍出版社，2010 年，第 9 頁。

〔註 17〕（元）袁桷著，楊亮校注：《袁桷集校注》（第三冊），北京：中華書局，2012 年，第 888 頁。

〔註 18〕（元）楚石著，吳定中，鮑翔麟校注：《楚石北遊詩》，杭州：浙江古籍出版社，2010 年，第 7 頁。

南有隱君子魏野塘者，能範土作博山爐。輕巧有制度，南北人多取之」。〔註 19〕船經吳江時，楚石梵琦為當地特產雞頭（為芡實別名，亦稱雞頭米、芡實米）所吸引，其《吳江所出雞頭絕佳》詩曰：「雞頭近出洞庭湖，刺葉重重著翠鋪。借問道人能飯否，不知童子解炊無？天街剩費三年客，水府新供萬斛珠。我有方塘才及畝，直堪種此不時須。」〔註 20〕

楚石梵琦運河紀行詩既如實記錄一位江南僧人往返於京杭大運河的所見所聞，又反映出元代部分僧人對統治階級意志的順從。〔註 21〕通過運河楚石梵琦抵達元朝首都——大都，在大都浙僧楚石梵琦的視野得以拓寬，草原文化使其見識遠大，詩作絕無「酸餡氣」〔註 22〕。

二、大都紀行

楚石梵琦遊歷元大都的意義，卞勝在《楚石大師〈北遊詩〉序》早已指出「及抵於京師，則耳目之接，固又極其大者，可知已夫！京師乃天下之大都會，天子之居在焉。宮城之偉，冠乎四海；人物之殊，聚乎萬國。而朝廷之上，禮樂儀衛之盛，宗廟之美，百官之富，乃天下之極觀者也，是以日益乎所見」。〔註 23〕楚石梵琦《北遊詩》中對大都中的禮儀、服飾、民俗活動等方面皆有書寫，其大都紀行詩真實地記錄了元代此地的社會生活。

楚石梵琦描寫元朝宮廷禮儀的詩如《皇都春日三首・其一》：「三三五五殿相當，玉几中間是御床。宗廟盡存周禮樂，翰林多取漢文章。東風入律蠻夷喜，

〔註 19〕（元）楚石著，吳定中，鮑翔麟校注：《楚石北遊詩》，杭州：浙江古籍出版社，2010 年，第 159 頁。

〔註 20〕（元）楚石著，吳定中，鮑翔麟校注：《楚石北遊詩》，杭州：浙江古籍出版社，2010 年，第 172 頁。

〔註 21〕楚石等僧人應詔書寫藏經便是向封建統治者的靠攏，而元代被譽為「江南古佛」的中峰明本隱跡江湖，拒絕朝廷詔命，保持了自由的身份與獨立的人格。孫昌武先生評價其「樹立其高尚的僧風，作為僧詩創作潮流的後殿，取得了巨大的成就，是值得表揚的」。參見孫昌武：《僧詩與詩僧》，北京：中華書局，2020 年，第 132～158 頁。

〔註 22〕酸餡氣又稱蔬筍氣，其弊病為：1. 意境過於清寒，缺乏人世生活的熱情。2. 題材過於狹窄，缺乏深刻的社會生活內容，「其體格不過煙雲、草樹、山川、鷗鳥」。3. 語言拘謹少變化，篇幅短小少宏放。4. 作詩好苦吟，缺乏自然天成之趣；又好使用禪語，缺乏空靈蘊藉之韻。參見周裕鍇著：《中國禪宗與詩歌》，上海：上海人民出版社，1992 年，第 45～48 頁。

〔註 23〕（元）楚石著，吳定中，鮑翔麟校注：《楚石北遊詩》，杭州：浙江古籍出版社，2010 年，第 8 頁。

北斗回城刻漏長。不但有詩歌后稷，更將《無逸》奉君王。」〔註24〕該詩反映出由蒙古人建立的大元王朝對漢族禮儀與文化的積極學習與實踐；描寫大都人服飾的詩如《萬寶坊偶成三首・其一》：「短衣隨北客，歸路近東華。宮帽凫分尾，軍裝豹與花。」，諸王的服飾與布料為「袍裁白地明光錦，詔賜紅雲五色羅（《諸王》）。」〔註25〕描寫大都人的住處為「荅布應千匹，穹廬且萬家（《萬寶坊偶成三首・其二》）」〔註26〕，楚石梵琦甚至記錄了大都城牆的防雨排水措施，「築土為城荻作簾，有司歲歲換新苫（《燕京絕句六十七首・其十七》）」。〔註27〕該項措施乃王慶端所獻計策，「王慶端提出的『葦城』防水，就是『以葦排編，自下砌上』，將整個土牆用葦遮蓋起來，以防雨水將土牆『摧塌』。……後來，元朝政府還抽調部分軍隊成立武衛，『專掌繕理宮城』『砍葦披城上』便是他們的一項重要任務」〔註28〕，由此可見，用於大都城牆防水的材料除蘆葦外，還有楚石梵琦所言之荻竹。「西湖景」是大都西郊著名風景區，主要由西山（包括玉泉山、壽安山、香山）與西湖（亦稱甕山泊）構成。楚石梵琦寫「西湖景」：「誰鑿西湖繞甕山，白雲點綴綠蘿間。坐看水色浮天影，幾個漁舟自往還。（《燕京絕句六十七首・其三十四》）」「西山水落甕山浮，無數人煙簇上頭。好種荷花三十頃，中間更著採蓮舟。（《燕京絕句六十七首・其三十五》）。」〔註29〕大都也有豐富多彩的民俗活動，如女孩春日蕩秋韆，「九衢春暖雜花開，高架秋韆試女孩。彩索頓能拋勢力，羅衣全不染塵埃。將隨舞蝶輕飄去，又學游絲穩下來。直到廣寒爭幾許？何勞重築眺蟾臺。（《和人秋韆》）」，〔註30〕此詩寫道：彩索繫著秋韆，女孩穿著羅衣，輕盈穩當，有嫦娥

〔註24〕（元）楚石著，吳定中，鮑翔麟校注：《楚石北遊詩》，杭州：浙江古籍出版社，2010年，第34頁。

〔註25〕（元）楚石著，吳定中，鮑翔麟校注：《楚石北遊詩》，杭州：浙江古籍出版社，2010年，第32頁。

〔註26〕（元）楚石著，吳定中，鮑翔麟校注：《楚石北遊詩》，杭州：浙江古籍出版社，2010年，第24頁。

〔註27〕（元）楚石著，吳定中，鮑翔麟校注：《楚石北遊詩》，杭州：浙江古籍出版社，2010年，第123頁。

〔註28〕陳高華，史衛民著：《元代大都上都研究》，北京：中國人民大學出版社，2010年，第40頁。

〔註29〕（元）楚石著，吳定中，鮑翔麟校注：《楚石北遊詩》，杭州：浙江古籍出版社，2010年，第128頁。

〔註30〕（元）楚石著，吳定中，鮑翔麟校注：《楚石北遊詩》，杭州：浙江古籍出版社，2010年，第41頁。

般的神仙姿態。寫大都歌舞，「密的支前渾脫舞，無人解唱野王歌《燕京絕句六十七首·其八》」「河西墜子御前呈，舊曲歌還四海清（《燕京絕句六十七首·其五十六》）」，〔註 31〕詩寫蒙古人在帳篷前表演其民族特色舞蹈渾脫舞（又名蘇莫遮），此舞史有所載：「比見坊邑相率為渾脫隊，駿馬胡服，名曰『蘇莫遮』。旗鼓相當，軍陣勢也；騰逐喧噪，戰爭象也。」〔註 32〕譚蟬雪曾研究敦煌「踏舞設樂」時對蘇莫遮相關資料有所梳理，「據《酉陽雜俎》記載：『龜茲國，元日斗牛、馬、駝，為戲七日……婆羅遮，並服狗頭猴面，男女無晝夜歌舞』『焉耆國，元日、二月八日婆莫遮』，向達《唐代長安與西域文明》認為『婆羅遮』與『婆摩遮』為同一舞名，『婆』乃『娑』之誤，『娑摩遮』即『蘇莫遮』。慧琳《一切經音義》：『蘇莫遮，西戎胡語也。正云颯莫遮……或作獸面，或像鬼神，假作種種面具形狀……土俗相傳云常以此法禳厭驅逐羅刹、惡鬼食啖人民之災也』」〔註 33〕，可見，渾脫舞歷史悠久，寓意祈福禳災，此種舞蹈不論男女皆可參加，還佩戴各種動物形象的面具，舞蹈表演熱鬧非凡。元朝疆域遼闊，文化交流頻繁，因此蒙古人也會表演河西墜子等地方曲藝。大都的飲食，飲品如葡萄酒「葡萄一飲杯三百（《燕京絕句六十七首·其五》）」，食物與水果如禾、黍、梨、芭欖杏等，「禾黍豐登梨棗繁（《相府二首·其二》）」「芭欖從來回鶻家，往時傳作畫圖誇。漢人始識春風面，桃樹枝頭看杏花（《燕京絕句六十七首·其九》）」。〔註 34〕楚石梵琦對自己在大都所見的稀有動物——獅子兒既喜愛又同情，「初識天閑獅子兒，尾毛如斗細於絲。何人為解黃金索，恨在垂頭舔掌時（《燕京絕句六十七首·其十二》）」。〔註 35〕

楚石梵琦在大都生活約一年後，深感功業無成，「我何獨為塵中土，校讎文字久無功（《呈諸國師二首·其二》）」〔註 36〕他便試圖進一步接近皇帝權貴，

〔註 31〕（元）楚石著，吳定中，鮑翔麟校注：《楚石北遊詩》，杭州：浙江古籍出版社，2010 年，第 119、135 頁。

〔註 32〕（宋）歐陽修，宋祁撰：《新唐書》（第 14 冊），北京：中華書局，1975 年，第 4277 頁。

〔註 33〕譚蟬雪著：《敦煌民俗：絲路明珠傳風情》，蘭州：甘肅教育出版社，2006 年，第 42 頁。

〔註 34〕（元）楚石著，吳定中，鮑翔麟校注：《楚石北遊詩》，杭州：浙江古籍出版社，2010 年，第 42、118、120 頁。

〔註 35〕（元）楚石著，吳定中，鮑翔麟校注：《楚石北遊詩》，杭州：浙江古籍出版社，2010 年，第 121 頁。

〔註 36〕（元）楚石著，吳定中，鮑翔麟校注：《楚石北遊詩》，杭州：浙江古籍出版社，

因此對扈從皇帝前往上都極為嚮往，如其在大都送別鍇師時便表現出對扈從出遊之豔羨，詩云：「又向神都避暑蒸，朝朝駕動鼓登登。不騎一匹大宛馬，自拄千霜王屋藤。陌上花開金作朵，山間雲盡翠為層。長松怪石華嚴寺，想見皋盧煮澗水（《送鍇師之上都》）。」〔註 37〕

三、上京紀行

公元 1264 年，忽必烈開始實行兩都制，中都（後改中都為大都）為正都，上都（亦名上京、灤京）為陪都，之後每年巡幸兩都遂成為一項穩定、持久的制度。草原城市上都（今內蒙古）雖地處北方，但往返兩都能夠滿足蒙古族逐水草而居的遷徙生活習慣，也適應蒙古族人以畋獵為樂、不耐暑熱的生活方式；更為重要的是，上都的地理位置在政治、軍事方面均有重要意義。上都是連接漠北蒙古的龍興之地與中原漢地的交通樞紐，東、西則為蒙古諸宗王的分封地，所以巡幸上都可鞏固元朝政治統治。〔註 38〕

元代巡幸上京制度使得上京紀行詩創作興盛繁榮，正如揭傒斯為金華文人胡助上京紀行詩跋文所言「當天下文明之運，春秋扈從之臣，涵陶德化，苟能文詞者，莫不抽情抒思，形之歌詠」。〔註 39〕邱江寧先生劃定上京紀行詩範疇為「元人去往上都的紀行詩，以及觀覽、遊歷上都，與上都有關的詠和、贈別、踐行、題和之類的詩作皆統稱為上京紀行詩」。〔註 40〕筆者認為上京紀行詩的核心內涵當是詩人對上京及巡幸途中風土人情、物產地理的紀實詩篇。其實，上京紀行詩亦可視作古代草原文學的重要內容，策・傑爾嘎拉認為「『草原文學』就是反映迷人的草原之美的文學，歌頌草原人之美的文學，描繪出草原之風俗畫的文學，著力表現草原人民的風俗習慣、生活情趣、風土人情和各民族友愛和諧的文學。」〔註 41〕

2010 年，第 55 頁。

〔註 37〕（元）楚石著，吳定中，鮑翔麟校注：《楚石北遊詩》，杭州：浙江古籍出版社，2010 年，第 52～53 頁。

〔註 38〕陳高華，史衛民著：《元代大都上都研究》，北京：中國人民大學出版社，2010 年，第 140～141 頁。

〔註 39〕（元）揭傒斯著，李夢生標校：《揭傒斯全集》，上海：上海古籍出版社，2012 年，第 504 頁。

〔註 40〕邱江寧，《元代上京紀行詩論》，《文學評論》，2011 年第 2 期，第 135 頁。

〔註 41〕徐文海，陳永春主編：《草原文學研究》，北京：民族出版社，2012 年，第 2 頁。

由大都前往上都的路線共四條，分別為：驛路、東路二、西路。其中東路兩條包括黑谷東道（俗稱「輦路」）與「御史按行」東道。〔註 42〕楚石梵琦往返兩都的路線與皇帝每年的出行路線——「東出西還」（即從大都建德門出發經居庸關、榆林驛、李陵臺驛等地，抵達上都，後又從南坡店、獨石口、大口等地返回大都）一致。

楚石梵琦對上都內心充滿熱愛，如其詩云：「今上年年上上都，上都風景古來無（《燕京絕句七十六首・其六十七》）。」〔註 43〕楚石梵琦描寫上都的詩作主要有《上都十五首》《開平書事十二首》《漠北懷古十六首》及途經各驛站的詩作如《居庸關》《龍門》《黑谷》等。楚石梵琦上京紀行詩內容包括書寫帝王車駕盛大、關隘奇險、蒙古族民俗風情與飲食服飾、上都避暑、稀見動物諸方面。

楚石梵琦寫元英宗前往上京車駕的盛大壯觀，「侍從千官成夜宿，徘徊萬騎若雲屯（《龍門》）」，皇帝車駕還伴隨一種奇特現象，即在往返兩都途中會有大量烏鴉伴隨，「吾君欲巡幸，豈憚千里賒。飛集上京樹，輒先華蓋車。仲秋巡幸回，已至聲啞啞」；寫關隘奇險如《居庸關》，詩云「天畔浮雲雲表峰，北遊奇險見居庸。力排劍戟三千士，門掩山河百萬重」；寫上都宮廷飲食，「內地荷花綻，南方荔子來（《上都十五首・其五》）」「內盤行瑪瑙，中宴給醍醐（《上都十五首・其七》）」；寫宮中宴會樂舞，「玉帛朝諸國，公侯宴上京。潑寒奇技奏，兜勒古歌呈。地設山河險，天開日月明。願將千萬歲，時祝兩三聲（《上都十五首・其十四》）」；寫在上都避暑，「安得冰山繞我身，不禁汗流透衣巾。上京六月霜鋪瓦，大有沖寒挾纊人（《避暑二絕・其一》）」，當時的人亦通過食用水浸瓜果消暑，「沉李浮瓜綺席開，最高百尺是涼臺（《避暑二絕・其二》）」；也逐一書寫了自己在參加蒙古民族詐馬宴上所見各種稀奇動物，如其《孔雀》詩云「金翠滿身光陸離，羅州孔雀信為奇。天生一種好顏色，歲與百花俱盛衰。乍聽管絃渾欲舞，初來宮闕尚驚疑。刺桐花老青山裏，又是桄榔葉暗時」，此外，還寫及天馬、鸚鵡、獅子、象、虎等動物。〔註 44〕

〔註 42〕陳高華，史衛民著：《元代大都上都研究》，北京：中國人民大學出版社，2010 年，第 165～167 頁。

〔註 43〕（元）楚石著，吳定中，鮑翔麟校注：《楚石北遊詩》，杭州：浙江古籍出版社，2010 年，第 140 頁。

〔註 44〕（元）楚石著，吳定中，鮑翔麟校注：《楚石北遊詩》，杭州：浙江古籍出版社，2010 年，第 61、150～151、59、73、74、78、143、107 頁。

楚石梵琦在詩中從衣、食、住、行等多方面，詳細地描述了上都蒙古人生活，如其以下詩歌，「水黑沾衣雨，沙黃種黍田。(《開平書事十二首・其二》)」「胡女裁皮服，奚兒挽角弓（《開平書事十二首・其四》)」「土屋難安寢，飛沙夜擊門（《開平書事十二首・其十二》)」「野肥多嫩韭，沙迸足寒泉。薄酒千盅醉，穹廬四向圓（《漠北懷古十六首・其五》)」「野蒜根含水，沙蔥葉負霜（《漠北懷古十六首・其六》)」「三冬掘野鼠，萬騎上河冰。土厚不為井，民淳猶結繩（《漠北懷古十六首・其七》)」。〔註45〕在楚石梵琦數十首上京紀行詩中對蒙古異域風情描寫最為精彩的當屬以下四首：

> 每厭冰霜苦，長尋水草居。控弦隨地獵，刳木近河魚。馬酒茶相似，駝裘錦不如。胡兒雙眼碧，慣讀左行書。(《漠北懷古十六首・其十二》)
>
> 石澗鳴秋水，柴門暗曉煙。棠梨紅可食，苜蓿翠相連。馬識新耕地，駝知舊飲泉。家家厭酥酪，物物事烹煎。(《黑谷二首・其一》)
>
> 土窟金繒市，牙門羽木槍。地爐除糞火，瓦碗軟蒸羊。小婦擔河水，平沙簇帳房。一家俱飽暖，浮薄笑南方。(《當山即事二首・其一》)
>
> 水草頻遷徙，烹庖稱有無。肉多惟飼犬，人少只防狐。白毳千縩氈，清尊一味酥。豪家足羊馬，不羨水田租。(當山即事二首・其二》)〔註46〕

以上詩歌十分詳細地記錄了上京人民的衣食住行，對其農業生產、稅收及閱讀習慣等皆有反映。

除此之外，楚石梵琦也描寫了上都自然風光，如寫漠北「下馬四茫茫，風悲古戰場。朝天無過鳥，夏月有繁霜。草接浮雲白，沙翻大磧黃。提封十萬里，聖化似陶唐（《漠北十六首・其十五》)」。〔註47〕正如虞集所言「浮圖氏之入中國也，不以立言語文字為宗，於詩乎何有？然以其超詣特卓之見，撙節隱括以為辭，故有浩博宏達，大過於人者，則固詩之別出者也。而浮圖氏以詩言者，

〔註45〕（元）楚石著，吳定中，鮑翔麟校注：《楚石北遊詩》，杭州：浙江古籍出版社，2010年，第79、80、86、87頁。

〔註46〕（元）楚石著，吳定中，鮑翔麟校注：《楚石北遊詩》，杭州：浙江古籍出版社，2010年，第90、97、98頁。

〔註47〕（元）楚石著，吳定中，鮑翔麟校注：《楚石北遊詩》，杭州：浙江古籍出版社，2010年，第91頁。

至唐為盛，世傳寒山子之屬，音節清古，理致深遠，士君子多道之。乃若捨風雲月露、花竹山水、琴鶴舟笻之外，一語不措者，就令可傳，亦何足道哉？（《送昌上人詩序》）」〔註48〕僧人由於生活空間的狹小、修行生活的枯燥乏味等因素影響，因此所作詩歌在世俗之人看來味道清淡，甚至清苦。但從以上楚石梵琦詩歌意象來看，居庸關、苜蓿、葡萄、土屋、飛沙、蒸羊、沙漠等草原文化獨有的意象使其詩歌內容豐富，風格雄渾。故而，明人徐泰在《詩談》中評論「釋來復……梵琦四子，雄深雅健，殊不類僧家之作。我國初詩僧盛矣」，〔註49〕其中的「雄深雅健」必指《北遊詩》，而沿波討源，其詩風雄渾的形成因素之一便是草原文明的滋養。

四、詠史抒懷

楚石梵琦在京杭大運河、大都、上都的北遊途中經過許多歷史古蹟，他憑弔抒懷，寫下了一部分詠史懷古之作。誠如普慧研究南朝文人與佛教時指出「佛教作為一種宗教文化，是不甘心畫地為牢的，它總是要千方百計地滲透到意識形態的方方面面，甚至是人們的生活細節」。〔註50〕作為一名僧人，楚石梵琦自然在思考歷史、感悟人生時以法眼觀物，用佛教思想觀念解決人生的種種疑惑。

楚石梵琦經過河北易水時，對荊軻刺秦的歷史進行詠歎，「把酒高歌易水寒，當時已料事成難。求賢未及周公旦，好客無如燕子丹。雪盡新春行草木，天清古戍集峰巒。圖窮匕見真奇偉，得作秦王分死看（《易水》）」。〔註51〕楚石梵琦雖是方外之人，但他對荊軻捐軀赴難、明知不可為而為之的愛國情懷與英雄主義深為崇敬。楚石梵琦《燕京絕句六十七首．其五十五》云：「大元不是殺文公，直遣人臣到死忠。三百年來宋方滅，《指南集》裏看英雄。」〔註52〕對於元朝處死文天祥的事件，楚石梵琦既站在元朝政治立場上認為元朝成就了其忠誠，又認為文天祥為宋朝赴難具有大義凜然的英雄氣概。

《維摩詰經》云「諸仁者！如此身，明智者所不怙。是身如聚沫，……是

〔註48〕（元）虞集著，王頲點校：《虞集全集》（上冊），天津，天津古籍出版社，2007年，第583頁。

〔註49〕徐泰，《詩談》，《四庫全書存目叢書》集部第417冊，第4頁。

〔註50〕普慧著：《南朝佛教與文學》，南京：江蘇人民出版社，2019年，第4頁。

〔註51〕（元）楚石著，吳定中，鮑翔麟校注：《楚石北遊詩》，杭州：浙江古籍出版社，2010年，第58頁。

〔註52〕（元）楚石著，吳定中，鮑翔麟校注：《楚石北遊詩》，杭州：浙江古籍出版社，2010年，第135頁。

身如泡，……是身如焰，……是身如芭蕉，……是身如幻，……是身如夢，……」，〔註 53〕在佛教徒看來人身與人生皆如夢般虛幻不實。楚石梵琦《宿魯橋》詩中便表達了這種思想，詩曰「近岸離離蒼耳叢，吳船夜泊魯橋東。未能傍史修王法，聊復題詩繼國風。一老尚憐彥氏子，兩生猶笑叔孫通。勸君無事且高枕，黃帝孔丘俱夢中」。〔註 54〕（按：楚石梵琦「兩生猶笑叔孫通」用典似源自王安石《叔孫通》詩，王詩云「先生秦博士，秦禮頗能熟。量主欲有為，兩生皆不欲。草具一王儀，群豪果知肅。黃金既遍賜，短衣亦已續。儒術自此凋，何為返初服」〔註 55〕）在楚石梵琦看來，好學如陋巷之顏回，死守章句如腐儒叔孫通，聖明如黃帝，聖賢如孔丘，都改變不了人生如夢、虛妄幻滅、難以把握的事實。最能表現楚石梵琦以佛教無常觀思考歷史與人生的詩作是《北邙行》，詩云：

> 請君停一觴，聽我歌北邙。北邙在何許，乃在洛之陽。洛陽城中千萬家，無有一家免亂亡。天地開闢來，死者生之常。遠如上古諸皇帝，卒棄四海歸山崗。富貴浮雲亦易滅，筋骸化土誠堪傷。漢陵發掘竟何事，後世更留珠玉裝。而況將相墳，不為荊杞荒。野火燒林斷碑碣，牧童見草呼牛羊。當其得志時，真欲凌雲翔。天子不敢忤，群臣非雁行。嬌兒聰明尚貴主，愛女秀麗專椒房。昨日鑄印大如斗，今日臨軒封作王。風雷起掌握，瓦礫含輝光。權勢有時盡，亂衰無處禳。嬌兒愛女替不得，點點血淚沾衣裳。白馬素車出門去，未知魂魄遊何鄉。土梟飛來樹蝺蝺，石獸對立煙蒼蒼。萬歲千秋共一盡，高臺大宅空相望。〔註 56〕

無常觀是佛教的重要思想之一，《涅槃經》如是言「諸行無常，是生滅法」「生滅滅已，寂滅為樂」。〔註 57〕楚石梵琦此詩認為人生終究是寂滅，一切功業富貴如浮雲般無常虛幻。擁有天下的帝王、富貴嬌奢的龍子鳳孫對於生老病死的

〔註 53〕徐文明譯注：《維摩詰經譯注》，北京：中華書局，2012 年，第 36～37 頁。

〔註 54〕（元）楚石著，吳定中，鮑翔麟校注：《楚石北遊詩》，杭州：浙江古籍出版社，2010 年，第 6 頁。

〔註 55〕王水照主編：《王安石全集》（第 5 冊），上海：復旦大學出版社，2017 年，第 256～257 頁。

〔註 56〕（元）楚石著，吳定中，鮑翔麟校注：《楚石北遊詩》，杭州：浙江古籍出版社，2010 年，第 154～155 頁。

〔註 57〕（北梁）曇元讖譯，林世田點校：《涅槃經》，北京：宗教文化出版社，2001 年，第 272、274 頁。

人生皆無可奈何，楚石梵琦在此暗示惟有皈依釋教方能脫離苦海。處於黑暗封建社會的楚石梵琦以佛教思想解脫痛苦、詮釋歷史的行為固然消極錯誤，但也值得同情，如若不然，他作為一位僧人又能如何呢？

楚石梵琦《北遊詩》中的紀行詩對於運河兩岸、大都、上都民俗風情、物產地理等皆有書寫，正如朱彝尊在《靜志居詩話》中評價：「楚石，僧中龍象，筆有慧刃，……讀其《北遊》一集，風土物候，畢寫無遺，志在新奇，初無定則。假令唐代緇流見之，猶當瞠乎退舍，矧癩可、瘦權輩可乎！」〔註58〕。楚石梵琦的北遊紀行詩在我國僧詩史上具有拓寬僧詩題材、豐富僧詩風格等重要意義。他以僧人視角創作的詠史懷古詩歌，既能抒發一己之情懷，又能反映元代僧人的創作心態。

第二節　修行悟道與大都佛教

對於僧人楚石梵琦而言，北遊途中的異域風光、風土人情、地理氣候等方面十分重要，因為佛法在世間。同時，佛教作為一種宗教，亦極為重視個人的修持，它不像基督教一樣認為聖凡之間界限分明，相反，它認為佛教徒在虔誠信仰的基礎上通過勤奮修行可以由凡入聖。北遊之旅中的修行對於楚石梵琦的僧侶生涯意義重大，他在元大都時聞鼓聲而開悟，返回徑山後才得到元叟行端的印可。楚石梵琦在北遊之旅中有豐富的佛教生活內容，如誦經、持戒、禮佛，也踐行著佛教的慈悲淑世的精神。難能可貴的是，楚石梵琦《北遊詩》不僅可以呈現其自身修行歷程，還能反映當時大都的佛教若干史實。

一、開悟契機

開悟是僧人修行境界一次質的飛躍，是修行過程中的重要轉折點。〔註59〕對於南禪宗而言，頓悟更為重要，鈴木大拙直接指出「總之沒有悟就沒有禪，悟是禪學的根本，禪沒有悟，就等於太陽沒有光和熱。禪可以失去它所有的文獻，失去所有的寺廟，但是只要其中有悟，禪會永遠存在」。〔註60〕禪僧的開

〔註58〕（清）朱彝尊，《靜志居詩話》，人民文學出版社，1990年版，第733頁。

〔註59〕「因為悟使我們看清存在的基本事實，所以，悟的獲得便表示一個人生命中的轉折點」。（日）鈴木大拙著，耿仁秋譯、楊曉禹校：《禪風禪骨》，北京：中國青年出版社，1989年，第114頁。

〔註60〕（日）鈴木大拙著，耿仁秋譯、楊曉禹校：《禪風禪骨》，北京：中國青年出版社，1989年，第102頁。

悟一般是先勤修戒、定、慧三學，然後生起疑情，之後，在日常修行生活中由於某種事物的觸動而開悟。如德山宣鑒禪師開悟的過程，「鼎州德山宣鑒禪師，簡州周氏子，丱歲出家，依年受具。精究律藏，於性相諸經，貫通旨趣。……至澧陽路上，見一婆子賣餅，因息肩買餅點心。婆指擔曰：『這個是什麼文字？』師曰：『《青龍疏抄》。』婆曰：『講何經？』師曰：『《金剛經》。』婆曰：『我有一問，你若答得，施與點心。若答不得且別處去。《金剛經》道：『過去心不可得，現在心不可得，未來心不可得。』未審上座點那個心？』師無語，……一夕侍立次，潭（龍潭信禪師）曰：『更深何不下去？』師珍重便出。卻回曰：『外面黑。』潭點紙燭度與師。師擬接，潭復吹滅。師於此大悟，便禮拜」。〔註 61〕此外，如百丈懷海見野鴨子開悟、百丈懷海弟子香嚴聽瓦礫擊竹開悟、靈雲志勤見桃花悟道、某尼姑見梅花悟道……皆是漸修而頓悟。同樣，楚石梵琦的悟道經歷也有一個完整的過程。

楚石梵琦在晉洵和尚身邊擔任侍者期間，飽讀內典外書，但膠著於佛經名相，不能捨筏登岸。隨後，楚石梵琦帶著疑惑前往徑山求教於元叟行端禪師。「（楚石梵琦）即問：『如何是「言發非聲，色前不物？」』（按：釋祖欽（1216～1287），有偈頌「言發非聲，色前不物。當機覿面全提，豈在拈槌豎拂。山河大地，不礙眼光，萬象森羅，形端影直」〔註 62〕）叟遽云：『言發非聲，色前不物。速道！速道！』」。〔註 63〕楚石梵琦試圖讓行端禪師為自己開示佛祖西來意，但行端並沒有直接說明佛法真諦，而是火上澆油。「師（楚石梵琦）擬進語，叟震威一喝，師乃錯愕而退」〔註 64〕「自是群疑塞胸，如填巨石」。〔註 65〕鈴木大拙認為參禪有成必須具備三個因素，即十分信心、十分決心、十分疑心。〔註 66〕對於已經受戒，遍參善知識的楚石梵琦而言，

〔註 61〕（宋）普濟著，蘇淵雷點校：《五燈會元》，北京：中華書局，1984 年，第 370～372 頁。

〔註 62〕北京大學古文獻研究所：《全宋詩》（第 65 冊），北京：北京大學出版社，1991 年，第 40587 頁。

〔註 63〕（元）梵琦著，于德隆點校：《楚石梵琦全集》，北京：九州出版社，2017 年，第 344 頁。

〔註 64〕（元）梵琦著，于德隆點校：《楚石梵琦全集》，北京：九州出版社，2017 年，第 344 頁。

〔註 65〕（明）宋濂著，黃靈庚編輯校點：《宋濂全集》（第 3 冊），北京：人民文學出版社，2014 年，第 1765 頁。

〔註 66〕（日）鈴木大拙著，耿仁秋譯、楊曉禹校：《禪風禪骨》，北京：中國青年出版社，1989 年，第 138 頁。

上述三個條件已然具備。現在楚石梵琦需要的便是精進修持，在生活中體悟佛道，隨著修行中量的積累，再加上外界的刺激，他必定會在禪修中獲得質變——頓悟。

楚石梵琦的頓悟發生在其應詔書寫藏經的北遊之旅中。元叟行端在《泳藏主入京書金字藏經求語》中有言「山河大地，草木叢林，晝夜六時常放妙寶光明，常出妙寶音聲，普為汝諸人開演無上第一義諦」。〔註 67〕鈴木大拙亦言「最後開悟的時刻到了，可悟禪道的機會也就無所不在了。他可以在聽到一種模糊的聲音或一句不可瞭解的話，或在看到花兒開放以及日常生活中一些瑣屑事情如跌倒、拉屏幕、搧扇子時獲得悟的契機」。〔註 68〕泰定元年（1324），正月十一日。二十九歲的楚石梵琦當時住在大都萬寶坊，忽然聽到崇天門彩樓上鼓聲，汗如雨下，他「拊几笑曰：『徑山鼻孔，今日入吾手矣。』」〔註 69〕為什麼楚石梵琦能在此時此刻頓悟呢？除之前自己的疑情及行端禪師回答的助力外，與偶然傳來強烈急促的鼓聲一剎那間清空楚石梵琦大腦的思慮有關。同時，萬寶坊必須具備安靜的環境，才能讓鼓聲發揮作用，若楚石梵琦身處鬧市必然是不會聞鼓聲恍然大悟的。萬寶坊在大慶壽寺東邊，千步廊西邊，崇天門西南邊，其附近環境相當安靜，「輦路塵清列羽林，侍臣鵠立肅森森（傅與礪《崇天門朝賀》）」。〔註 70〕

楚石梵琦在開悟後，創作了一首開悟偈：

> 崇天門外鼓騰騰，驀扎虛空就地崩。拾得紅爐一片雪，卻是黃河六月冰。〔註 71〕

這首詩偈中的意象極具禪宗文化特色，如虛空、紅爐一點雪、黃河六月冰，想像奇特。其中的紅爐一點雪、黃河六月冰與禪宗常提及之龜毛兔角同一機杼，

〔註 67〕《卍續藏經》（第 124 冊》，第 32 頁。

〔註 68〕（日）鈴木大拙著，耿仁秋譯、楊曉禹校：《禪風禪骨》，北京：中國青年出版社，1989 年，第 113 頁。

〔註 69〕（明）宋濂著，黃靈庚編輯校點：《宋濂全集》（第 3 冊），北京：人民文學出版社，2014 年，第 1765 頁。

〔註 70〕（元）傅與礪著，楊匡和校注：《傅與礪詩集校注》，昆明：雲南大學出版社，2015 年，第 198 頁。

〔註 71〕（元）梵琦著，于德隆點校：《楚石梵琦全集》，北京：九州出版社，2017 年，第 344 頁。在宋濂寫的《佛日普照慧辯禪師塔銘》中此偈中的「片」字作「點」，（明）宋濂著，黃靈庚編輯校點：《宋濂全集》（第 3 冊），北京：人民文學出版社，2014 年，第 1765 頁。洪修平，張勇所著《禪偈百則》中亦作「點」字，北京：中華書局，2008 年，第 122 頁。

雖反常卻合道，均象徵一法不立、凡聖共泯、生佛俱空的自性世界。〔註 72〕若從緣起論來看，世間萬物皆是因緣聚合而生，均無自性，究竟為空。從泛神論來看，即雪即冰即如來。楚石梵琦這首「意象奇特，含義深刻」〔註 73〕的開悟偈的創作並非是佛教徒的幻想，這樣的意識形態具有相應的物質基礎。如前所言該詩的意象有通過禪宗文獻繼承禪宗文化的一面，又有生活中物質啟發的一面，如楚石梵琦寫石炭「玄霜漸漸爐中盡，白雪霏霏火裏生（《京城南北，不同人家僧舍多用石炭，其性惡動而喜靜，愈振撥愈不發輝，但緩緩待之，則自然熾耳》）」。〔註 74〕顯而易見，詩中已有爐中霜、爐中雪的意象。禪宗講究頓悟漸修，因此開悟是僧人修行境界的提高，並不等同修行臻於圓滿。況且，作為大乘佛教的僧人不僅要「自覺」，還要覺他。

二、持戒與誦經禮佛

楚石梵琦北遊至蒙古族人統治的大都，生活在飲食以酒肉為主的城市中，仍然嚴守戒律，不食肉、不飲酒。如楚石梵琦寫自己因持戒不飲酒而被帝王驅逐下殿，「孤舟他日往鄉關，亦對天威咫尺顏。不飲從教驅下殿，無村卻喜放還山。高燒畫燭風簾動，細寫烏絲水閣閒。吻燥更須澆茗碗，時來花底聽潺潺（《示大雲法師二首・其二》）。」〔註 75〕楚石梵琦在大都生活是相當自由的，可貴的是，他能在自由中自律，「閒居彌勒且同龕，酒價錢緡兩不諳（《燕京絕句六十七首・其六十二》）」。〔註 76〕

在北遊之旅中楚石梵琦也通過坐禪、誦經，進行修持。如他寫自己在船中坐禪的情景：「涼夜月明舟渚靜，藕花深處不妨禪（《行近臨清，客懷渺然，有江南之思三首・其三》）。」〔註 77〕楚石梵琦不同於一般禪僧離經叛道，他極為重視對佛典的研讀，如其寫有《余寓萬寶坊凡三閱月，赫冀州延入南城彌陀寺

〔註 72〕洪修平，張勇著：《禪偈百則》，北京：中華書局，2008 年，第 122 頁。
〔註 73〕洪修平，張勇著：《禪偈百則》，北京：中華書局，2008 年，第 123 頁。
〔註 74〕（元）楚石著，吳定中，鮑翔麟校注：《楚石北遊詩》，杭州：浙江古籍出版社，2010 年，第 110 頁。
〔註 75〕（元）楚石著，吳定中，鮑翔麟校注：《楚石北遊詩》，杭州：浙江古籍出版社，2010 年，第 105 頁。
〔註 76〕（元）楚石著，吳定中，鮑翔麟校注：《楚石北遊詩》，杭州：浙江古籍出版社，2010 年，第 138 頁。
〔註 77〕（元）楚石著，吳定中，鮑翔麟校注：《楚石北遊詩》，杭州：浙江古籍出版社，2010 年，第 9 頁。

禪誦焉，寄呂改之二首》《出京附山隱舟中，無他書，但一部〈華嚴〉而已，以詩美之二首》，從詩題中便能窺見其誦經的行為。楚石梵琦有詩對自己誦經情景有詳細描寫，如下所示：

《留城南寄北城光雪窗，時方誦〈寶積經〉二首・其二》

驅車策馬何事忙，不見塵沙蔽日黃。滿紙題詩聊破悶，空齋隱几自焚香。瓊花島上春陰薄，《寶積經》中午漏長。卻喜無人供給我，閒居聚落客僧房。〔註 78〕

聖凱指出現在佛教研究中存在一種缺陷，「這種缺陷集中體現在對宗教『主體』的忽視，以及對歷史情境特殊性的刻畫不足之上」。〔註 79〕虔誠禮佛是佛教徒修行中最基本的方式，自然也是楚石梵琦在北遊之旅中經常踐履的佛教儀軌之一。「至治三年（1323），歲在癸亥，六月被詔至京師。八月，詣白塔寺（即大聖壽萬安寺），觀優填王所刻旃檀瑞像，百拜稽首而為之讚」。〔註 80〕白塔寺的這尊旃檀瑞像是由燕京聖安寺被迎接到萬壽山仁智殿，大聖壽萬安寺建成後被迎至該寺後殿供養。〔註 81〕旃檀像產生於印度，產生的原因有兩種解釋：其一，「按《大藏功德經》：佛升忉利天，度夏三月為母摩耶說法。爾時優填王常懷渴仰而不得見，敕彼國內工巧造佛形象，禮拜供養。毗首羯磨天化為匠者，即白王言：『但我工巧，世中為上。』主即擇香木，肩自荷負，持與天匠」；其二，「太子十九，棄位出家修道。……思報母恩，遂升忉利天，為母說法。優填王欲見無從，乃刻旃檀為像。目犍連慮有缺謬，躬攝三十二匠昇天審諦，三返，乃得其真」。〔註 82〕

旃檀瑞像作為一種印度物質文明，其傳入我國具有一個漫長的過程。程鉅夫的《旃檀佛像記》記載旃檀瑞像的流傳過程為：「由是像居西土一千二百八十五年，龜茲六十八年，涼州一十四年，長安一十七年，江南一百七十三年，

〔註 78〕（元）楚石著，吳定中，鮑翔麟校注：《楚石北遊詩》，杭州：浙江古籍出版社，2010 年，第 99 頁。

〔註 79〕聖凱：《發現佛教生活世界中的行動主體——〈佛教觀念史與社會史研究叢書〉總序》，聖凱編：《漢傳佛教與亞洲物質文明》，北京：商務印書館，2021 年。

〔註 80〕（元）梵琦著，于德隆點校：《楚石梵琦全集》，北京：九州出版社，2017 年，第 205 頁。

〔註 81〕李修生主編：《全元文》（第 16 冊），南京：江蘇古籍出版社，2001 年，第 230 頁。

〔註 82〕李修生主編：《全元文》（第 16 冊），南京：江蘇古籍出版社，2001 年，第 229 頁。

淮南三百六十七年。復至江南二十一年，汴京一百七十六年。北至燕京，居聖安寺十二年，又北至上京大儲慶寺二十年。南還燕宮內殿，居五十四年。大元丁丑歲三月，燕宮火，尚書省石抹公迎還聖安，居五十九年。」〔註 83〕程氏所言旃檀像流傳的具體時間可能有誤，但其流傳的路線應該較為可靠。

旃檀瑞像的影響十分深遠，乃至於形成旃檀佛信仰。自元至清，蒙、漢、藏三族佛教徒對旃檀佛的信仰一直持續，亦衍生出相關塑像與唐卡等藝術。〔註 84〕旃檀瑞像是國家守護神，是世尊等身立像，其造型一般為：雙眼上視，「右手施無畏印，左手施與願印。頭髮前方呈『花環型』，肉髻前飾莊嚴寶珠。袈裟衣褶以身體為中軸自然形成『U』形圖案，袈裟下部緊貼兩腿形成衣褶，有『曹衣出水』效果」。〔註 85〕楚石梵琦見到旃檀佛像激動不已，「百拜稽首而為之讚」，讚曰：

> 不去一法如微塵，不捨一法如秋毫。我常如是見於佛，而亦無見不見者。善哉優填亦如是，不取不舍於釋迦。目連神足亦復然，三十二匠無不爾。所以成此旃檀像，八十種好皆具足。惟於世間無取捨，乃能取舍於世間。眾生心欲種種殊，佛之所化亦差別。眾生不孝化以孝，是故為母升忉利。眾生不慈化以慈，是故復從忉利下。世間尊邪而背正，是故去霸而就王。欲令閉惡開大道，示現如斯來去相。諮爾十方瞻禮眾，作是觀者名正觀。我今稽首釋迦文，剎剎塵塵為垂證。〔註 86〕

楚石梵琦認為觀想旃檀佛像的正確方法是領悟佛陀不取不捨的思想，從而徹見圓滿具足的自性，在他看來不僅自己作如是觀，優填王、目連、三十二工匠亦作如是觀。孝的觀念在這首讚詩中被表現的十分突出，並且在楚石梵琦看來旃檀像之所以偉大、崇高就是因為太子自己行孝，亦教化眾生行孝。在印度物質文明的基礎上，楚石梵琦在虔誠禮佛的宗教踐履中將佛教文化與我國的孝文化融合在一起，最終以我國特有的文學形式古典詩歌表現出來。

〔註 83〕李修生主編：《全元文》（第 16 冊），南京：江蘇古籍出版社，2001 年，第 229～230 頁。

〔註 84〕具體內容可參閱：（法）沙怡然：《從北印度到布里亞特：蒙古人視野中的旃檀佛像》，《故宮博物院刊》，2011 年第 2 期，第 81～100+160 頁。

〔註 85〕（法）沙怡然：《從北印度到布里亞特：蒙古人視野中的旃檀佛像》，《故宮博物院刊》，2011 年第 2 期，第 89 頁。

〔註 86〕（元）梵琦著，于德隆點校：《楚石梵琦全集》，北京：九州出版社，2017 年，第 205～206 頁。

白塔寺是由尼泊爾藝術大家阿尼哥住持建造，寺中白塔為藏傳佛教造型，寺內有「馬哈哥剌佛」佛像多尊。「馬哈哥剌」即大黑神。〔註87〕大黑神即大黑天神，「大黑天原名克利希納（Krishna），他在印度大史詩《摩訶婆羅多》中充當般度族英雄阿周那的馭者與謀士，後來和另一部史詩《羅摩衍那》中的主人公羅摩一起，被人們認為是大神毗濕奴（Visnu）的化身，於是他就變成印度教毗濕奴派的神道，在中世紀的孟加拉地區特別受到尊崇」。〔註88〕「從元代開始，大黑天信仰傳入漢地，備受皇室崇信，被封為戰神、軍神、護國神，其信仰和影響一直延續到清代」。〔註89〕楚石梵琦既然遊覽白塔寺，就一定瞻禮過寺中的白塔與大黑天神像，因此其修行中實際上亦受到藏傳佛教的影響。如楚石梵琦在說法感恩曾言「此一瓣香，奉為皇天之下，一人之上，西天佛子，大元帝師大寶法王」。〔註90〕

三、慈悲普渡

楚石梵琦在大都的生活中踐行著大乘佛教淑世利生的精神，主要表現在兩方面，一是教化他人，一是慈悲為懷。楚石梵琦在交往、送別時常常闡發自己的教化勸導思想，如他在《贈聰提點》詩中寫道「此日誰餐兩顆梨，金盤頓頓設糕糜。人生淡泊從吾好，佛國清涼與爾期」。〔註91〕楚石梵琦勸導聰提點飲食應該清淡，清心寡欲，從而修煉心性，最終證得聖果。楚石梵琦在送別友人時，也借機教化。如其《送天使往西域》云「流沙往往陷成河，枯骨縱橫魑魅多。天女散花休駐想，梵音彈舌好降魔。狼頭左右千兵聚，魚脊中間萬馬過。行見浮屠近天竺，洗心瞻禮勿蹉跎」。〔註92〕楚石梵琦在送別友人前往路途遙遠，充滿危險恐怖的西域時，叮囑友人要勤奮修行、瞻禮浮屠，以便得到佛祖的護佑能夠順利抵達。

〔註87〕陳高華著：《元代佛教史論》，上海：上海古籍出版社，2021年，第178頁。

〔註88〕陳允吉著：《佛教中國文學論稿》，上海：上海古籍出版社，2010年，第599頁。

〔註89〕朱麗霞著：《藏漢佛教交流史研究》，北京：中國社會科學出版社，2018年，第96頁。

〔註90〕（元）梵琦著，于德隆點校：《楚石梵琦全集》，北京：九州出版社，2017年，第49頁。

〔註91〕（元）楚石著，吳定中，鮑翔麟校注：《楚石北遊詩》，杭州：浙江古籍出版社，2010年，第32頁。

〔註92〕（元）楚石著，吳定中，鮑翔麟校注：《楚石北遊詩》，杭州：浙江古籍出版社，2010年，第21頁。

一位維吾爾族御史出家後，楚石梵琦對他能捨棄榮華富貴、擺脫妻子之累，皈依像教的行為極為肯定。楚石梵琦《畏吾御史落發》云：「南越大珠堪作旒，西涼美錦可為裘。時苗留犢世不見，房琯得羊心未休。六國幾人捐相印，五湖何日伴漁舟。喜君獨鏟青青草，無復還家與婦謀。」〔註93〕

楚石梵琦對慈悲為懷精神的踐行主要表現為惡殺好生，尤其表現在反對大都人打獵食肉的生活習慣。潮州司馬宰羊時，楚石梵琦惻隱之心油然而生，寫道「潮州司馬萬羊群，割肉充庖不忍聞（《有感二首・其二》）」。〔註94〕楚石在河邊與故友相聚，廚師準備宴會菜肴需要殺魚時，楚石梵琦立即勸其放生，「金水河邊逢故人，一杯同賞帝城春。平生不斫魴魚膾，乞與煙波養素鱗（《燕京絕句六十七首・其十一》）」。〔註95〕

元代時大都人有狩獵傳統，「春水」「秋山」都要縱鷹捕獵。〔註96〕對於漢傳佛教僧人楚石梵琦而言，看到他人打獵殺生是不能坐視不管的。楚石梵琦寫有《宋時和魯有觀畫鷹獵兔之詩曰：「雖是丹青物，沉吟亦可傷。君誇鷹眼急，我憫兔心忙。豈動騷人興，惟增獵客狂。鮫綃百餘尺，爭及製衣裳。」范文正公歎：「真仁人之言」。畫鷹尚且為戒，而況蓄真鷹日斃禽鳥乎？余於京師見蓄鷹者，作詩二首以戒焉》其一云：

> 禽獸於人不較多，亂生爭奈有身何？紛紛口累遭鷹隼，往往機驅入羅網。但縱狂心無惻隱，終令食祿暗消磨。一聞妙語發深省，誰似當年人姓和。

其二云：

> 沙漠人居西北邊，茹毛飲血最堪憐。不容狡兔藏三窟，長望駕鵝落九天。爪下但能分碎體，喉中徒自出饞涎。諸君免與鷹求食，粟飯葵羹也過年。〔註97〕

〔註93〕（元）楚石著，吳定中，鮑翔麟校注：《楚石北遊詩》，杭州：浙江古籍出版社，2010年，第56頁。

〔註94〕（元）楚石著，吳定中，鮑翔麟校注：《楚石北遊詩》，杭州：浙江古籍出版社，2010年，第45頁。

〔註95〕（元）楚石著，吳定中，鮑翔麟校注：《楚石北遊詩》，杭州：浙江古籍出版社，2010年，第121頁。

〔註96〕「春水」在大都東南的柳林進行，以捕捉天鵝為主。「秋山」在上都開平（內蒙古正藍旗）或往返兩京的途中進行，縱鷹捕獵。具體內容可參閱陳高華，史衛民：《元代大都上都研究》，北京：中國人民大學出版社，2010年，第120頁。

〔註97〕（元）楚石著，吳定中，鮑翔麟校注：《楚石北遊詩》，杭州：浙江古籍出版社，2010年，第108～109頁。

在第一首詩中楚石梵琦認為飛禽走獸與人平等無二，但同時兩者都因肉身的存在而不能達到寂滅的境界。楚石梵琦想通過此詩警醒馳騁畋獵而心發狂的人們，讓其生起惻隱之心與好生之德。第二首詩中，楚石梵琦寫自己看到為口腹之欲的人們縱鷹獲天鵝的殘忍景象，他勸告人們說「諸君免與鷹求食，粟飯葵羹也過年」。由南至北的風土人情在變，但楚石梵琦持戒修行信念卻未曾改變。教化眾生與懲惡揚善雖在楚石梵琦的北遊之旅中表現於生活中的細微處，但正是這種滴水之功奠定了其修行的基礎，也成為其創作的僧詩特色之一。

四、大都佛教

楚石梵琦居住大都的時間是至治三年（1323）秋至泰定元年（1324）秋，其中大約有三四個月是在上都生活。在此期間，楚石梵琦參加、觀摩了很多佛事活動，並且有相當數量詩歌書寫當時的佛教情況。緣此，楚石梵琦的詩歌是瞭解大都佛教史實的重要窗口。況且，楚石梵琦作為《北遊詩》的作者參加了這些佛教活動，無論是從大都佛教研究的角度或作家、作品與大都佛教的角度，這方面的內容不容忽略。

歷史中的佛教作為一種意識形態，它的發展狀況不能超越當時的歷史條件與社會存在。元朝大都的佛教盛衰與佛教各流派的壯大與消亡均取決於元朝統治者的統治政策。大都作為元朝的政治中心，必然對國家政策貫徹最為徹底。眾所周知，元朝為鞏固統治，對大多數宗教都兼收並蓄。在各種宗教中元朝對佛教最為重視，忽必烈對臨濟宗的海雲等人極為尊重，當時的臨濟宗以大慶壽寺為中心發展。元朝對佛教的支持亦可從書寫藏經中窺見一斑，「世祖皇帝混一天下，崇重佛教，古所未有。泥金染碧，書佛菩薩羅漢之語滿一大藏。由是聖子神孫，世世尊之，甚盛世也」。〔註 98〕隨後，為加強對吐蕃地區的統治，元統治者崇奉藏傳佛教，並封藏傳佛教中的高僧為帝師，帝王貴妃從之受戒。元朝的佛教經過「教禪廷辯」，又實行「尊教抑禪」政策。〔註 99〕

雖然楚石梵琦作為禪宗僧人不能像元朝藏傳佛教僧人那樣得寵，但他通過遊覽佛寺、參加佛事活動，記錄大都的佛教信仰，從而開拓視野、提升修行境

〔註 98〕（元）楚石著，吳定中，鮑翔麟校注：《楚石北遊詩》，杭州：浙江古籍出版社，2010 年，第 10 頁。

〔註 99〕杜繼文，魏道儒著：《中國禪宗通史》，南京：江蘇人民出版社，2007 年，第 488～489 頁。

界。大都佛教寺院約二百所，〔註100〕楚石梵琦詩中提及的有八所。（1）大聖壽萬安寺，亦稱白塔寺。此寺由擅長「西天梵相」〔註101〕的尼泊爾人阿尼哥主持建造，至元九年（1272）建成，〔註102〕楚石梵琦寫有《駕幸白塔寺二首》。（2）大承華普慶寺，亦稱普慶寺，屬於皇家佛寺。元仁宗建造，寺中建有神御殿。寺的形制模擬聖壽萬安寺，規模略小。〔註 103〕趙孟頫寫有《大普慶寺碑銘》。楚石梵琦曾到普慶寺賞花，其有詩云：「前日來看普慶花，今朝零落委泥沙。如何富貴為天子，不欲重生司馬家。」〔註104〕楚石梵琦在此以花生普慶寺，抒發自己的鬱鬱不得志，最後以萬物無常的思想解釋自己的現實矛盾。（3）香山永安寺，又稱永安寺，由金世宗建立。清代改名香山寺，毀於英法聯軍的侵略戰爭中。〔註104〕此寺雖屬舊剎，但應為皇家佛寺，楚石梵琦寫有《皇帝幸永安寺設齋》。（4）大昭孝寺，又稱壽安山寺、五花山寺。楚石梵琦在《初入經筵，呈諸友三首並序》中寫道「皇帝（元英宗）即位之三年，詔改五花觀為壽安山寺」。〔註106〕由此可知，該寺是由道觀改建而成。此外，楚石梵琦寫有《五花山寺》詩，詩云：「五花山寺雪雲中，天匠新來睹史宮。佛蓋半垂金駮騀，僧窗全占碧玲瓏。長虯影蜇寒沙水，猛虎聲號夜壑風。先帝宸遊如未舉，寶書亦復見全功。」〔註107〕詩中稱「先帝」，可知楚石梵琦遊覽此寺在其遊歷上都之後，即1324年秋季。寺在雪雲中，足見其地勢高聳、氣候寒冷。佛蓋駮騀、玲瓏碧窗、長虯

〔註100〕陳高華著：《元代佛教史論》，上海：上海古籍出版社，2021年，第224頁。

〔註101〕「西天梵相」的塑像藝術「是在西藏造像的基礎上，融合了內地和尼泊爾藝術因素而形成的一種宮廷佛教藝術流派」「在女尊及菩薩題材中，造像背後項鍊相連接處多有鑲嵌，且為人字形」劉丞：《元大都風格佛教造像的藝術特色》，《首都博物館論叢》，2021年，（總）第35期，第148～155頁。此外，黃春和、熊文彬諸先生亦有相關研究成果可參看。

〔註102〕陳高華著：《元代佛教史論》，上海：上海古籍出版社，2021年，第177～181頁。

〔註103〕陳高華著：《元代佛教史論》，上海：上海古籍出版社，2021年，第193～197頁。

〔註104〕（元）楚石著，吳定中，鮑翔麟校注：《楚石北遊詩》，杭州：浙江古籍出版社，2010年，第129頁。

〔註105〕陳高華著：《元代佛教史論》，上海：上海古籍出版社，2021年，第239～240頁。

〔註106〕（元）楚石著，吳定中，鮑翔麟校注：《楚石北遊詩》，杭州：浙江古籍出版社，2010年，第10頁。

〔註107〕（元）楚石著，吳定中，鮑翔麟校注：《楚石北遊詩》，杭州：浙江古籍出版社，2010年，第27頁。

映水，堪比兜率宮，足見此寺建造宏偉、富麗堂皇。（5）彌陀寺，應為淨土宗寺院，在大都城南（即金中都）。楚石梵琦寫有《余寓萬寶坊凡三月，赫冀州延入南城彌陀寺禪誦焉，寄呂改之二首》。（6）慶壽寺，又名興隆寺，原為金朝皇家佛寺。慶壽寺是北方臨濟宗祖庭，所以楚石梵琦詩中寫道：「秋深慶壽栗園開，本數《華嚴》字字裁（「裁」應為「栽」？）。身落東吳四千里，淡雲斜日跨驢來（《燕京絕句六十七首・其十五》）。」〔註 108〕（7）光祿寺，楚石梵琦《燕京絕句六十七首・其三十二》寫道「光祿寺前秋日晴」。〔註 109〕（8）輦寺，楚石梵琦寫有「輦寺東西將佛經（《燕京絕句六十七首・其四十七》）」。〔註 110〕另外，楚石梵琦詩有「閒居彌勒且同龕」，可以推測楚石可能住在彌勒寺或彌勒院。以上諸寺是楚石梵琦在詩中明確提及的，實際上楚石梵琦遊歷的大都寺院遠不止於此數。楚石梵琦在北遊之前長期生活在江南地區，在大都的佛教生活中他記錄了當時大都佛寺特有的供佛酥燈與取暖石炭，其有詩題為《京師官寺所設酥燈，非江南諸郡有也》《京城南北，不同人家僧舍多用石炭，其性惡動而喜靜，愈振撥愈不發輝，但緩緩待之，則自然熾耳》。前詩云「供佛油中有淨華，鸞膏豹髓不須誇。金盆貯火圍三丈，翠杓澆酥動數車。殿上青光懸日月，空中瑞氣噴雲霞。須知一點籠今古，任是修羅手莫遮」〔註 111〕，憑藉此詩可窺見當時寺院供養佛一次所需酥油竟達數車，真是爾供爾養，民脂民膏。同時，這兩首詩亦反映了當時佛教生活史之一斑。

楚石梵琦的《北遊詩》記錄了當時大都的佛事活動與藏傳佛教僧人的情況。（1）書寫佛經，楚石梵琦《初入經筵，呈諸友三首・其一》寫道「妙篆曾聞薤葉披，懸針欲作露珠垂。鵝群但換黃庭字，贗本終慚碧落碑。經到錢鏐傾國寫，佛從李煜鑄金為。皇朝盛典尊千古，趙（趙孟頫）鄧（鄧文原）由來此推選」。〔註 112〕（2）皇帝禮佛齋僧，「亭亭黃傘彩雲端，只許垂簾夾道觀。千部廊深羅

〔註 108〕（元）楚石著，吳定中，鮑翔麟校注：《楚石北遊詩》，杭州：浙江古籍出版社，2010 年，第 122 頁。

〔註 109〕（元）楚石著，吳定中，鮑翔麟校注：《楚石北遊詩》，杭州：浙江古籍出版社，2010 年，第 127 頁。

〔註 110〕（元）楚石著，吳定中，鮑翔麟校注：《楚石北遊詩》，杭州：浙江古籍出版社，2010 年，第 133 頁。

〔註 111〕（元）楚石著，吳定中，鮑翔麟校注：《楚石北遊詩》，杭州：浙江古籍出版社，2010 年，第 109 頁。

〔註 112〕（元）楚石著，吳定中，鮑翔麟校注：《楚石北遊詩》，杭州：浙江古籍出版社，2010 年，第 11 頁。

寶馬，九重樂奏擁儀鸞。直將白塔為天樹，何待金人捧露盤。殿戶盡開鈴鐸響，高燒薰陸報旃檀（《駕幸白塔寺二首・其一》）」「臥聽簷鳴宿雨垂，行看駕動曉雲披。堂中盛設千僧飯，殿下寬容五丈旗。日角分明何敢視，天華新好不教萎。須臾喚仗還金闕，更奏簫韶待鳳儀（《駕幸白塔寺二首・其二》）」。〔註 113〕皇帝禮佛設齋時，有奢華龐大的隨從隊伍，並且施捨大量財物，「紺馬朱髦不動身，紅靴玉帶自生春。眾流浩浩東歸海，群像煌煌北拱辰。雨粟有時飄殿閣，天花無數落金銀。吾皇八萬四千歲，歲歲長齋貧道人（《皇帝幸永安寺設齋》）」。〔註 114〕（3）皇帝賜慶壽寺栗樹，楚石梵琦《燕京絕句六十七首・其十五》云「秋深慶壽栗園開，本數《華嚴》字字裁（栽？）身落東吳四千里，淡雲斜日跨驢來」。〔註 115〕由此可知，元代皇帝按《華嚴經》字數，賜予此寺相應數量的栗樹，而《敕賜大慶壽寺栗園碑》可為鐵證。（4）元代部分薩迦派僧人的貪婪，「薩思迦聘法中王，多把珍珠壘賬房。磨衲出從先後手，至今猶帶玉爐香（《燕京絕句六十七首・其四十六》）」。〔註 116〕（5）朝廷供養文殊，「清涼近在玉門關，昨日尚書設供還（《燕京絕句六十七首・其五十三》）。」〔註 117〕

九子母與鬼子母關係密切，現存佛典中最早提及鬼子母的是支謙所譯《須摩提女經》。「晉宋以後佛典翻譯受本土傳統文化對生育女神九子母崇拜之影響，二者常常是異名同實之關係」。〔註 118〕漢地寺廟中九子母（鬼子母）造像的功用主要是生育、求嗣、告慰亡靈。〔註 119〕楚石梵琦在《出城訪智詮師》詩中寫道：「九子母祠天闕西，森森夏木與雲齊。」〔註 120〕由此可見，大都當

〔註 113〕（元）楚石著，吳定中，鮑翔麟校注：《楚石北遊詩》，杭州：浙江古籍出版社，2010 年，第 20 頁。
〔註 114〕（元）楚石著，吳定中，鮑翔麟校注：《楚石北遊詩》，杭州：浙江古籍出版社，2010 年，第 26 頁。
〔註 115〕（元）楚石著，吳定中，鮑翔麟校注：《楚石北遊詩》，杭州：浙江古籍出版社，2010 年，第 122 頁。
〔註 116〕（元）楚石著，吳定中，鮑翔麟校注：《楚石北遊詩》，杭州：浙江古籍出版社，2010 年，第 132 頁。
〔註 117〕（元）楚石著，吳定中，鮑翔麟校注：《楚石北遊詩》，杭州：浙江古籍出版社，2010 年，第 135 頁。
〔註 118〕李小榮著：《圖像與文本：漢唐佛經敘事文學之傳播研究》，福州：福建人民出版社，2015 年，第 125 頁。
〔註 119〕李小榮著：《圖像與文本：漢唐佛經敘事文學之傳播研究》，福州：福建人民出版社，2015 年，第 133 頁。
〔註 120〕（元）楚石著，吳定中，鮑翔麟校注：《楚石北遊詩》，杭州：浙江古籍出版社，2010 年，第 49 頁。

時存在九子母的信仰。據《荊楚歲時記》載「四月八日，長沙寺閣下有九子母神。是日，市肆之人無子者，供養薄餅以乞子，往往有驗（宋人陳元靚撰《歲時廣記》也收錄此條記載）」。〔註 121〕如同送子觀音的九子母神受大都人信奉，殊為可惜的是詩中沒有描寫九子母的塑造形象及宗教活動細節。由楚石梵琦以上詩歌可知，元大都是一座佛教信仰氛圍很濃烈而又多元的城市。

鼓聲使楚石梵琦「粉碎虛空」而頓悟，持戒、誦經、禮佛等佛教儀軌的踐履使其佛教信仰更為堅定、佛學知識更為豐富，慈悲精神的踐行使其知行合一，大都濃鬱的佛教文化氛圍為其提供了相應的宗教場域。因此，楚石梵琦在北遊之旅中的修持是其成長為元末明初高僧的關鍵。

第三節　北遊交遊

考察楚石梵琦《北遊詩》，可以知道他在北上途中應是隻身一人。在大都、上都，楚石梵琦廣泛結交達官顯貴、漢藏高僧、高道。在南下時，楚石梵琦與僧人光雪窗、道士華山隱結伴而返。光雪窗與華山隱是楚石梵琦在大都結識的，因此通過考察楚石梵琦在大都及上都的交遊便足以反映其北遊中的交往情況。

一、漢藏僧侶

僧人是楚石梵琦北遊中交往對象的又一重要群體，其交往的僧人涉及藏傳佛教僧人、華嚴宗僧人、禪宗僧人。楚石梵琦交往的藏傳佛教僧人應以薩迦派僧人為主，因為其他派別的藏傳佛教僧人在元朝並不活躍。法尊曾言「元朝和內地最有關係的西藏佛教，要推薩嘉（迦）派為第一了」。〔註 122〕薩迦派的僧人多被任為帝師，噶舉等派僧人的影響力相對微弱。記錄楚石梵琦與薩迦派僧人交往的詩有《呈諸國師二首》《覽麻座上聽眾國師持論》《燕京絕句六十七首・其四十六》，《覽麻座上聽眾國師持論》詩云：「國師持論意如何，彈指聲前並掃除。無著天親聞得妙，許詢支遁敢崇虛。三乘直截僧蕃語，四種空留梵

〔註 121〕（梁）宗懍撰，（隋）杜公瞻注，姜彥稚輯校：《荊楚歲時記》，北京：中華書局，2018 年，第 40 頁。

〔註 122〕《法尊法師佛學論文集》，中國佛教文化研究所，1990 年，第 99 頁。轉自朱麗霞：《藏漢佛教交流史研究》，北京：中國社會科學出版社，2018 年，第 68 頁。

志書。問答縱橫君未解，能知冷暖水中魚。」〔註 123〕由楚石梵琦此詩來看，或許由於語言的隔閡，人們對國師講經論法的內容並不能很好的理解。

在崇教抑禪政策下，大都的華嚴宗得到發展。楚石梵琦與華嚴宗僧人法洪有交往，楚石梵琦寫有《寄洪司徒》一詩。法洪，俗姓劉，隴西成州人。法洪能詩，其師為高僧仲華文才，師徒二人均曾為洛陽白馬寺住持。〔註 124〕揭傒斯與法洪相識，揭有《有一近侍西域人，頗讀書好畫竹石多技能，家在汧渭間。有母尚存，以久客京師將歸省，士大夫多為詩文以誇道之。釋源宗主洪司徒亦西人，獨作五言詩三十六韻以大義責之，謂多技為童豎之事不足貴，辭嚴義正，卓犖可尚也。余亦為賦長句》詩。陳高華先生對揭傒斯此詩題目產生疑惑「詩題中之『亦西人』應與開頭的『西域人』一致，而法洪祖籍隴西成州（今甘肅成縣）。令人不解，有待研究」。〔註 125〕筆者認為西域是指一個大範圍的地理區域，不必嚴格地將「西域人」與「亦西人」完全等同，似乎可解釋為二人均為西北人。況且，禰衡《鸚鵡賦並序》寫道「惟西域之靈鳥兮，挺自然之奇姿」，〔註 126〕而《禽經》有言「鸚鵡出隴西，能言鳥也」〔註 127〕鸚鵡如此，人亦如此。楚石梵琦寫有《寄洪司徒》，詩云「親扶佛日上高冥，著絳袈裟眼獨青。世愛眉長堪入畫，舊吟好詩合為經。雨龍聽講天花濕，海鶴隨行徑草腥。遙想曉來持咒罷，柳枝和露插金瓶」。〔註 128〕由楚石梵琦此詩可以看出法洪應該創作過一些佛教詩歌，並且楚石梵琦得到了法洪的賞識。

西雲子安（臨濟宗）、靈峰思慧（曹洞宗）、雲溪信喜（雲門宗）等人受到仁宗朝的重視，意味著北方禪宗逐漸發展。學術界長期以來對金元的雲門宗有所忽視（如杜繼文與魏道儒的《中國禪宗通史》），有人認為雲門宗在已經在金元衰微甚至消亡。楊曾文先生在《宋元禪宗史》中曾言「進入南宋以後，禪宗傳播中心南移，隨著臨濟宗的興盛，雲門宗逐漸衰微，趨於消亡」。〔註 129〕但

〔註 123〕（元）楚石著，吳定中，鮑翔麟校注：《楚石北遊詩》，杭州：浙江古籍出版社，2010 年，第 26～27 頁。

〔註 124〕陳高華著：《元代佛教史論》，上海：上海古籍出版社，2021 年，第 59～60 頁。

〔註 125〕陳高華著：《元代佛教史論》，上海：上海古籍出版社，2021 年，第 60 頁。

〔註 126〕龔克昌等評注：《兩漢賦評注》，濟南：山東大學出版社，2011 年，第 943 頁。

〔註 127〕轉自龔克昌等評注：《兩漢賦評注》，濟南：山東大學出版社，2011 年，第 944 頁。

〔註 128〕（元）楚石著，吳定中，鮑翔麟校注：《楚石北遊詩》，杭州：浙江古籍出版社，2010 年，第 17 頁。

〔註 129〕楊曾文著：《宋元禪宗史》，北京：中國社會科學出版社，2006 年，第 8 頁。

劉曉詳細地論述了金元北方雲門宗的發展與復興，雲山慧從為元代雲門宗鼎盛時期代表人物。其在仁宗、英宗朝皆受敬重，曾於上都為英宗說法，六次任大聖安寺住持。〔註 130〕楚石梵琦與雲山慧從也有交往，他寫有《贈聖安長老從雲山》《寄雲山長老》兩首詩。《贈聖安長老從雲山》云「棕毛小殿屢傳宣，請說雲門派下禪。即日賜金三萬兩，連朝開法九重天。宰臣擁蓋盈閭巷，宮女縫衣學水田。且欲依君方丈住，閒尋舊籍寫新編」。〔註 131〕由楚石梵琦此詩可以看出以雲山慧從為代表的雲門宗在當時依然活躍，衰弱及消亡之說自不可信。皇帝宰臣皆與雲山長老交往，帝王的賞賜「即日賜金三萬兩」。因為之御賜袈裟，宮女亦需學習縫製之法。功業無成的浙僧楚石梵琦感到「遠客同秋雁」，甚至「無眠聽曉雞」希望能得到這位「山中宰相」的幫助。〔註 132〕

從《北遊詩》看，楚石梵琦交往最為頻繁的僧人是禪僧釋悟光，有《寄光雪窗書記二首》等八首詩提及悟光。釋悟光（1292～1357），字公實，號雪窗，俗姓楊，成都人。時人多稱其為光雪窗或雪窗光，雪窗有《雪窗詩集》《雪窗禪師語錄》，但現在不見傳本，現存詩二十一首。〔註 133〕虞集寫有《平江開元雪窗光禪師，訪予臨川山中。其歸也，予與賓客用「一雨六月涼，中宵大江滿」分韻送之，不足，予為繼之，而予分得一字》《寄光雪窗》。〔註 134〕

二、教外人士

楚石梵琦在大都、上都交往達官顯貴表現的十分突出，如其詩中提及的西蕃元帥、天使、聰提點、諸學士、怯薜、張尚書、王使君、酒泉太守等。僧人楚石梵琦結交權貴的原因是希望通過這些身據要路津者的舉薦而能被朝廷重用，現以其交往對象虞集、鄧文原、怯薜為例分析。楚石梵琦在北遊中寫給虞集的詩共四首，分別為《訪虞伯生待制》《上都避暑，呈虞伯生待制二首》《寄虞伯生學士》。王頲先生點校的《虞集全集・外集》中收錄了與虞集酬唱往來

〔註 130〕劉曉：《金元北方雲門宗初探——以大聖安寺為中心》，《歷史研究》，2010 年第 6 期，第 70～82 頁。

〔註 131〕（元）楚石著，吳定中，鮑翔麟校注：《楚石北遊詩》，杭州：浙江古籍出版社，2010 年，第 22 頁。

〔註 132〕楚石《寄雲山長老》云：「遠客同秋雁，無眠聽曉雞。宮牆千雉匝，御柳萬條齊。暗水金溝底，明河紫殿西。山中真宰相，不待築沙堤。」（元）楚石著，吳定中，鮑翔麟校注：《楚石北遊詩》，杭州：浙江古籍出版社，2010 年，第 25 頁。

〔註 133〕楊鐮主編：《全元詩》（第 36 冊），北京：中華書局，2013 年，第 433 頁。

〔註 134〕虞集《題黃思謙所藏雪窗畫蘭二首》中的雪窗指亦號雪窗之僧普明。

的作品，但遺漏了楚石梵琦這四首詩。楚石梵琦在《上都避暑，呈虞伯生待制二首》中表達了自己對拜見皇帝的渴望，並希望得到虞集幫助，《上都避暑，呈虞伯生待制二首．其二》寫道「神都避暑可為歡，滿地風霜六月寒。座有陳擳復投轄，朝無汲黯亦常冠。千盅美酒鸕鷀杓，五色甘瓜翡翠盤。誰來采詩獻天子，飯牛車下路漫漫」。〔註 135〕楚石梵琦此詩先讚揚虞集好客、重禮，後寫自己如同飯牛的寧戚，希望得到虞集的推薦、帝王的賞識。楚石梵琦在《天曆二年甲子春，鄧公善之任國子祭酒，試禮部進士甚公，善之謂予曰：「袁伯長學士在京師，累歲不肯取鄉士，今年得程端禮兄弟，人亦不以我為私。」余聞之，因謝》中寫道「桃李漫山不肯栽，先生信手劚蒼苔。舊時燕子無巢宿，今日藤花借樹開。富弼推恩寧為友，祁奚舉子實論才。山僧亦有鄉閭念，建福門前幾度來」。〔註 136〕楚石梵琦在詩中既讚揚鄧文原取士甚公，舉賢不避親，也向鄧表露希望自己得到舉薦的意願，「山僧亦有鄉閭念，建福門前幾度來」。楚石梵琦寫有《贈怯薛》一詩。怯薛為蒙古語，譯作「宿衛」，屬於四怯薛。「四怯薛是皇帝的『宿衛之士』，絕大多數都是貴族、功臣的後代。『怯薛』是輪番當值之意，這些『宿衛之士』分四批輪番當值，故稱四怯薛」。〔註 137〕楚石梵琦寫給怯薛的詩也是先誇讚怯薛雄姿英發，然後希望自己能得到怯薛的推薦，《贈怯薛》詩云：「龍鳳團茶喚客烹，愛君年少氣崢嶸。蓬萊殿近聞天語，閶闔門高侍輦行。春暖摘花供進酒，月明吹竹和彈箏。焉知寂寞山林士，糲飯寒齏度一生。」〔註 138〕

楚石梵琦作為僧人對道教的態度十分寬容，北遊期間他結交了許多道教徒，如吳真人（楚石梵琦寫有《呈宗師吳真人》，吳全節於 1322 年受封特進玄教大宗師，〔註 139〕因此詩中的吳真人當為吳全節）、王煉師（《席上分題得清涼國送王煉師還桐廬》）、華山隱（《望西山寄天師宮華山隱》等）。在交游道士

〔註 135〕（元）楚石著，吳定中，鮑翔麟校注：《楚石北遊詩》，杭州：浙江古籍出版社，2010 年，第 54 頁。

〔註 136〕（元）楚石著，吳定中，鮑翔麟校注：《楚石北遊詩》，杭州：浙江古籍出版社，2010 年，第 46 頁。

〔註 137〕陳高華，史衛民著：《元代大都上都研究》，北京：中國人民大學出版社，2010 年，第 67 頁。

〔註 138〕（元）楚石著，吳定中，鮑翔麟校注：《楚石北遊詩》，杭州：浙江古籍出版社，2010 年，第 37 頁。

〔註 139〕申喜萍：《道教修煉視閾下的〈吳全節十四像並讚卷〉》，《世界宗教研究》，2019 年第 6 期，第 94 頁。

中，楚石梵琦沉浸在充滿生命活力與清幽的道觀中，其《游道院》云：「雪白花枝滿院開，沉沉古殿鎖蒼苔。且看松影不知晚，間有棋聲何處來。地上玉壺收日月，山中珠樹隔樓臺。五芝本是長生草，除卻仙人誰解栽。」〔註 140〕

楚石梵琦在北遊之旅中，尤其是在大都，廣泛交往達官顯貴、文士、名僧、高道，這在一定程度上突破了一般僧人狹隘的交際圈，豐富了他的知識，加深了他對社會的認識，自然對其文學創作大有裨益。坦言之，卞勝在《楚石大師〈北遊詩〉序》中已發現了楚石梵琦詩歌創作與交遊對象的關係，「凡所與交接談論，又皆王公縉紳，文章道德之士，日益乎所聞。故其詞章氣象，奮然傑出。為大朝之風雅，而相於時合盛者焉」。〔註 141〕

第四節　江南之思

鄉愁是人類的一種普遍感情，也是一個永恆而又重要的文學主題。江南之思是對江南情有獨鍾之人的文化鄉愁，其中江南人由南入北生發的江南之思是江南鄉愁文化的悠久傳統。南北朝時期著名文人庾信在其《和侃法師》「客遊經歲月，羈旅故情多。近學衡陽燕，秋分俱渡河」。〔註 142〕庾信在詩中向釋法侃抒發的便是江南之思。降至元代，有大量江南人前往大都與上京，並創作了大量的詩歌。有學者指出江南文人創作的上京紀行詩具有異地鄉愁感。〔註 143〕元代江南僧人楚石梵琦不止在上京紀行詩中有異地鄉愁感，在由南入北的整個北遊之旅的文學創作中也充滿異地鄉愁——江南之思（江南之思是元朝江南文人在兩都與江南的往返中詩歌創作的重要主題）。作為佛教文學家的楚石梵琦並不因佛徒的身份而在北遊之旅心如止水，相反，他在地理鄉愁、文化鄉愁、宗教鄉愁三個層面上展開了憶江南的多彩畫卷。

一、地理鄉愁

楚石梵琦雖為僧人，但並沒有沉空滯寂，他認為入世即出世，世間便有菩

〔註 140〕（元）楚石著，吳定中，鮑翔麟校注：《楚石北遊詩》，杭州：浙江古籍出版社，2010 年，第 48 頁。

〔註 141〕（元）楚石著，吳定中，鮑翔麟校注：《楚石北遊詩》，杭州：浙江古籍出版社，2010 年，第 8 頁。

〔註 142〕陳志平編著：《庾信詩全集：彙校匯注匯評》，武漢：崇文書局，2017 年，第 261 頁。

〔註 143〕邱江寧：《元代上京紀行詩論》，《文學評論》，2011 年第 2 期，第 138 頁。

提〔註 144〕，具有人間佛教的思想特徵。如楚石梵琦曾說法「剎剎觀音，塵塵彌勒」「長長短短新筍芽，零零落落舊籬笆。疏疏密密蠶豆莢，紅紅白白罌粟花。山又青，水又綠。羹又香，飯又熟。吃了東西自在行，誰能受你閒拘束」，〔註 145〕在人世中便能任運騰騰，一切俱足。

楚石梵琦認為禪之妙諦在於世間，正所謂「君知否，桃花燕子，都是禪心」（董潮《東風齊著力》），故而，他對於自己的家鄉——江南十分熱愛。楚石梵琦在北遊之旅中創作的《牧羊兒》詩裏向牧羊兒描述江南之美是：

> 牧羊兒，南州之樂君不知。正當郭外春濃時，桃花半亞楊柳枝。明朝寒食踏青去，綺羅管絃相追隨。畫樓上插煙樹杪，下有清冷金鯽池。薄暮歸來且命席，玉奴卷袖吹參差。芙蓉初開夏夜短，水榭琴瑟搖涼颸。赤日行天展翠篳，綠蔭滿地鳴黃鸝。浮瓜沉李召賓客，四座投壺兼弈棋。秋來月色更堪賞，坐看玉柱眠風漪。香稻新舂雪色米，大盤高貯紅消梨。溫柑福荔那忍說，未及咀嚼饞涎垂。初冬氣候稍嚴冷，已具暖閣張羅帷。萬甕千壇簇美酒，烹龍炮鳳無不宜。爾今寂寞在荒野，意與何人同宴嬉？〔註 146〕

楚石梵琦按春夏秋冬的季節更替順序，向牧羊兒繪聲繪色地描述江南的風景、節日、音樂、物產之美，足見其對江南的鍾愛。

正因楚石梵琦深愛著江南，所以在其《北遊詩》中江南之思成為重要的書寫主題。如楚石梵琦北上經過山東臨清時，便寫下了《行近臨清，客懷渺然，有江南之思三首》。楚石梵琦的江南之思是在地理鄉愁、文化鄉愁、宗教鄉愁三個層面上呈現出的。楚石梵琦的地理鄉愁表現的最為明顯。上都遼闊壯觀的地理風貌使習慣了江南山清水秀的楚石梵琦有新奇之感，但更多的是不適感。如楚石梵琦《獨石站西望》詩云：「塞北逢春不見花，江南倦客苦思家。千尋石戴孤峰驛，一望雲橫萬里沙。去路多嫌村嶺礙，歸途半受雪山遮。張騫往往

〔註 144〕《壇經》云：「佛法在世間，不離世間覺。離世覓菩提，恰如求兔角。」丁福保箋注，陳兵導讀，哈磊整理：《壇經》，上海：上海古籍出版社，2011 年，第 61 頁。郭朋的《壇經校釋》此句作「法元在世間，於世出世間，勿離世間上，外求出世間」，北京：中華書局，1983 年，第 72 頁。

〔註 145〕（元）梵琦著，于德隆點校：《楚石梵琦全集》，北京：九州出版社，2017 年，第 10、12 頁。

〔註 146〕（元）楚石著，吳定中，鮑翔麟校注：《楚石北遊詩》，杭州：浙江古籍出版社，2010 年，第 153 頁。

遊西域，未許胡僧進佛牙。」〔註 147〕獨石口的春無一花、飛沙走石、丘陵雪山讓楚石梵琦滿目淒涼，江南之思油然而生。兩都與江南間遙遠的地理距離讓其與師友音信不通，使其內心深感孤獨。於是，楚石梵琦寫道「吾鄉一望四千里，莫識家書沉與浮（《新秋》）」。〔註 148〕

二、文化鄉愁

楚石梵琦北遊之旅中的文化鄉愁表現的最為廣泛，在衣、食、住、行上皆有流露。在穿衣與食物方面楚石梵琦表現出極度的不適應，「乞得黃粱手自舂，染成赤布倩誰縫（《余寓萬寶坊凡三閱月，郝冀州延入南城彌陀寺禪誦焉，寄呂改之二首》）」「羊酥馬酪饒風味，更憶吳鹽壓楚葵（《贈聰提點》）」。〔註 149〕在居住方面楚石梵琦也有不適感，「土屋難安寢，飛沙夜擊門（《開平書事十二首・其十二》）」。〔註 150〕在出行上楚石梵琦同樣不能適應蒙古人騎馬的習慣，他寫道「我亦何曾慣鞍馬，只宜舟楫向江湖（《槍竿嶺》）」「我得扁舟不解操，況能盡日跨拳毛（《燕京絕句六十七首・其四十一》）」。〔註 151〕在楚石梵琦的文化鄉愁中最重要的是草原文明與農耕文明的隔閡，這一點可以梅花文化為例分析。釋宗衍有《紅梅二首・其二》云「錯認杏花休舉似，北人強半在江南」。〔註 152〕在江南的北人竟然錯將梅花認作杏花，更遑論楚石梵琦身邊的北地之人能瞭解梅花文化了。因此，楚石梵琦的《燕京絕句六十七首・其六十五》寫道「半和白粉半和朱，點盡梅花九九圖。北客未知香與影，從教開口笑林逋」。〔註 153〕應該說這種不同文化間的隔閡便是楚石梵琦文化鄉愁產生的主要原因。

〔註 147〕（元）楚石著，吳定中，鮑翔麟校注：《楚石北遊詩》，杭州：浙江古籍出版社，2010 年，第 63 頁。

〔註 148〕（元）楚石著，吳定中，鮑翔麟校注：《楚石北遊詩》，杭州：浙江古籍出版社，2010 年，第 65 頁。

〔註 149〕（元）楚石著，吳定中，鮑翔麟校注：《楚石北遊詩》，杭州：浙江古籍出版社，2010 年，第 28、32 頁。

〔註 150〕（元）楚石著，吳定中，鮑翔麟校注：《楚石北遊詩》，杭州：浙江古籍出版社，2010 年，第 84 頁。

〔註 151〕（元）楚石著，吳定中，鮑翔麟校注：《楚石北遊詩》，杭州：浙江古籍出版社，2010 年，第 62、131 頁。

〔註 152〕楊鐮主編：《全元詩》（第 47 冊），北京：中華書局，2013 年，第 362 頁。

〔註 153〕（元）楚石著，吳定中，鮑翔麟校注：《楚石北遊詩》，杭州：浙江古籍出版社，2010 年，第 139 頁。

三、宗教鄉愁

宗教鄉愁這一層面是楚石梵琦文化鄉愁最為重要的內容。楚石梵琦寓居的大都是藏傳佛教在漢地的傳播中心，其遊歷過的上都在忽必烈時期藏傳佛教便已傳入。〔註 154〕另外，忽必烈推行的崇教抑禪的政策對當時北方禪宗發展形成阻礙。禪僧楚石梵琦雖積極交往藏傳佛教僧人，如其寫有《呈諸國師二首》，並且得到了藏傳佛教僧人的幫助得以扈從前往上都，但由於語言不通致使他並不能領悟藏傳佛教的理論，「三乘直截僧蕃語，四種空留梵志書。問答縱橫君未解，能知冷暖水中魚（《覽麻座上聽眾國師持論》）」，〔註 155〕他在此詩中認為西僧的真言咒語只有他們自己能明白。崇教抑禪的政策使得兩都佛教形成了重視法事、密教等經典與重視儀軌的特點，這與禪宗主張的「不立文字」「呵佛罵祖」的修行方式有著顯著不同。因此，大多數江南禪僧如同江南文士一樣大都鬱鬱不得志，處於蒙古統治的邊緣。虞集在《送昌上人詩序》中寫道「鄮山昌上人，歷遊諸方，獨為此懼，乃考禪宗傳流血脈之的，上溯六祖，繼明教嵩（引者注：明教大師契嵩）之譜，盡以為圖，懷以來京師，思有以振之。然知其不可而遽去，殆其數然也」。〔註 156〕由昌禪師的懷才不遇，足以折射出當時兩都並不適合禪師建功立業（像雲山慧從那樣得到朝廷重用是鳳毛麟角），因此楚石梵琦「相約功成身退日，一庵高臥萬峰頭（《西山》）」〔註 157〕的符合天之道的理想最終破滅。正是這種導致楚石梵琦理想破滅的宗教鄉愁，是其江南之思最重要、深刻的層面。（這與敦煌寫卷 P.2555《春日羈情》的陷蕃詩人心境相似，其詩曰「鄉山臨海岸，別業近天垷。地接龍堆北，川連雁塞西。童年方剃度，弱冠導群迷。儒釋雙披玩，聲名獨見躋。需緣隨懇請，今乃恨暌攜。寂寂空愁坐，遲遲落日低。觸槐常有志，折檻為無蹊。薄暮荒城外，依稀聞遠雞」）

四、藝術表現

楚石梵琦江南之思的藝術表現可分為直抒胸臆與比興寄託兩種方式。現將直抒胸臆地表達江南之思的詩句，擇要舉例如下：

〔註 154〕朱麗霞著：《藏漢佛教交流史研究》，北京：中國社會科學出版社，2018 年，第 110～114。

〔註 155〕（元）楚石著，吳定中，鮑翔麟校注：《楚石北遊詩》，杭州：浙江古籍出版社，2010 年，第 26～27 頁。

〔註 156〕王頲點校：《虞集全集》，天津：天津古籍出版社，2007 年，第 583 頁。

〔註 157〕（元）楚石著，吳定中，鮑翔麟校注：《楚石北遊詩》，杭州：浙江古籍出版社，2010 年，第 51 頁。

頗憶江南風物否？綠楊影裏畫船橫。(《贈錢塘張克正》)

塞北逢春不見花，江南倦客苦思家。(《獨石站西望》)

吾鄉一往四千里，莫識家書沉與浮。(《新秋》)

據鞍獨坐看圖畫，卻憶錢塘南北峰。(《早行看山》)

筍蕨正肥何處好，春風春雨憶江南。(《燕京絕句六十七首・其六十二》)〔註158〕

由以上詩句可知，楚石梵琦在與友人酬唱、扈從帝王巡幸上京、寓居大都……可謂時時處處皆直接訴說著自己的江南之思。

楚石梵琦也會用比興寄託的方式流露自己對於江南的思念，如其《鸚鵡》詩寫道：「鸚鵡為禽性頗靈，舌端袞袞誦《心經》。隨人說得千般語，對客呼來四座聽。丹嘴綠衣真可愛，玉籠金鎖不須扃。故巢掛在幽林杪，無限鄉山入夢來。」〔註159〕楚石梵琦此詩沿襲禰衡《鸚鵡賦》創作手法，但也有不同處：一是鸚鵡會念誦佛經，這表明元代的佛教極為普及與漢代佛教的初傳情況已然不同；二是禰衡表達的是鬱鬱不得志，楚石梵琦表達的是對江南的思念。又如楚石梵琦《春日花下聽彈琵琶，效醉翁體》，詩云：「僕本南海人，暫為北京客。朝遊金張園，暮宿許史宅。二月春風吹百花，朱朱粉粉相鉤加。銀鞍繡勒少年子，對花下馬彈琵琶。大絃掩抑花始開，花重墜枝枝更斜。小絃變作花爛漫，雨點驟打煙濃遮。鷓鴣從何來，遠之在天涯。鉤輈格磔忽驚起，不知飛在誰人家。又聞黃鸝聲睍睆，如斷復續續復斷。布指似嫌宮調緩，別寫群雁鳴霜暖。蒹葭浦深風蕭騷，一隻兩隻飛漸高。天長地遠望不見，使我回首心煩勞。我謂少年彈且止，錢塘去國三千里。每到春來花最多，鷓鴣能舞黃鸝歌。去年隨雁同沙漠，聽此琵琶殊不樂。少年笑我君太癡，人生行樂須其時。此中正自有佳處，但謂閒愁纏繞之。」〔註160〕客居北地、出入「金張園」的楚石梵琦聽到如花盛開、如雨驟打、如鷓鴣啼、如黃鸝叫、如群雁鳴的音律變換奇妙的琵琶聲，沒有陶醉於音樂的旋律，亦未與琵琶彈奏者達到「江州司馬青衫濕」的情感共鳴，而是喟歎「聽此琵琶殊不樂」「錢塘去國三千里」。

〔註158〕（元）楚石著，吳定中，鮑翔麟校注：《楚石北遊詩》，杭州：浙江古籍出版社，2010年，第40、62、65、67、138頁。

〔註159〕（元）楚石著，吳定中，鮑翔麟校注：《楚石北遊詩》，杭州：浙江古籍出版社，2010年，第107頁。

〔註160〕（元）楚石著，吳定中，鮑翔麟校注：《楚石北遊詩》，杭州：浙江古籍出版社，2010年，第149頁。

最後，需要討論的是僧人楚石梵琦在《北遊詩》中呈現出對唐詩的接受。楚石梵琦在《北遊詩》中化用了不少唐人詩句，如「洛陽城裏董糟丘（《任城李太白酒樓二絕・其一》）」〔註 161〕化用李白的「憶昔洛陽董糟丘（《憶舊遊寄譙郡元參軍》）」〔註 162〕；「但見疏煙九點浮（《通州之南，彌望北沙隴丘墟，與中原異矣。因僧還吳，於此送之》）」〔註 163〕化用李賀的「遙望齊州九點煙（《夢天》）」〔註 164〕；「繡佛長齋有蘇晉（《寄光雪窗書記二首・其一》）」〔註 165〕化用杜甫的「蘇晉長齋繡佛前（《飲中八仙歌》）」〔註 166〕；「喚婦為公開大瓶（《將軍行》）」〔註 167〕化用杜甫的「叫婦開大瓶（《遭田父泥飲美嚴中丞》）〔註 168〕」；「綠楊影裏畫船橫（《贈錢塘張克正》）」〔註 169〕化用白居易的「綠楊影裏白沙堤（《錢塘湖春行》）〔註 170〕」等（當然也有前文提及的王安石等宋詩）。楚石梵琦對唐詩的熟稔，一是說明其外學賅博，即卞勝所言「今觀其什，則雄渾而蒼古，淵泳而典雅。厭飫百家，淬瀝杜氏。煒煒乎若埋豐城之寶劍，而光不能掩者也」；〔註 171〕二是證明楚石梵琦對唐詩的喜愛。縱觀楚石梵琦的創作生涯，可以發現他最為推崇的詩人則是唐代

〔註 161〕（元）楚石著，吳定中，鮑翔麟校注：《楚石北遊詩》，杭州：浙江古籍出版社，2010 年，第 7 頁。

〔註 162〕瞿蛻園，朱金城校注：《李白集校注》（上冊），上海：上海古籍出版社，1980 年，第 844 頁。

〔註 163〕（元）楚石著，吳定中，鮑翔麟校注：《楚石北遊詩》，杭州：浙江古籍出版社，2010 年，第 9 頁。

〔註 164〕（唐）李賀著，徐傳武點校：《李賀詩集》，上海：上海古籍出版社，2015 年，第 20 頁。

〔註 165〕（元）楚石著，吳定中，鮑翔麟校注：《楚石北遊詩》，杭州：浙江古籍出版社，2010 年，第 30 頁。

〔註 166〕（清）仇兆鰲注：《杜詩詳注》（第 1 冊），北京：中華書局，1979 年，第 83 頁。

〔註 167〕（元）楚石著，吳定中，鮑翔麟校注：《楚石北遊詩》，杭州：浙江古籍出版社，2010 年，第 145 頁。

〔註 168〕（清）仇兆鰲注：《杜詩詳注》（第 2 冊），北京：中華書局，1979 年，第 891 頁。

〔註 169〕（元）楚石著，吳定中，鮑翔麟校注：《楚石北遊詩》，杭州：浙江古籍出版社，2010 年，第 40 頁。

〔註 170〕謝思煒撰：《白居易詩集校注》（第 4 冊），北京：中華書局，2006 年，第 1614 頁。

〔註 171〕（元）楚石著，吳定中，鮑翔麟校注：《楚石北遊詩》，杭州：浙江古籍出版社，2010 年，第 8 頁。

的「天台三聖」（寒山、拾得、豐干），其創作的三百多首的《和天台三聖詩》便為明證。楚石梵琦對天台三聖，尤其是對寒山的崇拜與中國古代禪林的教內詩歌崇拜典範是一致的。〔註 172〕

〔註 172〕元代禪林對天台三聖的崇拜詳見本文第三章《元代佛教中的天台三聖文化》及第四章《〈和天台三聖詩〉：異代知音的追隨》，中國禪林中人對教內創作典範的選擇可參閱李小榮先生：《禪宗語錄文學特色綜合研究》，北京：人民出版社，2022 年，第 488 頁。

第三章　元代佛教中的天台三聖文化

以寒山及其詩為代表的天台三聖文化是浙江佛教文學中相當重要的內容。在元代浙江佛教中天台三聖文化不僅流佈廣泛，而且禪門碩德能夠在繼承天台三聖文化的基礎上進行豐富多樣的二次創作。元代僧詩中的天台三聖、元代釋子的擬寒山詩、元代禪師逗機施教及禪畫中的天台三聖文化，這三個維度建構出了元代天台三聖文化傳播空間，從而為孕育出楚石梵琦《和天台三聖詩》提供營養。

第一節　元代僧詩中的天台三聖文化書寫

以寒山及其詩歌為代表的天台三聖文化在禪林及文壇中流佈極為廣泛，成為中國佛教，乃至世界佛教重要的文化遺產。天台三聖文化在元代禪林的接受與傳播既是元代佛教的重要特徵，也是元代文學的重要內容。元代文化修養深厚的禪師們喜好吟詠《寒山詩》，視天台三聖為隔代知音。他們在詩中將天台三聖的詩歌與事蹟作為典故使用，甚至將三聖作為對德才兼備的高僧的尊稱。同樣，世俗文人在操觚染翰時，亦從三聖文化中汲取養分。

唐代詩僧豐干、寒山、拾得並稱天台三聖，亦稱天台三隱。其中尤其以寒山著名，其詩風格多樣，命意精警。正如其詩中所言「楊脩見幼婦，一覽便知妙」。自寒山詩產生之時起，這「絕妙好辭」便逐漸為人們廣泛傳誦。〔註 1〕後又因佛、道二教各為自家之教張目，寒山形象亦被佛、道二教不斷進行塑造。

〔註 1〕（唐）寒山：《寒山詩注》，項楚注，北京：中華書局，2000 年，第 357 頁。

特別是在宋代，隨著寒山進入禪宗譜系，其禪門散聖形象亦漸趨成型。隨著寒山身份歸屬於佛門的同時，以寒山為代表的天台三聖文化在元代的傳播變得極為生動與廣泛，成為元代中叢林僧詩重要的面向。〔註2〕元代釋子極為喜歡吟詠、品咂《寒山詩》，故而在僧詩中可以發現天台三聖或是他們佛教生活中的隔代知音、或是他們詩歌中的典故、或是他們對禪宗碩德的美稱。對此，茲分四部分闡述如下：

一、吟誦《寒山詩》與「詩言志」觀

元代僧人對於《寒山詩》的玩味、吟詠可謂是手不釋卷、如癡如醉。比如：（1）釋善住的《秋日次韻二首・其二》寫到：「緇塵不到白雲深，晝寂空聞木客吟。柏子當香堪達信，石頭聽法豈知心。化牛斗虎無杯度，放鶴銜霄有道林。睥睨寒山舊詩卷，上騰光焰數千尋。」〔註3〕就該詩內容來說，善住在白雲深處聆聽風過疏林的天籟，點燃柏樹子傳達自己的佛教虔誠（在佛教中香為信使），儘管曾經道生說法而石點頭、奇僧杯度行蹤不定、高僧支遁笑傲放曠諸往事為人津津樂道，但往事如煙，惟案頭《寒山詩》的千尋光焰可作為照亮自己佛道修行的明燈。（2）釋宗泐的《偶地居》詩云：「偶地即吾廬，絕勝樹下宿。不在千萬間，安居心自足。古人三十年，辛勤乃有屋。我無一日勞，何必較遲速。燕坐白日閒，青山常在目。明月到床前，更深代明燭。幾有寒山詩，興來時一讀。十日不出門，滿階春草綠。」〔註4〕從詩歌中，可見宗泐對於《寒山詩》的濃厚興趣竟達到了「十日不出門，滿階春草綠」的程度。（3）釋清珙的《山居詩》「禪餘高誦寒山偈，飯後濃煎穀雨茶。尚有閒情無著處，攜籃過嶺採藤花」〔註5〕。日本學者忽滑谷快天解釋石屋清珙的山居生活境界時，就其與《寒山詩》的關係而說：「石屋清珙亦元代俊豪之一。山居三十年，清志堅澹，見白雲，聽流水，食藜藿，穿破衲，忘名利，不為物所拘。其詩偈帶寒山之遺風。」〔註6〕由此，我們再來反思《山居詩》等內容，可見清珙等元代

〔註2〕關於寒山身份演變的問題可參閱崔小敬：《寒山：一種文化現象的探尋》，北京：中國社會科學出版社，2010年。

〔註3〕楊鐮主編：《全元詩》（第29冊），北京：中華書局，2013年，第208頁。

〔註4〕楊鐮主編：《全元詩》（第58冊），北京：中華書局，2013年，第401頁。

〔註5〕（元）釋清珙：《石屋禪師山居詩》卷六，明萬曆刻宋元四十三家集本，第76頁。

〔註6〕（日）忽滑谷快天撰：《中國禪學思想史》，朱謙之譯，楊曾文導讀，上海：上海古籍出版社，2002年，第698頁。

僧人將誦讀《寒山詩》與品茶、山居等一樣皆是作為禪修生活的重要方式。

同樣的內容，我們也可以在來復的《余既賦前偈八首客有讀之者因質余寒山詩一集求剖其義余愧無以喻之故重賦古詩四首以答其請且以寓予意焉》中得到驗證，來復說：「我有太古鏡，得之空劫前。不假磨瑩功，體妙絕方圓。虛明吞萬象，洞徹媸與妍。昧者弗自見，往往成棄捐。獨有老盧師，玄覽真超然。匪資拂拭勤，遠紹衣皈傳。我有太古劍，湛湛秋水光。神功奪化工，鍛鍊非陰陽。一揮動山嶽，百怪俱潛藏。世人不自識，冶鑄誇干將。殺活貴善用，豈犯鋒與芒。取之莫可名，強曰金剛王。我有無價珠，神光熖天地。迥絕表裏殊，圓明脫塵翳。徒誇驪頷珍，自與魚目異。趙璧莫能沽，賈胡焉足議。紛紛貪愛流，豈識衣中繫。返觀須自知，勿使長淪棄。我有無文印，今古常昭然。妙質匪金玉，至功絕雕鐫。舉世重符璽，共誇權令專。嗟哉大如斗，纍纍空自懸。誰能獨佩此，用之恒不偏。印空兼印泥，全超眾象先。」〔註 7〕就其題和內容來看，該詩以晶瑩太古鏡、湛湛太古劍、神光無價珠、昭然無文印比喻眾生佛性，以為人人皆有自家寶藏，不需磨瑩，不需鍛鍊，本來具足，這種風格和意蘊與《寒山詩》的格調趨同。這也是為什麼有僧人送他一部《寒山詩》來「求剖其義」的根本之因。可見以寒山為代表的天台三聖文化在元代禪林的廣為流佈是確實存在的。

這種流傳，也推動了元代僧人對詩歌創作理論的建構，他們在吟誦《寒山詩》的基礎上，積極學習《寒山詩》並傚仿其洗盡鉛華、中邊皆甜、率真灑脫的風格，如釋英在《言詩寄致祐上人》中解釋說：「作詩有體制，作詩包六藝。名世能幾人，言詩豈容易。淵明天趣高，工部法度備。謫仙思飄逸，許渾語工致。郊島事寒瘦，元白極偉麗。休己碧雲流，顯洪（原注：雪竇顯、覺範洪）大法器。精英炯胸臆，芳潤沃腸胃。發為韶濩音，淨盡塵俗氣。禪月懸中天，古風扇末世。專門各宗尚，家法非一致。參幻習唐聲，雕刻苦神思。朅來入禪門，忽得言外意。長吟復短吟，聊以寄吾志。匪求時人知，眩鬻幻名利。始信文字妙，妙不在文字。食蜜忘中邊，無味乃真味。寒山題木葉，此心頗相似。霜重千林空，啼蛩四壁起。古人不復作，三歎而已矣。」〔註 8〕可見，傚仿《寒山詩》創作的詩僧群，他們更多的是對「詩言志」的繼承。這種繼承更多反映在「明心見性」的「志」上。難怪釋英會在悠悠天地之中縱覽千古時感歎「寒山題木葉，此心頗相似」。

〔註 7〕楊鐮主編：《全元詩》（第 60 冊），北京：中華書局，2013 年，第 217 頁。
〔註 8〕楊鐮主編：《全元詩》（第 18 冊），北京：中華書局，2013 年，第 27 頁。

二、以三聖為「隔代知音」

元代緇流熟稔《寒山詩》，並將詩中的天台三聖化作他們佛教生活中的隔代知音。如宋元之際的禪師行珙《送明藏主》《寄端書記》〔註9〕所言：

門內天地闊，門外山水長。一句未脫口，遍界是冰霜。寒光奪夜月，鬼神不敢當。本來清淨性，胸中無留藏。拾得是我弟，寒山是我兄。明朝相隨去，一錫兼一瓶。

——《送明藏主》

青猿長短聲，獨自依廊柱。三際俱不來，一片冷泉水。非唯無眾生，無佛亦無己。長句與短吟，遣與（疑作「興」）適意耳。半夜落霜花，日輪正卓午。寥寥天地間，只有寒山子。

——《寄端書記》

在第一首贈別明藏主的詩中，行珙徑直寫出「拾得是我弟，寒山是我兄」，將明藏主等人用寒山、拾得稱呼。在第二首詩中，行珙將端書記（元叟行端）比作寒山子。忽滑谷快天對此補充說「育王橫川如珙作偈招曰：『夜半落花草，日輪正卓午。寥寥天地間，唯有寒山子。』然竟不渡江。」〔註10〕除此之外，行珙還在《歸山》中寫道：「衰老歸山僚，山僚無雜事。柴床石枕頭，長伸兩腳睡。寒拾約不來，豐干騎虎至。虎性本不馴，蒼苔都踏碎。春風補得完，八八六十四。」〔註11〕可見行珙對寒山詩的喜愛程度，甚至將天台三聖作為自己知音、楷模，直接以此突出對道友修行的讚許。

同樣的行文，亦可在釋先睹的《和永明禪師韻》詩中體現出來，比如《和永明禪師韻・其八》「世路從來不轉頭，蓬鬆寒拾我同儔。玄珠自是無心得，黠慧徒然盡力求。困臥饑餐消歲月，花開葉落認春秋。可憐貪利貪名者，一個狂心百樣憂」〔註12〕和《和永明禪師韻・其三十四》「一嘯風生拍手歸，谷人相答樂熙怡。細看秋月寒山句，只有天台拾得知。境入靜時山始好，橋逢斷處路方危。窮通已定宜安分，不見當年薦福碑」〔註13〕，直接表達出自己願與心無掛礙、困眠饑餐、淡泊名利的寒山、拾得成為朋侶、「同儔」的感歎之情。

〔註9〕《橫川行珙禪師語錄》《卍續藏經》（第123冊），1994年，第402、404頁。

〔註10〕（日）忽滑谷快天撰：《中國禪學思想史》，朱謙之譯，楊曾文導讀，上海：上海古籍出版社，2002年，第689頁。

〔註11〕《橫川行珙禪師語錄》《卍續藏經》（第123冊），406頁。

〔註12〕《無見先睹禪師語錄》《卍續藏經》（第122冊），477頁。

〔註13〕《無見先睹禪師語錄》《卍續藏經》（第122冊），477頁。

釋清欲也在《聽松堂》詩中云「風來松韻清，風去松韻停。松堂得松韻，六月生清冰。重蔭覆瑤席，明作韶鈞鳴。世無寒山子，好在誰解聽。我欲呼朱弦，和此太古音。忽聞深澗泉，悠然契吾心」〔註14〕，於暑天六月，通過堂中靜坐所聽的松濤、山澗溪泉來體悟炎熱中的清涼，從而達到與清淨心相契合的寒山意境。還有釋至仁書寫自己的山居生活時，亦以寒山為知己，採取同樣的寫法，如其在《次韻竺元和尚山謳四首・其二》之「千峰梅雨歇，繞舍流泉音。萬物各有適，孤雲獨無心。時歌少林曲，還共寒山吟。啼鳥忽飛去，落花幽徑深」〔註15〕中，以梅雨停歇、流泉繞舍、鳥啼落花、萬物適所、白雲舒卷等情境來感知寒山子的高遠情懷。

除此之外，最能體現寒山子詩歌精髓的，莫過於友人假託釋來復而創作的《寒山詩》釋義——《予住定水暇日因賦禪偈八首聊奉雲水高士禪餘清供》〔註16〕，八首詩偈如下：

山中行，烏藤倒握任縱橫。心閒不預人間事，身老都忘世上榮。朝出遠看流水送，暮歸仍愛白雲迎。休問利，莫貪名，旋敲石火煮黃精。從來有口無言說，吩咐松聲與澗聲。（《山中行》）

山中住，盤陀石在雲深處。眼看貝葉兩三行，手種曇花千萬樹。粟畲開得更須鋤，茅屋破來旋還補。莫分賓，休說主，白石清泉饑可煮。相逢有問祖師禪，熱喝如雷棒如雨。（《山中住》）

山中坐，年深莫管蒲團破。饑餐渴飲只如常，放去收來無不可。乾坤每向缽中藏，日月任從簷外過。取無人，捨無我，知音自有松風和。翻身靠倒五須彌，驚起西天胡達摩。（《山中坐》）

山中臥，只將四大為床座。杖頭不掛青蚨錢，爐內常存黃獨火。無聲曲聽木人歌，落韻詩從石女和。莫談因，休論果，兩腳長伸隨分過。豁然開眼日頭東，推倒嵩山破灶墮。（《山中臥》）

山中富，鹿鶴相隨多伴侶。錦繡霞明萬圃花，珠璣瀑瀉千岩乳。無著無貪只自知，有作有為翻是苦。益匪添，損非蠹，月白風清共朝暮。識得分明不外求，世上黃金如糞土。（《山中富》）

山中貴，萬象森羅皆侍衛。日映朝霞五色衣，雲籠磐石千金位。

〔註14〕楊鐮主編：《全元詩》（第35冊），北京：中華書局，2013年，第217頁。
〔註15〕楊鐮主編：《全元詩》（第47冊），北京：中華書局，2013年，第300頁。
〔註16〕楊鐮主編：《全元詩》（第60冊），北京：中華書局，2013年，第204～206頁。

任從觸戰與蠻爭，那管龍吞併虎噬。辱不憂，榮不喜，鍛聖鎔凡成活計。有時棒喝相交馳，佛來祖來也須避。(《山中貴》)

山中貧，賣無存土寄閑身。百寶任裝新佩戴，千金不換破衣巾。滑炊菰米堪為飯，香織蒲花可作茵。順莫喜，逆莫嗔，從來用捨絕疏親。要知至寶元無價，月色泉聲別是春。(《山中貧》)

山中賤，補破遮寒足余願。無心元不競錐刀，有口何曾說軒冕。倦來問訊少低頭，老去論交多冷面。樂休誇，苦休怨，眼底浮榮如露電。等閑撥轉金剛輪，堂堂獨坐空王殿。(《山中賤》)

就其行文內容來說，來復之友僧在詩歌中除了強調將戒律貫穿到佛教日常行儀之行、住、坐、臥外，則更加重視在領悟日用即道、平常心是道中堅定頓悟、明心見性的「心志」，故不僅能在山中「行」而任運縱橫、山中「住」而運水搬柴、山中「坐」而饑餐渴飲、山中「臥」而以四大為床座，而且還能在山居生活中以鹿鶴為伴侶、萬象為侍衛。就是在這樣的情境下，高僧們精進修行，將明心見性灌入到「心志」的體悟中，從而能在緣起性空中達到無欲無求、不喜不嗔、不樂不怨、貧賤富貴等觀無二。若能以此來解來復的「堂堂獨坐空王殿」和寒山的「誰能超世累，共坐白雲中」〔註17〕，怎能不知道他們在「心志」上的融通呢？

從上述來看，正因為如此，元代釋子將天台三聖作為佛教修行生活中的隔代知音，並由此文化的薰陶創作大量的佛教山居詩，繪製成一幅天台三聖精神的畫卷。這也是後代認為天台三聖文化的核心在於將三聖作為山居生活的精神象徵的根本原因。從這個角度來說，元代僧人們的山居生活及山居詩創作正是對隔代知音天台三聖呼籲的積極回應。

三、天台三聖典故的使用

元代僧人基於對《寒山詩》的鍾愛，逐漸擴大到對天台三聖文化的接受，以至於在詩歌中使用了相當多天台三聖的典故。就所用三聖文化典故來說，主要分為兩類：一是直接化用寒山詩句，二是引用關於天台三聖的故事。

首先，對於第一類而言。僧人詩作對寒山《吾心似秋月》詩句化用較多。比如：(1) 釋先睹在其《月潭》中對「吾心似秋月，碧潭清皎潔。無物堪比倫，教我如何說」〔註18〕進行了化用，而根據自身心境創作道「一輪常皎潔，冷浸

〔註17〕(唐)寒山著，項楚注：《寒山詩注》，北京：中華書局，2000年，第79頁。
〔註18〕(唐)寒山著，項楚注：《寒山詩注》，北京：中華書局，2000年，第137頁。

碧波心。無物堪能比，清光照古今」〔註19〕，比較二者來說，先睹的語言幾乎與寒山詩相同，雖不如寒山原詩順暢，但意趣與寒山一致。同樣的化用，還有釋宗泐在賞月之時對於寒山的禪悟體驗非常羨慕而創作的《待月軒》：「開軒坐深更，待月出東嶺。須臾海上來，四壁光炯炯。托茲聊自娛，觀心庶遺境。獨羨寒山人，無物堪比併」〔註20〕，其中就是襲用寒山詩意來寫的。比較二人跟寒山意蘊的契合性，這就產生了一個比較特別的問題，為什麼僧人們會鍾愛此詩呢？對此，項楚先生解釋說「佛家例以月色之清淨皎潔，比喻心性之解脫無礙。如《大般涅槃經》卷五：『譬如滿月，無諸雲翳，解脫亦爾，無諸雲翳。無諸雲翳，即真解脫。其解脫者，即是如來。』」〔註21〕筆者以為項氏之論誠為卓見。此外，應該還跟禪宗主張語言的不說破原則有關。詩文中的指月話禪等意境，符合禪客們「不立文字」的語言使用傳統。（2）對寒山詩「赫赫誰爐肆，其酒甚濃厚。可憐高幡幟，極目平升斗。何意訝不售，其家多猛狗。童子欲來沽，狗咬便是走」〔註22〕的化用，莫過於釋必才的《無題二首・其二》：「西家酒美門犬惡，東家犬馴酒味薄。遣沽就〔註23〕多在東家，積錢難用翻愁索。憑誰斃卻西家犬，兩爐吹香過客便。不愁東曹風雨乾，到門自挈空瓶轉。」〔註24〕項先生指出此詩立意出於《韓非子・外儲說右上》，以猛狗當道而酒不售，指代佞臣當道而忠臣義士不能用，導致君主被蒙蔽。〔註25〕從中可見元代僧人對於混亂時局的一種感慨。（3）釋行珙根據琦上人的禪修境界而借用寒山作為代稱，從而撰寫了《送琦上人》：「萬里無寸草，出門便是草。十年歸不得，忘卻來時道。今歲秋事早，涼風生木杪。拄杖挑缽囊，銳志不小小。誰顧他洞山，瀏陽寒拾老。衲僧家行履，不可得尋討。」〔註26〕其中「十年歸不得，忘卻來時道」就是使用寒山《欲得安身處》中的「欲得安身處，寒山可長保。……十年歸不得，忘卻來時道。」〔註27〕行珙就化用的內容，強調了修行「是由漸

〔註19〕《無見先睹禪師語錄》，《卍續藏經》（第122冊），477頁。
〔註20〕楊鐮主編：《全元詩》（第58冊），北京：中華書局，2013年，第404頁。
〔註21〕（唐）寒山著，項楚注：《寒山詩注》，北京：中華書局，2000年，第137頁。
〔註22〕（唐）寒山著，項楚注：《寒山詩注》，北京：中華書局，2000年，第137頁。
〔註23〕「就」，疑為「酒」。
〔註24〕楊鐮主編：《全元詩》（第36冊），北京：中華書局，2013年，第432頁。
〔註25〕（唐）寒山著，項楚注：《寒山詩注》，北京：中華書局，2000年，第307～310頁。
〔註26〕《橫川行珙禪師語錄》《卍續藏經》（第123冊），402頁。
〔註27〕（唐）寒山著，項楚注：《寒山詩注》，北京：中華書局，2000年，第137頁。

修積累，而水到渠成達到頓悟，此即漸修頓悟的修學歷程」〔註28〕，如此方能達到詩中所說的「忘卻來時道」境界。

最後，對於第二類而言的僧詩，使用天台三聖傳說的故事最多。其中作為代表的莫過於釋雲岫和釋清茂的詩作。比如：（1）對趙州遊天台遇見寒山之事的借用，莫過於雲岫所寫的《送立維那遊天台》：「天台路上尋牛跡，瀑雪千尋帶月飛。見說石橋尋不得，年年春雨上苔衣。」〔註29〕此中第一句就是按照《五燈會元．天台寒山》所記載的「因趙州遊天台，路次相逢。山見牛跡，問州曰：『上座還識牛麼？』州曰：『不識。』山指牛跡曰：『此是五百羅漢遊山。』州曰：『既是羅漢，為甚麼卻作牛去？』山曰：『蒼天，蒼天！』州呵呵大笑。山曰：『作甚麼？』州曰：『蒼天，蒼天！』山曰：『這廝兒宛有大人之作』」〔註30〕來化用的。那麼如何理解此中的「牛」和「蒼天」呢？陳繼生解讀說：

> 在禪門故事中較早出現「牛」的是南嶽懷讓磨磚度道一時，關於「打牛打車」的問話。從此禪師們說法時喜歡用「牛」作譬佛，用牧牛比喻修行。所以當寒山問趙州從諗認不認得牛時，實際問他識不識佛。此時趙州尚未開悟，如實答「不認得」。寒山便進一步開示他，說牛蹄印就是羅漢的足跡。就是說，在開悟者的眼中，牛就是羅漢，羅漢就是牛；亦即牛是佛，佛即牛。但從諗還執著於分別相，說既是羅漢了，為什麼卻作牛去？到此，寒山只能喊「蒼天」了。……佛教認為蒼天即虛空，虛空即虛幻不實的象徵，從諗對此是清楚的。這樣轉了幾個彎，從諗才恍然大悟，原來是執著於牛跡的幻相，才迷失了自己的真性，自然也就迷失了佛性。想到此，心迷如桶底脫落，一下子開悟了，不禁呵呵大笑起來。寒山也從趙州學喊「蒼天」中知曉了這個小和尚的開悟，不由得從心裏發出了由衷的讚歎。〔註31〕

〔註28〕黄敬家著：《寒山詩在宋元禪林的傳播研究》，臺北：臺灣學生書局有限公司，2016年，第64頁。按：此書研究寒山詩元代禪林的傳播時側重「四睡」及相關讚頌，對僧詩中的寒山文化關注不足。

〔註29〕楊鐮主編：《全元詩》（第11冊），北京：中華書局，2013年，第55頁。

〔註30〕（宋）普濟：蘇淵雷點校，《五燈會元》，北京：中華書局，1984年，第121頁。

〔註31〕陳繼生著：《禪宗公案》，天津：天津古籍出版社，2008年，第145～146頁。

若我們以此來反思原詩第一句，可見寒山詩中所蘊含的佛教文化內涵是十分豐富的。（2）對寒山與溈山靈祐相遇之事的借用，其中最有名的就是釋清茂的《送禪之臺雁》：「主丈雲生，缽囊花綻。抹過百城，去遊臺雁。石鑿鑿兮白水漫漫，花片片兮錦霞爛爛。吞楊歧之栗蓬，笑睦州之擔板。續少室之真燈，開人天之正眼。君不見，應化寒山松門獨掃兮，啟大溈三生宿習之既忘。吾祖曹溪大坐當軒兮，摧永嘉振錫繞床之我慢。」〔註32〕詩中「君不見，應化寒山松門獨掃兮，啟大溈三生宿習之既忘」就是根據「《宗門統要》云：『師至國清受戒，寒山子遂與拾得往松門接師。才到二人從路邊透出，作大蟲吼三聲，師屹然無對。寒山云：「自從靈山一別，迄至於今還相記麼？」師亦無對。拾得拈起拄杖云：「老兄喚這個作甚麼？」師又無對。山云：「休！休！別後伊三生作國王，總忘卻也」』」〔註33〕來說的，充分利用天台三聖文化中的典故，從而以溈仰宗的開創者靈祐指代禪學素養深厚的道友。可見清茂對自己道友和靈祐的推崇。

從上述兩點來看，正因為天台三聖文化具有深厚的佛教文化內涵，才使得這種現象在元代叢林文化中成為重要組成部分。那麼將天台三聖作為高僧大德的美稱，並在送別雲水僧時用來借稱友人的現象就可以理解了。像釋行海在送別虛岩行人時，經過寒山子曾經在木葉題詩的天台山地區而創作了《寄隆虛岩行人》：「藤花小朵插軍持，香篆輕煙嫋嫋移。山鳥不啼禪定處，池魚偏集誦經時。風聲入戶松千樹，月影臨窗竹一枝。舊日寒山行道外，崖間葉上亦題詩。」〔註34〕釋清茂以寒山、拾得的借稱來對雲遊四方的行腳僧遊跡天台的文化解釋說：「天台山高不可上，上時牢把山形杖。龍湫水深不可掬，掬時須用無底盂。山形拄杖無底盂，上人親手能提持。江頭梅梢玉始破，溪畔柳眼青方舒。目前一一露真智，世上擾擾誰能知。試問寒山子，題詩在何處？風瓢歷歷鳴高樹，亭前兩朵優曇花，抱子黃猿盡偷去。更探諾詎羅，瞌睡醒也未。袈裟裹卻頭，開眼不見鼻。崖頭懸泉瀉不竭，喊空擲石飄霜雪。何時有月出山來，蹴踏驪龍雙角折。笑倒長汀契此翁，布袋滿盛乾屎橛。」〔註35〕可見天台三聖稱呼

〔註32〕《古林清茂禪師語錄》《卍續藏經》（第123冊），515頁。

〔註33〕（明）瞿汝稷編撰，德賢、侯劍整理：《指月錄》，成都：巴蜀書社，2011年，第355頁。

〔註34〕楊鐮主編：《全元詩》（第4冊），北京：中華書局，2013年，第347頁。

〔註35〕《古林清茂禪師語錄．送要禪人遊台雁四明》《卍續藏經》（第123冊），536頁。

的指代化，除了跟佛教文化意蘊有關外，還跟這一帶清淨秀美的環境有關。這也是為什麼天台三聖的遺跡成為朝拜聖地的根本原因。釋行珙的《送徹上人遊臺雁》亦對此描述說：「多人乞語過臺雁，上人亦向那邊遊。寒拾不能登妙覺，只為貪著山水幽。巨蘿常年抱膝坐，癡癡更是不知休。春花正開香滿路，日輪卓午山氣收。乘興去時宜速速，乘興回來莫悠悠。」〔註 36〕從中不難看出前往天台行腳修行的人數之多，風氣之盛。

四、天台三聖作為美稱

隨著三聖典故、《寒山詩》等內容的傳播，天台三聖逐漸成為僧人對天台佛門碩德耆宿的美稱。比如釋行海以天台禪林中的寒山、拾得為指代，在《送雲太虛禪師住台州報恩寺》中以「高臥北山長懶出，忽辭猿鶴上扁舟。此行為道無榮念，相送於人有別愁。峰頂良宵明月上，門前終日大江流。東南一路多奇觀，寒拾諸公盡舊遊」〔註 37〕來讚美太虛禪師。釋正印亦在靈石和尚大振宗綱、力行古道、格調非凡等內容上，將其比擬寒山、拾得而創作《送靈石和尚歸天台》：「彌天聲價似黃鍾，萬衲歸依擁象龍。大振玄綱超聵祖，力行古道起中峰。永明的旨一湖水，天下宗師百歲翁。白雪調高誰敢和，且同寒拾撫孤松。」〔註 38〕

同樣的用例，也可以從釋宗泐為好友題詩《蘿壁山房為趣上人作》「石壁掛青蘿，禪房在其下。松枝裁作扉，茅覆不用瓦。若人百念忘，襟懷自瀟灑。行看塢雲生，坐聽岩泉瀉。怡然朝復曛，在己無取捨。於中亦不存，何有空與假。一從入山來，見山不見野。寒拾千載人，誰是同流者」〔註 39〕以及清茂的《送川僧遊天台》「道人遠自西川來，卷衣又說歸天台。天台西川翠千里，朝遊莫到誠悠哉。神通妙用有如此，豐干拾得真堪陪。高歌數曲崖石裂，短舞一笑山花開。山花開時滿岩谷，誰道上人遊不足。石橋南畔老曇猷，相見定邀方廣宿。衲僧一隻通天眼，不在眉毛額角畔。廓徹靈明在頂門，照天照地光燦爛。半斤八兩沒高低，千古有誰親得見。忽然摸著鼻尖頭，便可與人通一線。既是明明在定門，因甚知來鼻尖上。我行荒草汝莫行，汝若行時著草絆。不見江西馬簸箕。胡亂何曾少鹽醬」〔註 40〕從中看出，二人均以簡樸平淡的山居生活所

〔註 36〕《古林清茂禪師語錄》《卍續藏經》（第 123 冊），405 頁。
〔註 37〕楊鐮主編：《全元詩》（第 4 冊），北京：中華書局，2013 年，第 345 頁。
〔註 38〕《月江正印禪師語錄》《卍續藏經》（第 123 冊），第 303 頁。
〔註 39〕楊鐮主編：《全元詩》（第 58 冊），北京：中華書局，2013 年，第 402 頁。
〔註 40〕《古林清茂禪師語錄》《卍續藏經》（第 123 冊），第 534 頁。

呈現的「捨棄兩邊，不著中間」的中道之理進行了論述，並從中突出了領悟般若空智的修道觀。由此可知元僧對寒山、拾得修行境界的推崇。這點同樣也反映在清茂的《送川僧遊天台》中。

另外，還有以寒山、拾得作為自指的用法，其中最著名的莫過於釋大訢所撰寫的《送宋誠夫侍郎福建注選歸朝》：

> 已見崇儒效，端由取士憂。涵濡知聖化，啟沃待嘉謀。歷以諸難試，旋聞百廢修。分曹仍領選，南省且停騶。齊相門難掃，山公啟可投。炎荒逾嶺海，東極極閩甌。水鏡明群像，銓衡列九流。人期休乃職，吾欲拔其尤。分寸躋難上，錙銖細莫收。匪惟公論和，苦應眾心求。六翮雲霄闊，修鱗窟宅幽。乾坤生物大，雨露化工侔。紫詔頒寰極，青光動冕旒。天高煙瘴淨，氣肅雪霜稠。高蓋相迎候，遺經得校讎。人才臻盛世，文物並中州。公已多遺愛，誰同紀勝遊。清商金石奏，歸思蠶絲抽。蓐食動微僕，梅蒸損弊裘。諸君懷感激，短景惜淹留。愧我同樗櫟，勞生甚贅疣。斷蓬風卷絮，破屋雨傾湫。煙水蛟龍暮，江湖雁鶩秋。銀河斜斗柄，雲海限瀛洲。待月飛金錫，因風駕玉虯。天台無負約，為我訪閭丘。〔註41〕

在該詩中，笑隱大訢稱讚侍郎宋誠夫能積極作為、選賢舉能，卒章顯志之時，期待與宋侍郎脫離塵囂、飽覽山川，並以寒山子作為自己的指代。可謂對寒山、拾得推崇備至。

除卻上述局部借代和自指的用法，元代釋子亦會在文中書寫天台三聖的全稱作為代稱。如釋圓至通過觀照水的顏色，領悟色雖存在，但實為假有的佛理，故以寒山子群體的「即色即空，境隨心轉」的境界來撰寫《碧潭字銘》：「觀潭於潭，其碧湜湜；酌潭於器，視碧無碧。色生於深，而潭不色；土濬於內，湛渟泓洋。炳為德藝，惟湛之光；光由湛生，湛非光相。人驚曄曄，我泊無象。不留以止，不潰以肆。維寒山子，實有實似。」〔註42〕這種情況也反映在文人詩中所傳達出的寒山詩的消息，比如白珽能指出其中的偽作而寫道「呂洞賓、寒山子，皆唐之士人，嘗應舉不利，不群於俗，蓋楚狂、沮溺之流，觀其所存詩文可知。如《寒山子詩》其一云：『有人兮山陘，雲卷兮霞纓。秉芳兮欲寄，路漫兮難征。心惆悵兮狐疑，蹇獨立兮忠貞。』前輩以

〔註41〕楊鐮主編：《全元詩》（第32冊），北京：中華書局，2013年，第167頁。
〔註42〕（元）釋圓至著：《筠溪牧潛集》，元大德刻本，第30頁。

為無異《離騷》語。今行於世者，多混偽作，以諧俗爾。」〔註 43〕又如張昱因遊覽國清寺而對豐干、寒山、拾得三人的故事產生興趣，從而撰寫《題國清寺三隱堂》〔註 44〕：「莫與閒人說舊遊，這些風采盡風流。只因當日機曾露，直到而今笑未休。虎跡已無空〔註 45〕院閉，藤花猶蓋兩岩幽。相逢總是知音者，莫叫蒼天惱趙州。」〔註 46〕同樣的行文也反映在張翥撰寫的《臘日飲趙氏亭》中，比如他寫到：「城上高亭一再過，每看風物費吟哦。近詩頗效寒山子，往事徒成春夢婆。勝買十千燕市酒，閒聽二八越娘歌。梅花枉報春消息，只遣經年別恨多。」〔註 47〕可見三聖文化對僧俗影響巨大。甚至這種影響還延伸到元代少數民族詩人的身上，最著名的莫過於別羅沙的《宿寒岩》：「朝發赤城山，暮抵寒岩宿。飛瀑灑長松，清風動修竹。人行古徑臺，僧住懸崖屋。寒拾在何許，白雲滿空谷。」〔註 48〕

正因為三聖的這種地位和影響，三聖文化也在元代隨著中日交往而傳播至日本。故在日本僧人文獻中，仍可看到天台三聖的資料。如知覺普明在「疑作面前關，乾坤不隔寰。狂歌思拾得，野語擬寒山。掃榻松風落，捲簾雲雨閒。客來應眼飽，幾個腹饑還」〔註 49〕中抒發出自己對隔代知音的思念，亦提及自己擬作寒山詩的原因。

作為佛教文化重要內容的天台三聖文化，其累累碩果滋養著後世緇素的放曠精神，並且成為禪客修行證道的文字般若。對此，項楚在評價天台三聖文化的典型代表《寒山詩》時認為：「《寒山詩》是佛教思想在中國詩歌領域結出最重要的果實。」〔註 50〕這點我們可以在其「詩言志」的佛教創作中找到，元代僧人於日常修行生活中吟詠寒山詩的根源主要是為了成就般若智慧。隨著僧俗修道觀的推崇、創作實踐的完善，這種基於日常修行所借鑒的三聖品格形成的文化群體，便有了「三聖美稱」、「隔代知音」、「三聖典故於詩作中化用」、

〔註 43〕（元）白珽：《湛淵靜語》（卷二），知不足齋叢書本，第 22 頁。

〔註 44〕「三隱」，題注為「豐干、寒山、拾得」。

〔註 45〕「空」，陳耀東《寒山詩集版本研究》中的徵引、題贈、品評、參禪、擬作部分，此詩中的「空」字作「深」。

〔註 46〕（元）張光弼：《張光弼詩集》卷七，四部叢刊續編景明鈔本，第 291 頁。

〔註 47〕（元）張翥著：《蛻庵詩》（卷三），四部叢刊續編景明本，第 85 頁。

〔註 48〕轉引自陳耀東的《寒山詩集版本研究》，北京：世界知識出版社，2007 年，第 451 頁。

〔註 49〕《智覺普明國師語錄》，《大正藏》（第 80 冊），第 709 頁。

〔註 50〕（唐）寒山，項楚注：《寒山詩注》，北京：中華書局，2000 年，第 14 頁。

「三聖文化傳播至日本」等人文色彩的天台文化觀。可見，元代僧俗詩等文獻中所呈現的天台三聖人文影響是巨大的，至少在元代叢林傳播的影響上是至深的。

第二節　元僧擬作寒山詩潮流

天台三聖文化自唐代便成為我國傳統文化的重要組成，後世文人與僧人乃至畫師翻案出新，從各個方面詮釋自我心中的天台三聖文化，從中領悟禪宗三昧。天台三聖的文學書寫主要以詩歌這種文學體裁呈現，其中元代的禪師們創作的數量可觀、質量上乘的《擬寒山詩》便是其中典型代表。釋如珙、釋明本、釋行端三人可謂元代禪師創作《擬寒山詩》的代表人物，他們以《擬寒山詩》的文學書寫繼承僧人創作傳統、踐履佛教信仰。

據現有文獻可知擬作寒山詩這一重要文學現象最早始於五代南唐時期的法燈泰欽（？～974），其創作有《擬寒山》十首。宋代擬作寒山詩的風氣更盛，文人如王安石、陸游、李壁等皆有擬寒山詩的作品留存於世，如陸游自言「掩關未必渾無事，擬遍寒山百首詩（《次韻范參政書懷・其二》）」；〔註51〕叢林中如汾陽善昭、慈受懷深、長靈守卓等人皆創作出數量可觀的擬寒山詩。元代禪林紹繼前代宗風，橫川如珙、中峰明本、元叟行端等禪師均有擬寒山詩存世，這些文字般若成為元代漢傳佛教文學的重要成就，也是元代文壇的靚麗風景。

一、釋如珙的《擬寒山詩》

釋如珙（1222～1289），亦稱行珙，字子璞，號橫川。俗姓林，永嘉人，嗣法天目文禮。曾主持雁蕩山羅漢禪寺、靈巖禪寺、能仁禪寺等名剎。現存著作有本光編定的《橫川如珙禪師語錄》兩卷。橫川如珙對於天台三聖的事蹟相當熟悉，在其上堂法語、畫讚、詩偈中皆能發現豐干、寒山、拾得身影，其中最典型的是其所作的《擬寒山詩》二十首。這二十首詩原題為《偈頌》，因其自注有「寒山作詩無題目，發本有天真。予獨處山僚，眼見耳聞底皆清淨性中流出，不覺形言，凡二十首，戊子夏午」〔註52〕，可以看出如珙的創作在踐行寒山子作詩「發本有天真」的灑脫放曠精神。又因陳耀東的《寒山詩集版本研

〔註51〕錢仲聯，馬亞中主編：《陸游全集》（第3冊），杭州：浙江教育出版社，2011年，第462頁。

〔註52〕《卍續藏經》（第123冊），第403頁。

究》、黃敬家的《寒山詩在宋元禪林的傳播研究》兩書均以《擬寒山詩》為如珙此二十首詩總名，筆者從之。

橫川如珙《擬寒山詩》的主題是啟發學人明心見性、體悟佛性，或是勸導眾生皈依佛門，或是書寫自己山居樂道的修行生活。

禪宗認為眾生皆有佛性，不需要跋山涉水四處馳求，修行之人要返觀自性，摩尼珠正在自身，踏破鐵鞋自然是演若達多迷頭認影。橫川如珙宣揚此種禪宗義理的詩如下所示：

> 日影每從窗外過，知他奔逐幾時休。虛空落地須彌碎，三世如來不出頭。月在水中撈不上，徒勞戳碎水中天。夜深山寺開門睡，月自飛來到面前。人心到老不知休，心若休時萬事休。水上葫蘆捺得住，始信橋流水不流。人有黃金齋，棄之徒自忙。北風連地起，吹雪上眉梁。杳杳黃泉路，難逢日月光。吾儂如此說，且去審思量。〔註53〕

第一首詩告誡參禪人光陰易逝，不可在外奔逐。第二首告訴眾人只要歇卻狂心，一切自足。第三首詩勸人靜心澄慮，不被外在事物束縛，最後一句化用婺州雙林善慧大士的詩偈，善慧原偈為「空手把鋤頭，步行騎水牛。人從橋上過，橋流水不流」，〔註54〕意在讓人消除分別意識。最後一首詩以黃金齋比喻真如佛性，老婆心切地勸導僧人：人生短暫，須仔細體認心性無染，本自圓成，勿要迷己逐物。

心宗強調煩惱即菩提，淤泥生紅蓮，凡聖無差別，日用即道，而非離世覓菩提，如《壇經．般若品第二》如是說：「善知識！凡夫即佛，煩惱即菩提。」如珙在擬作的寒山詩中也闡釋此理，如其以下詩歌：

> 貪嗔癡眾生根本，眾生根本佛根本。佛無眾生不成佛，是故眾生佛根本。諸佛面前求早悟，眾生界上幾曾迷。本源自性天真佛，日用中間無少虧。清淨世界清淨人，濁惡世界濁惡人。雖性所轉移不得，總是娘生一個身。觸目盡是清淨地，清淨地上無佛住。趙州教人急走過，狸奴倒上菩提樹。大道在目前，本來無妙理。陽地生為人，陰空死作鬼。月照嶺上松，風吹原下水。蓬頭寒拾翁，拍手笑不已。〔註55〕

〔註53〕《卍續藏經》（第123冊），第401～403頁。

〔註54〕（宋）普濟著，蘇淵雷點校：《五燈會元》，北京：中華書局，1984年，第119頁。

〔註55〕《卍續藏經》（第123冊），第402～403頁。

詩中認為貪、嗔、癡三毒是眾生根本，也是成佛根本。眾生不必求取佛法，本源自性便是佛性，運水搬柴的日常生活中一切具足，觸目菩提。如寒山、拾得一樣看見本地風光，任運隨緣。其中第四首詩第三句用趙州從諗禪師故事，「僧辭，師曰：『甚處去？』曰：『諸方學佛法去。』師豎起拂子曰：『有佛處不得住，無佛處急走過。三千里外，逢人不得錯舉』」，〔註56〕用意在於告訴人們不要執著外物，須做個「無事道人」。

如珙在其《擬寒山詩》中表達出對天下之人熙熙攘攘為名利富貴奔波不已的無奈與哀憫。在他看來人生極其短暫，世間萬物皆是幻化，一切虛妄不實，不能擺脫輪迴的眾生實屬可悲。聽到風吹墳前白楊樹，慈悲為懷的詩人傷感萬分。如其以下詩歌所言：

> 樓上五更鐘未動，人間萬事已營營。明朝一飯先書籍，那取工夫細度量。萬事成空皆已悉，一身無實亦深知。絲毫名利放不過，得出輪迴是幾時。老農隴上耕，終日手不住。白骨誰家冢，群鴉噪高樹。一條淺溪水，滔滔自流去。迷時從他迷，悟時聽他悟。九牛雖有力，拽之不可住。日落又黃昏，風吹白楊樹。〔註57〕

這種勸誡眾生及早覺悟、出離苦海的淑世精神自然是來源於大乘佛教自利利他思想，而這種詩歌的創作傳統則是對王梵志與寒山詩歌創作傳統的繼承。如寒山的《勸你三界子》詩：「勸你三界子，莫作勿道理。理短被他欺，理長不奈你。世間濁濫人，恰似鼠黏子。不見無事人，獨脫無能比。早須返本源，三界任緣起。清淨入如流，莫飲無明水。」〔註58〕

如珙的《擬寒山詩》中寫山居修行的詩較多，這些詩應是書寫自身晚年由於年老體衰、行動不便而隱居深山的生活。此類山居詩寫得真實自然，刊落繁華，絕無世俗詩歌中的情塵意垢，顯示出一個禪僧在自然中悟道修行的歷程。其《擬寒山詩》中山居類詩歌如下：

> 老已無心走市鄽，莎羅樹下展身眠。餘生一了一切了，不去燒香向佛前。曉來雲過闌乾濕，手把圓珠獨自立。聲聲稱念南無佛，佛道現前不成佛。魚浮水面性地平，鳥入林中機路密。秋到石床楓

〔註56〕（宋）普濟著，蘇淵雷點校：《五燈會元》，北京：中華書局，1984年，第200頁。

〔註57〕《卍續藏經》（第123冊），第402～403頁。

〔註58〕（唐）寒山著，項楚注：《寒山詩注》，北京：中華書局，2000年，第601頁。

葉落，夢幻伴子六十七。水邊林下道人行，念念無非是道情。盡去西方尋淨土，青蓮花在淤泥生。稱心稱意可常保，上苑名園春日花。一個尖頭茅屋下，長年無事道人家。山中滋味別，往往少人知。野菜合黃獨，能充白日饑。風輕翻草葉，猿重墜藤枝。餘生只寄此，閒讀古人詩。吾家不甚遙，看取腳下路。紅日上山頭，石羊草裏臥。人間一百年，彈指聲中過。柴門無鎖鑰，白雲自來去。〔註59〕

在詩人看來佛教的儀式如燒香禮佛不是修行目的，修道的關鍵在於體認自性。若具法眼，山中的風雲雨露、草木蟲魚都是法身與般若。在看似清苦的山居生活中詩人像顏回處陋巷一般甘之如飴、精神富足，還時常吟誦寒山子等古人詩歌以徹見本來面目。

橫川如珙的《擬寒山詩》主要闡釋禪宗的基本思想，勸勉僧俗及時覺醒、出離輪迴。既有慈悲憫世、覺悟眾生的濟世情懷，又有山居修行、了無掛礙的個人自由，是自利利他精神實踐。與寒山詩歌比較，相同之處是語言通俗易曉、勸化意味濃厚、皆有身處深山以觀世間的空間意識〔註60〕；不足處在於如珙詩缺乏語言張力，擬作中缺乏寒山意境玲瓏的禪理詩，故而風格相對單一。

二、釋明本的《擬寒山詩》

釋明本（1263～1323），號中峰，俗姓孫，浙江杭州人。中峰明本嗣法高峰原妙，屬臨濟宗楊岐派。明本道振東南，修行勇猛精進，注重頭陀苦行的修持，禪學造詣精深，皇帝多次賜號，被譽為「江南古佛」。日本學者忽滑谷快天對其評價極為精彩，「當武宗、仁宗之時，元之佛教出可代表之偉人，天目山之中峰明本是也」。〔註61〕因明本禪師勵修苦行，注重研讀佛典，淡泊名利，因此高官顯貴如兩浙運使瞿霆發、浙江行省丞相脫歡等與之交往頻繁，文士與之親近者亦眾，如趙孟頫曾向其諮詢《金剛般若經》要義，其座下龍象蹴踏，如雲南僧人無照玄鑒、高麗忠宣王王璋，在日本傳播中國臨濟宗的禪師印原等，明本圓寂之後虞集為之撰寫塔銘。

明本的著述有《中峰和尚廣錄》《明本禪師雜錄》《幻住庵清規》《三時繫

〔註59〕《卍續藏經》（第123冊），第402～403頁。

〔註60〕祁偉對「寒山體」的三點補充其中之一便是「山居以觀世間的角度」，具體內容見於其著作《禪宗寫作傳統研究》，北京：中華書局，2021年。

〔註61〕（日）忽滑谷快天撰，朱謙之譯，楊曾文導讀：《中國禪學思想史》，上海：上海古籍出版社，2002年，第677頁。

念》，其中《天目中峰和尚廣錄》收入《普寧藏》，揭傒斯奉敕為之作序。明本的《擬寒山詩》由其參學門人北庭慈寂整理，被收錄於《中峰和尚廣錄》中的《一花五葉集》，該集在明本生前已刊刻流通。〔註 62〕

明本不僅佛學修養深厚，且文采斐然。其文學作品有《擬寒山詩》《懷淨土詩》《梅花百詠詩》《天目山賦》以及偈頌與祖師讚等。其中《擬寒山詩》一百首，他在《一花五葉集》中說明自己創作《擬寒山詩》的目的「以寓禪參之旨」。明本的百首《擬寒山詩》中有序，詩歌均為五言，以十首為一組（第一組為九首）前九組詩每組的第一句句式相同，共分十組。〔註 63〕

明本的《擬寒山詩序》是理解其《擬寒山詩》的鑰匙，其中寫道：

> 客又曰：「近代尊宿，教人起大疑情，看古人一則無意味語，斯可謂之參乎？」予曰：「傳燈初祖，各有契證，初未聞有看話頭、起疑情而悟者；良由機緣泛出，露布橫生，況是學者胸中為生死之心，苦不真切，腳未跨門，咸遭誑惑，由是據師位者，不得已而將個無意味話，放在伊識田中，教伊吞吐不行，咬嚼不破，孜孜兀兀，頓在面前，如銀山鐵壁，不須其斯須忘念，日深月久，情塵頓盡，心境兩忘，不覺不知。以之悟入，雖則不離善權方便，亦與參之之意，幾近矣。或學者不實以生死大事為任，則師與資俱成途轍，荊棘祖庭，穢滓佛海，豈參云乎哉？因往復酬酢，遂引其說，偶成《擬寒山詩》一百首，非敢自廣，蓋痛心於教外別傳之道將墜，無何，誠欲策發初心之士耳。」〔註 64〕

可以窺見其百首《擬寒山詩》的創作是明本與人話禪的產物，其創作背景為禪宗面臨「學者不實以生死大事為任，則師與資俱成途轍，荊棘祖庭，穢滓佛海」「教外別傳之道將墜」，最終通過寓禪於詩達到勉勵僧徒參悟真如佛性的目的，即「參禪一句子，衝口已成遲。擬欲尋篇目，翻然墮水泥。舉揚無半字，方便有多岐。曲為同參者，吟成百首詩。」〔註 65〕現於各組選取五首進行析論。

〔註 62〕以上內容參考紀華傳：《江南古佛：中峰明本與元代禪宗》，北京：中國社會科學出版社，2006 年。

〔註 63〕本文中釋明本的《擬寒山詩》分類借鑒祁偉《禪宗寫作傳統研究》之《元代中峰明本擬寒山詩》，祁偉著：《禪宗寫作傳統研究》，北京：中華書局，2021 年，第 49～59 頁。

〔註 64〕《大藏經補編》（第 25 冊），第 878 頁。

〔註 65〕《大藏經補編》（第 25 冊），第 878 頁。

第一組的首句格式為「參禪莫□□」，告誡學人在參禪中應當避免的一系列問題，如以下詩歌所言：

參禪莫執坐，坐忘時易過。疊足取輕安，垂頭尋怠墮。若不任空沉，定應隨想做。心花無日開，徒使蒲團破。參禪莫知解，解多成捏怪。公案播唇牙，經書塞皮帶。舉起盡合頭，說來無縫隙。撞著生死魔，漆桶還不快。參禪莫涉緣，緣重被緣遷。世道隨時熟，人情逐日添。工夫情未瞥，酬應力難專。早不尋休歇，輪迴莫怨天。參禪莫習懶，懶與道相反。終日尚偷安，長年事疏散。畏聞廊下魚，愁聽堂前板。與麼到驢年，還他開道眼。參禪莫揀擇，舉世皆標格。曾不問閑忙，何嘗分語默。一念離愛憎，三界自明白。更擬問如何，當來有彌勒。〔註 66〕

明本在第一首詩中告訴學人參禪不能執著於坐禪，南宗禪強調自心頓悟，反對面壁坐禪並因此而產生「磨磚作鏡」〔註 67〕的公案。僧人在坐禪中容易懈怠懶惰，與其追求心的覺悟背道而馳。由於宋代以來文字禪盛行叢林，因此許多僧侶不求覺悟，反而死記硬背禪宗語錄導致禪宗宗風不振。大慧宗杲見到禪僧執迷其師圓悟克勤的《碧巖錄》，曾將此書刻版焚毀，禪宗風氣為之一振。但文字禪的風氣並沒止息，明本此處用心與其祖師無異。明本在《擬寒山詩序》中寫到「余皆似之耳，非參也。何謂似？如火爐頭、禪床角，領納一言半句相似語，蘊於情識，不自知覺，久之遇緣逢境，忽然觸發，是謂知解依通，非參也。或於方冊梵夾中，以聰明之資，博聞廣記，即其所曉處，和會祖機，一一合頭，乃穿鑿搏量，非參也」，〔註 68〕可見明本此詩具有一定的現實針對性。明本認為參禪一定要專心致志，不能意逐攀援，世緣過重反而影響修行。明本不僅如此告誡學人且自己亦親身踐行，如其《寄陸全之》（原注：避大覺寺請）所云「自我無端二十年，教人平地覓青天。了無人寄風前句，時有書催月下船。遣我去償操斧債，教誰來補買山錢。渾侖咬嚼鐵

〔註 66〕《大藏經補編》（第 25 冊），第 878～886 頁。

〔註 67〕「開元中有沙門道一（即馬祖），在衡嶽山常習坐禪。師（南嶽懷讓）知是法器，往問曰：『大德坐禪圖甚麼？』一曰：『圖作佛。』師乃取一磚，於彼庵前石上磨。一曰：『磨作甚麼？』師曰：『磨作鏡。』一曰：『磨磚豈得成鏡邪？』師曰：『磨磚既不成鏡，坐禪豈得作佛？』」（宋）普濟著，蘇淵雷點校：《五燈會元》，北京：中華書局，1984 年，第 127 頁。

〔註 68〕《大藏經補編》（第 25 冊），第 877 頁。

酸餡，只憶山邊與水邊」，〔註 69〕對於主持名剎之請毫不動心，可謂行解相應。參禪需要勇猛精進，否則「與麼到驢年，還他開道眼」。（按：王梵志詩有「無衣使我寒，無食使我饑。還你天公我，還我未生時」，與此詩句式一致。但王梵志詩重在反映民生疾苦，明本詩重在強調本心自具）參禪之心不能絲毫放鬆，無論閒忙都要時時參悟，清除愛與憎的情塵意垢。如果疑情重重，那麼只能待來生讓彌勒解答。〔註 70〕

第二組詩首句的格式為「參禪宜□□」，叮嚀學人參禪應該樹立信心，精勤不懈，佛魔俱遣。詩如下：

> 參禪宜自肯，胸中常鯁鯁。不擬起精勤，自然成勇猛。一念如火熱，寸懷若冰冷。冷熱兩俱忘，金不重為礦。參禪宜簡徑，只圖明自性。了了非聖凡，歷歷無欠剩。擬向即是魔，將離轉成病。脫略大丈夫，塵塵自相應。參禪宜及早，遲疑墮荒草。隙陰誠易遷，幻軀那可保？當處不承當，轉身何處討。寄語玄學人，莫待算筒倒。參禪宜正大，切勿求奇怪。真機絕覆藏，至理無成壞。拽倒祖師關，打破魔軍寨。赤手鎮家庭，塵塵俱出礙。參禪宜決定，莫只成話柄。瞥爾墮因循，灼然非究竟。但欲了死生，何曾惜身命。一踏連底空，佛魔聽號令。〔註 71〕

參禪的學人需要建立悟道自信，直入如來地。聖凡無別，不存分別心，灑脫無礙，自然「塵塵相應」，目擊道存，觸目菩提。禪宗為確立參禪信心，主張超佛越祖，如以上第四首詩所言「拽倒祖師關」，詩中的祖師當指黃龍派祖師黃龍慧南。慧南提出著名的「黃龍三關」，「師室中常問僧曰：『人人盡有生緣，上座生緣在何處？』正當問答交鋒，卻復伸手曰：『我手何似佛手？』又問：『諸方參請，宗師所得？』卻復垂腳曰：『我腳何似驢腳？』三十餘年，示此三問，學者莫有契其旨。脫有酬者，師未嘗可否。叢林目之為黃龍三關。師自頌曰：『生緣有語人皆識，水母何曾離得蝦。但見日頭東畔上，誰能更吃趙州

〔註 69〕《卍續藏經》（第 122 冊），第 739 頁。

〔註 70〕「疑情，簡稱為疑。在禪宗中，疑卻被看成是看話禪的根本和開悟的關鍵，就是要通過公案的力量，將心念集中在一則無意義的話頭上，而這話頭往往是不合於常情或佛法道理，或者是不易理解的深奧而凝練的佛經話語，所以很容易產生一種無自無他專心致志的精神狀態。」紀華傳著：《江南古佛：中峰明本與元代禪宗》，北京：中國社會科學出版社，2006 年，第 130 頁。

〔註 71〕《大藏經補編》（第 25 冊），第 878～886 頁。

茶。我手佛手兼舉，禪人直下薦取。不動干戈道出，當處超佛越祖。我腳驢腳並行，步步踏著無生。會得雲收日卷，方知此道縱橫」〔註 72〕，禪宗這種遇佛殺佛，遇魔殺魔的精神，旨在消除學人的分別意識，直指人心，覺悟空宗。

第三組詩的首句格式為「參禪要□□」，本組詩歌意在告訴學人參禪應徹底，不可淺嘗輒止。同時，要求學人信念堅定，不顧性命，糞土名利。茲舉詩例如下：

> 參禪要到家，不必口吧吧。履踐無生熟，途程非邇遐。寸心常不動，跬步亦何差。踏斷芒鞋耳，門前日未斜。參禪要脫略，何須苦斟酌。道理要便行，事物從教卻。豈是學無情，自然都不著。更起一絲頭，茫茫且行腳。參禪要高古，備盡嘗艱苦。身世等空花，利名如糞土。深追雪嶺蹤，遠接少林武。道者合如斯，豈是誇能所。參禪要孤硬，素不與物諍。白日面空壁，清塵堆古甑。遇境自忘懷，隨緣非苦行。昨夜煮虛空，煨破沙糖甏。參禪要深信，豈應從淺近。直擬跨懸崖，不辭挨白刃。橫披古佛衣，高佩魔王印。道源功德山，咸承慈母孕。〔註 73〕

第二首詩意為參禪應心無所住，因此對於外在事物不捨棄，不執著，即「無住者，為人本性，念念不住，前念、今念、後念，念念相續，無有斷絕；若一念斷絕，法身即離色身。……於一切上，念念不住，即無縛也」，〔註 74〕達到一絲不掛的境界。第三首詩中的「雪嶺蹤」是用佛陀的故事，此故事出自《涅槃經》卷十四的《聖行品第七之四》，完全可將其視為早期佛教文學的典範之作，因此之故，不憚文繁，摘錄如下：

> 善男子，過去之世，佛日未出，我於爾時作婆羅門，修菩薩行，悉能通達一切外道所有經論，修寂滅行，具足威儀，其心清淨，不為外來能生欲想之所破壞，滅嗔恚火，受持常樂我淨之法，周遍求索大乘經典，乃至不聞方等名字。我於爾時住於雪山，其山清淨，流泉浴池，樹林藥木，充滿其地，處處石間，有清流水，多諸香華，周遍嚴飾，眾鳥禽獸，不可稱計，甘果滋繁，種別難計，復有無量

〔註 72〕（宋）普濟著，蘇淵雷點校：《五燈會元》，北京：中華書局，1984 年，第 1108 頁。

〔註 73〕《大藏經補編》（第 25 冊），第 878～886 頁。

〔註 74〕（唐）慧能著，郭朋校釋：《壇經校釋》，北京：中華書局，1983 年，第 32 頁。

藕根、甘根、青木香根，我於爾時獨處其中，唯食諸果，食已繫心，思惟坐禪，經無量歲，亦不聞有如來出世大乘經名……

爾時釋提桓因，自變其身，作羅剎像，形甚可畏，下至雪山，去其不遠，而便立住。是時羅剎心無所畏，勇健難當，辯才次第，其聲清雅，宣過去佛所說半偈：「諸行無常，是生滅法。」說是半偈已，便住其前，所現形貌，甚可怖畏，顧眄遍視，觀於四方。是苦行者，聞是半偈，心生歡喜，譬如估客，於險難處，夜行失伴，恐怖推索，還遇同侶，心生歡喜，踊躍無量。亦如久病，未遇良醫，瞻病好藥，後卒得之。如人沒海，卒遇船舫；如渴乏人，遇清冷水；如為怨逐，忽然得脫；如久繫人，卒聞得出；亦如農夫，炎旱值雨；亦如行人，還得歸家，家人見已，生大歡喜。善男子，我於爾時聞是半偈，心中歡喜，亦復如是。即從座起，以手舉發，四向顧視而說是言：「向所聞偈，誰之所說？」爾時亦更不見餘人，唯見羅剎。即說是言「誰開如是解脫之門？誰能於生死睡眠之中，而獨覺寤唱如是言？誰能於此示導生死飢饉眾生無上道味？是諸眾生，常為重病所纏，誰能於中為作良醫？說是半偈，啟悟我心，猶如半月，漸開蓮花？」

……羅剎答言：「汝智太過，但自愛身，都不見念，今我定為饑苦所逼，實不能說。」我即問言：「汝所食者是為何物？」羅剎答言：「我所食者唯暖人肉，其所飲者，唯人熱血，自我福薄，唯食此食，周遍求索，困不能得。世雖多人，皆有福德，兼為諸天之所守護，而我無力，不能得殺。」善男子，我復語言：「汝但具足說是半偈，我聞偈已，當以此身奉施供養。大士，我設命終，如此之身無所復用，當為虎狼鵄梟雕鷲之所啖食，然後不得一豪之福。我今為求阿耨多羅三藐三菩提，捨不堅身，以易堅身。」羅剎答言：「誰當信汝如是之言，為八字故，棄所愛身？」善男子，我即答言：「汝真無智，譬如有人，施他瓦器，得七寶器，我亦如是，捨不堅身，得金剛身……」

羅剎即說：「生滅滅已，寂滅為樂。」爾時羅剎說是偈已，復作是言：「菩薩摩訶薩，汝今已聞具足偈義，汝之所願，為悉滿足，若必欲利諸眾生，時施我身」。

……菩薩爾時說是語已，尋即放身，自投樹下。未至地時，虛空之中出種種聲，其聲乃至阿迦尼吒天。爾時羅剎還復釋身，即於空中接取菩薩，安置平地。爾時釋提桓因，及諸天人，大梵天王，稽首頂禮菩薩足下，讚言：「善哉！善哉！真是菩薩。」……善男子，如我往昔為半偈故，捨棄此身，以是因緣，便得超越足十二劫，在彌勒前成阿耨多羅三藐三菩提。〔註75〕

明本追慕世尊為追求聖諦而捐軀赴難的高古之風。祁偉解釋「遠接少林武」一句的「少林武」為：「『少林武』，本指嵩山少林僧徒自唐代即以武功聞名，此處當指少林禪學精要。」〔註76〕筆者認為祁氏之解可成一家之說，但亦不妨作如下解釋：「少林」指禪宗初祖菩提達摩大師，「師念震旦緣熟，行化時至，乃先辭祖塔，次別同學……當魏孝明帝孝昌三年也，寓止於嵩山少林寺，面壁而坐，終日默然。人莫之測，謂之壁觀婆羅門。」〔註77〕又於《五燈會元》中二祖慧可的記載中可以發現「自少林託化西歸，大師繼闡玄風，博求法嗣」，〔註78〕我們知道慧可嗣法達摩，且達摩有託化西歸遺只履的故事。元代《笑隱大訢禪師語錄》記載：「少林的髓付神光」，〔註79〕二祖慧可（神光）自然繼承的是達摩禪髓。因此，我們不難發現「少林」指代達摩是合理的。「武」字可釋為「足跡」，《毛詩正義》解釋《生民》「履帝武敏歆，攸介攸止」中「武」的意思為「武，跡」〔註80〕，又能在明本的《擬寒山詩》的第六十八首中找到證據，「句句合宮商，門門追步武」，可見「武」字當作足跡解釋是合理的。因此，中峰明本此詩意在勉勵學人立志高遠，如佛陀、達摩一般糞土名利、捨生取義，點燃法炬，燭照黑暗。

第四組詩首句的格式為「參禪為□□」，該組詩重在闡明參禪目的所在，詩如下：

參禪為成道，丈夫宜自保。雪嶺星欲沉，鷲山話將掃。疾捷便

〔註75〕（北梁）曇元讖譯，林世田等點校：《涅槃經》，北京：宗教文化出版社，2001年，第269～275頁。

〔註76〕祁偉著：《禪宗寫作傳統研究》，北京：中華書局，2021年，第52頁。

〔註77〕（宋）普濟著，蘇淵雷點校：《五燈會元》，北京：中華書局，1984年，第43頁。

〔註78〕（宋）普濟著，蘇淵雷點校：《五燈會元》，北京：中華書局，1984年，第47頁。

〔註79〕《卍續藏經》（第121冊），第221頁。

〔註80〕《十三經注疏》整理委員會整理：《十三經注疏》，北京：北京大學出版社，2000年，第1240頁。

翻身，更莫打之繞。轉步涉途程，出門都是草。參禪為絕學，擬心成大錯。既脫文字禪，還去空閒縛。拈卻死蛇頭，打破靈龜殼。腰間無半錢，解跨揚州鶴。參禪為究竟，直入金剛定。兩端空悟迷，一道融凡聖。澄潭浸夜月，太虛懸古鏡。你擬著眼看，即墮琉璃阱。參禪為圓頓，豈分根利頓？草木尚無偏，含靈皆有分。一法印森羅，三藏絕言論。更擬覓端由，道人今日困。參禪為明宗，道不貴依通。鷲嶺花猶在，熊峰髓不窮。心空千古合，見謝五家同。情識猶分別，門庭是幾重？〔註81〕

在第一首詩中明本認為參禪目的在於體悟佛道，佛法是對自身心性的保任。「雪嶺星欲沉」句是用釋迦牟尼成道的典故，元代釋唯一的《了堂唯一禪師語錄》卷二載：「佛成道上堂：『六載雪山成底事，長空午夜睹明星。金烏玉兔升還降，換卻幾多人眼睛。』」〔註82〕又「釋尊以大悲大智大精進力，宴坐禪思者凡四十九日破魔障，得三明，於二月八日明星現時，廓然圓悟而成正覺，因得佛陀之名」。〔註83〕明本意在警示學人努力參禪提振宗風，若是逐物迷己，將會被無明荒草埋沒，永無出頭之日。

第五組詩首句的格式均為「參禪無□□」，詩意在於說明參禪學道不分利根、頓根，只要起疑情、發憤提撕話頭，一定能桶底子脫落，悟透佛理。佛門廣大而平等不分貴賤、僧俗，眾生皆可修行證道。詩例如下：

參禪無利頓，且不貴學問。妙悟在真疑，至悟功發憤。任說他無緣，直言我有分。一踏桶底穿，蟭螟吞混沌。參禪無貴賤，各各不少欠。密護在真誠，精操惟正念。廊廟倦躋攀，輿臺忘鄙厭。悟來心眼空，昭然無二見。參禪無僧俗，四大同機軸。一念根本迷，萬死常相逐。推開生死門，打破塵勞獄。攜手下煙蘿，共唱還鄉曲。參禪無愚智，家親自為祟。智者落妄知，愚人墮無記。拶破兩頭空，轉歸中道義。拈起一莖柴，覆卻西來意。參禪無靜鬧，盡被境緣罩。聞見有兩般，混融無一竅。水底月沉沉，樹頭風浩浩。更擬覓家鄉，路長何日到。〔註84〕

〔註81〕《大藏經補編》（第25冊），第878～886頁。
〔註82〕《卍續藏經》（第123冊），第913頁。
〔註83〕釋印順著：《印度之佛教》，北京：中華書局，2011年，第14頁。
〔註84〕《大藏經補編》（第25冊），第878～886頁。

在本組最後一首詩中明本認為參禪學人不應心隨境轉，若是「聞見有兩般」，那麼水中月、風中樹皆能擾亂自心，返回自己家鄉，欣賞本地風光的途程將會遙遙無期。明本此種思想在其他作品中亦有表達，如《示山居徒》:「道在一切處，道亦不在一切處。但是你為生死大事不退，城市山林、獨居眾聚皆是進道之時。你一個為生死大事之心不諦當、不堅密」就會「城市則被鬧奪，山林則被靜障，聚則是非境緣相雜。」〔註 85〕

第六組詩的首句句式是「參禪非□□」，用意在於諄諄教導學人參究禪學不能被文字語言障礙，禪是即體即用，不容分別。參禪亦不可心有執念，定要是非俱遣，佛魔皆空。詩如下：

參禪非義學，豈容輕卜度。拽斷葛藤根，解開名相縛。一句鐵渾侖，千聖難穿鑿。蹉口忽咬開，虛空鳴爆爆。參禪非可見，可見墮方便。鳥跡尚堪追，電光還有現。靈鑒寫群形，體用成一片。擬剔兩莖眉，浮雲遮日面。參禪非息念，妙性圓親見。瞥起落緣塵，不續墮偏漸。起滅有蹤由，渾侖非背面。當處悟無生，塵塵離方便。參禪非自許，至理通今古。覓處不從他，得來須契祖。句句合宮商，門門追步武。毫髮若有差，惺惺成莽鹵。參禪非教外，亦不居教內。兩頭能混融，一道無向背。法法契真宗，處處成嘉會。少存分別心，直入魔軍隊。〔註 86〕

禪宗一向自稱教外別傳，其重要特徵是不立文字、以心傳心，若將佛經文字視為佛法本身則為法執。本組詩的第一首便旨在闡述參禪要拽斷語言葛藤，擺脫名相束縛的宗門要義。如其《示喜禪人・其七》所云:「參禪學道在心傳，一大藏經未曾詮。聞見不能超象外，開口還墮語言邊。」〔註 87〕

第七組詩的首句格式是「參禪絕□□」，明本禪師意在告誡學人摒棄知解，斷絕真妄，明心見性。其詩如下：

參禪絕所知，有知皆自欺。靈光雖洞燭，當體屬無為。瞎棒頭眼，掃空繩上疑。更來存此跡，節外又生枝。參禪絕露布，機前莫罔措。喝退趙州無，趁出雲門顧。縛住走盤珠，塞斷通天路。不假拈一塵，兩手都分付。參禪絕有無，道人何所圖？空中書梵字，

〔註 85〕《卍續藏經》（第 122 冊），第 728 頁。
〔註 86〕《大藏經補編》（第 25 冊），第 878～886 頁。
〔註 87〕《卍續藏經》（第 122 冊），第 737 頁。

夢裏畫神符。不有何庸遣，非無曷用除。話頭如不薦，徒費死工夫。參禪絕真妄，語言難比況。幻名惟兩端，空花非一狀。智者欲掃除，愚人常近傍。舉措似勸渠，於法皆成謗。參禪絕影像，豈許做模樣？象龍徒蹴踏，佛祖謾勞攘。遍界覓無蹤，當陽誰敢向？有人稱悟明，快來喧拄杖。〔註 88〕

禪宗認為佛法深奧微妙，因此對於真如的領悟是言語道斷，甚至是心行處滅的。正如明本此組第二首詩所言，禪的精妙之處絕不能像漢代的李雲露布上書那樣將箴言公之於眾，只能運用「德山棒、臨濟喝」截斷學人思路，看見自己「父母未生前面目」。

第八組詩的第一句的格式都是「參禪最□□」，此組詩歌致力於告訴學人參禪是修行佛道最容易簡捷的途徑，通過禪修觀照萬事萬物皆蘊含佛性真如。在修行中僧人為精神的集中需要在山中或船中（明本寫有《山居》《船居》詩）閉關靜修，因而需要在枯淡寂寞的現實存在中領悟即俗即真、道場遍在之理。其詩如下：

參禪最易為，只要盡今時。不作身前夢，那生節外枝？日易花上石，雲破月來池。萬法何曾異？勞生自著疑。參禪最明白，大用無軌則。揭開三毒蛇，放出六門賊。遍造業因緣，都成性功德。勿使路人知，恐他生謗惑。參禪最瞥脫，不受人塗抹。來去赤條條，表裏虛豁豁。喜時則兩與，怒來便雙奪。觸處不留情，是名真解脫。參禪最枯淡，冥然忘毀讚。兀兀守工夫，孜孜要成辦。如飲木扎根，似喧鐵釘飯。此心直要明，不怕虛空爛。參禪最寂寞，寸懷空索索。四大寂禪床，雙眸懸壁角。疑團不自開，情竇徒加鑿。但得志堅勞，何愁天日薄？〔註 89〕

明本此組第二首詩的內容是闡釋參禪的修習途徑，「揭開三毒蛇，放出六門賊」即讓貪、瞋、癡三毒滋生，讓眼、耳、鼻、舌、身、心六門染塵。「遍造業因緣」，在煩惱中悟菩提。但明本的這種佛教思想在理論與實踐上有自相矛盾處，誠如忽滑谷快天指出「本之拈宗乘公言三途六趣皆佛境界，而至實地修行，則務求脫離三途苦界，非矛盾而何哉？」〔註 90〕，修禪的妙處正在於對此岸世界

〔註 88〕《大藏經補編》（第 25 冊），第 878～886 頁。

〔註 89〕《大藏經補編》（第 25 冊），第 883～886 頁。

〔註 90〕（日）忽滑谷快天撰，朱謙之譯，楊曾文導讀：《中國禪學思想史》，上海：上海古籍出版社，2002 年，第 681 頁。

的不即不離而非逃離社會亦非淨土宗徒癡迷於往生西方極樂世界，故而明本的修道論與宗教實踐自相矛盾。在第四首詩中明本顯示出北宗禪漸修思想，南宗禪雖在發展中取得絕對優勢，但在實踐中對北宗的禪法還是有所汲取的。明本可算是南宗僧人「漸修」的代表，但細究其「漸修」的原因，亦能窺見佛陀本人修行的影響對他影響甚大，如其《示頭陀苦行》詩所言：「雪山苦行古頭陀，夜越王城為甚麼。眼裏明星藏不得，二千年外定誵訛。」〔註 91〕

第九組詩的首句格式是：「參禪不□□」，明本誨人不倦地告誡學人參禪中應當避免的一些問題，以此匡扶禪宗。現拈出其詩如下：

> 參禪不合度，紛紛徇言路。公案熟記持，師資密傳付。世道愈相攀，己躬殊不顧。十冊古傳燈，轉作砧基薄。參禪不著物，立地要成佛。肯將生死心，沉埋是非窟。從古墮因循，如今敢輕忽？生鐵鑄齒牙，一咬直見骨。參禪不顧身，直與死為鄰。寸念空三際，雙眸絕六親。門前皆客路，衣下匪家珍。誰共滄溟底？重重洗法塵。參禪不屈己，人天咸讚美。英氣逼叢林，真風振屏幾。千聖共枱眸，萬靈皆側耳。一句絕承當，敲出少林髓。參禪不求名，參禪不為利。參禪不涉思，參禪不解義。參禪只參禪，禪非同一切。參到無可參，當知禪亦戲。〔註 92〕

明本此組的第二首詩的主旨是在其看來參禪機緣成熟時，要頓悟，即立地成佛。學人往往不能忘記解脫生死之大事，但須從是非分別的知見中跳脫出來，如其《示喜禪人・其六》所言：「參禪學道貴忘機，切忌將心辨是非。常憶南泉好言語，如斯癡鈍者還稀。」

中峰明本的第十組詩《擬寒山詩》首句無固定句式，意在苦口婆心的對參禪學道者拈花指月，讓學人明白禪是即真即俗，且不能刻意追求，自己的「天真佛」只能返求諸己。本組詩舉例如下：

> 參禪第一義，全超真俗諦。達磨云不識，六祖道不會。古月照林端，高風吹嶺外。兒曹共指陳，呼作西來意。參禪非戲論，直欲契靈知。積學非他得，施工是自欺。精金離毀日，古鏡卻磨時。或未忘聞見，何曾出有為？參禪何太急？東去又西馳。走殺天真佛，追回小廝兒。空中施棒喝，靴裏動鉗錘。縱有神仙訣，難教出水泥。

〔註 91〕《卍續藏經》（第 122 冊），第 736 頁。
〔註 92〕《大藏經補編》（第 25 冊），第 884～885 頁。

參禪誰作唱？少室有神光。雪重齊腰冷，刀輕只臂亡。真風陵大法，英氣厲頹綱。孰謂千年後，門前賊獻贓？參禪參不盡，參盡若為論。鶴放青松塢，牛尋碧水村。雨深苔蘚路，雲掩薜蘿門。更覓禪參者，歸家問世尊。〔註93〕

此組詩的第四首是欽慕禪宗二祖慧可捨身求法的高風峻節，「時有僧神光者，曠達之士也。久居伊洛，博覽群書，善談玄理。每歎曰：『孔老之教，禮術風規，《莊》《易》之書，未盡妙理。近聞達磨大士住止少林，至人不遙，當造玄境。』乃往彼，晨夕參承。祖常端坐面壁，莫聞誨勵。光自惟曰：『昔人求道，敲骨取髓，刺血濟饑，布發掩泥，投崖飼虎，古尚若此，我又何人？』其年十二月九日夜，天大雨雪。光堅立不動，遲明積雪過膝。祖憫而問曰：『汝久立雪中，當求何事？』光悲淚曰：『惟願和尚慈悲，開甘露門，廣度群品。』祖曰：『諸佛無上妙道，曠劫精勤，難行能行，非忍而忍。豈亦小德小智，輕心慢心，欲冀真乘，徒勞勤苦。』光聞誨勵，潛取利刀，自斷左臂，……祖遂因與易名曰慧可。」〔註94〕詩中通過運用慧可的典故，意在表達自己對當時禪宗宗風淪替的哀歎，其詠歎慧可實則為呼喚當時叢林能夠出現高僧碩德。

明本的一百首《擬寒山詩》均為五言律詩，是對於《寒山詩》中勸導類詩歌的模擬。詩中使用的皆是通俗易懂的禪宗語言，適合禪師對學人進行教導警示。每組詩中首句相同的格式固然令人覺得重複枯淡，但考慮明本宣教的創作動機便能體會出禪宗高僧教導學人的老婆心切。禪師為禪宗學僧說禪而使用禪宗語言、典故創作的禪詩應是最純粹的禪詩，正如四庫館臣論《寒山詩》所言「今觀所作，皆信手拈弄，全作禪門偈語，不可復以詩格繩之？〔註95〕若從詩歌對禪宗影響的向度來觀照，會發現元好問詩中所言的「詩為禪客添花錦」誠為不刊之論。

三、釋行端的《擬寒山子詩》

忽滑谷快天在其名著《禪學思想史》中寫道「與天目中峰同時，振大慧門風於徑山者，為元叟行端。端操守高古，英風逼人，威儀凜然，作興臨濟之正

〔註93〕《大藏經補編》(第25冊)，第885～886頁。

〔註94〕(宋)普濟著，蘇淵雷點校：《五燈會元》，北京：中華書局，1984年，第44頁。

〔註95〕(唐)寒山著，項楚注：《寒山詩注》，北京：中華書局，2000年，第962頁。

風」〔註 96〕，可見明本與行端在元代禪林中的道望之高。與中峰明本相同，元叟行端亦有模擬《寒山詩》的作品。釋行端（1255～1341），字元叟，浙江臨海人，因其推崇寒山、拾得，又因籍貫與寒山、拾得活動地域極近，故黃溍為其所撰《塔銘》記載：「師嘗自稱『寒拾里人』，橫川珙公，以偈招之曰『寥寥天地間，獨有寒山子』」，〔註 97〕並為自己詩集命名《寒拾里人稿》。行端俗姓何，「世為儒家，母王氏，能通五經。師生而秀拔，幼不茹葷。……六歲母教以《論語》《孟子》，輒能成誦。雅不欲汩沒於世儒章句之學，十二，從祖叔父茂上人得度於餘杭之化成院。十八，受具戒，一切文字，不由師授自然能通。而其器識淵邃，夙負大志，以斯道自任，晏坐思惟，至忘寢食。」〔註 98〕行端曾參訪多位禪林耆宿，嗣法於藏叟善珍，善珍嗣法妙峰之善，之善嗣法拙庵德光，德光嗣法大慧宗杲。因此，行端禪師屬於臨濟宗楊岐派宗杲下之善系的僧人，〔註 99〕又為高僧楚石梵琦、夢堂曇噩、愚庵智極等人之師。

元叟行端古貌英風，品格高潔，梵行殫苦，蟬蛻俗塵。著名文人宋濂在《重刻元叟禪師四會語題辭》中栩栩如生地寫到：

> 頷下數髯磔立，凜然雪後孤松，坐則挺峙，行不旋顧，英風逼人，凜如也。所過之處，眾方歡嘩如雷。聞履聲，輒曰：「端書記來矣」，噤默如無人。賓友相從，未嘗與談人間細故。捨大法不發一言，秉性堅凝，確乎不可拔。自為大僧至化滅，無一夕脫衣而寢。……公道契佛祖，名震華夏。〔註 100〕

行端的禪法不同於明本的看話禪，其禪法以臨濟宗的棒喝怒罵為特徵，因

〔註 96〕（日）忽滑谷快天撰，朱謙之譯，楊曾文導讀：《中國禪學思想史》，上海：上海古籍出版社，2002 年，第 688 頁。

〔註 97〕《卍續藏經》（第 124 冊），第 68 頁。

〔註 98〕《卍續藏經》（第 124 冊），第 67 頁。

〔註 99〕《中國禪宗通史》認為行端屬於「功利禪型」僧人，「功利禪型，指以功利為目的，積極靠攏朝廷，憑藉政治權勢帶動禪宗發展的派別，其代表有之善系和居簡系，以及崇岳系的清茂、守忠等人。五山十剎，主要由這類禪師主持。」杜繼文，魏道儒著：《中國禪宗通史》，南京：江蘇人民出版社，2008 年，第 498 頁。筆者認為僅依據與朝廷的關係劃分禪宗類型雖簡單直接，但容易出現定義模糊的現象。如祖先系的明本按此書劃分的標準屬於「山林禪」，但明本亦與朝臣如趙孟頫等人交往。屬於「功利禪」的行端雖與朝廷關係密切，但其一生淡泊名利，刻苦修道。參閱孫昌武著：《僧詩與詩僧》，北京：中華書局，2020 年，第 159～174 頁。

〔註 100〕《卍續藏經》（第 124 冊），第 2 頁。

此「行端之思想，得禪家正脈」。〔註 101〕其禪風殺活自在，予奪無礙，如雷霆突響，似颶風鼓蕩，若虎驟龍驤，類鵬舉鷹揚，確乎臨濟本色衲僧。元代文壇巨擘虞集對其應機施教的善巧方便如是寫道：

> 今師之言，波瀾汪洋，門庭恢拓，廣說略說，莫不弘偉。如春雷發聲，昆蟲振作。長風被阪，草木欣榮。至於關要，隱而不發，以待其人，大慧之流風餘韻，有如此者矣。譬如名藩，鎮以宿將。隱然持重，風霆不驚。握機行令，舒卷由己。猶足使方城連戍有所仰放，而不敢違越。況師大機大用，提臨濟正印，續佛慧命者乎。〔註 102〕

元叟行端不僅禪修精深，於文學創作亦頗有造詣。其《塔銘》中記載「石田林先生隱居吳山，不與世接，獨遺師以詩句：『能吟天寶句，不廢嶺南禪』，其取重前輩如此。」〔註 103〕行端曾作《擬寒山子詩》百篇之多，當時便被叢林爭相傳誦，「虎岩伏公時住徑山，請師居第一座，既而退處楞伽室，擬寒山子詩百篇，四方衲子，多傳誦之。」〔註 104〕行端禪師《擬寒山子詩》現存四十一首，有五言與七言，按其創作主題可分為佛理詩、山居詩、勸俗詩三類。

行端的《擬寒山子詩》中佛理詩共有九首，旨在闡明禪宗了斷生死、明心見性、真如自足的思想，列舉如下：

> 出家學參禪，只要了生死。生死不了時，非干別人事。疾病被他牽，強健被他使。推尋不見他，無名又無字。生知生是幻，則生可以出。死知死是幻，則死可以入。智士登涅槃，癡人受羈縶。本身盧舍那，只要信得及。百千諸佛師，只者心王是。廓然含十虛，靈明妙無比。棄之而別求，機巧說道理。非徒謗宗乘，亦乃謾自己。此個血肉團，也須識得破。飲食聊資持，衣裳暫包裹。中有寶覺王，常居法空座。相逢不相識，永劫成蹉過。吾家有一物，出入身田中。趁渠渠不去，覓渠渠不逢。賑渠渠不富，劫渠渠不窮。圓光爍萬象，如日遊虛空。心為萬法宗，萬法因心有。心空萬法空，生死沒窠臼。世間多少人，聞法不聽受。騎驢更覓驢，顛倒亂狂走。世有無上寶，其寶非青黃。在人日用間，皎潔明堂堂。萬象他為主，萬法他為王。

〔註 101〕（日）忽滑谷快天撰，朱謙之譯，楊曾文導讀：《中國禪學思想史》，上海：上海古籍出版社，2002 年，第 691 頁。
〔註 102〕《卍續藏經》（第 124 冊），第 1 頁。
〔註 103〕《卍續藏經》（第 124 冊），第 69 頁。
〔註 104〕《卍續藏經》（第 124 冊），第 68 頁。

> 與他不相應，盲驢空自行。佛以慈悲故，金口宣金文。三百六十會，八萬四千門。顯此本有性，隨彼眾生根。似劍斫虛空，何處求其痕。眾生所抱病根別，諸佛因談藥味殊。別亦不真殊亦妄，妄窮真極本如如。〔註105〕

前兩首詩皆在闡述悟透生死問題對於出家參禪的學人至為關鍵，只有在知曉生死一場空、本無生滅的佛理後方可「出生入死」證入涅槃。第一首詩中所言「疾病被他牽」是讓學人體悟四大本空，色身不過為物質的因緣和合而成，無有生滅。行端詩中這一生死思想與王維的《胡居士臥病遺米因贈》詩相通，王詩如是寫道：「了觀四大因，根性何所有。妄計苟不生，是身孰休咎。色聲何謂客，陰界復誰守。徒言蓮花目，豈惡楊枝肘。既飽香積飯，不醉聲聞酒。有無斷常見，生滅幻夢受。即病即實相，趨空定狂走。無有一法真，無有一法垢。居士素通達，隨宜善抖擻。床上無氈臥，鬲中有粥否。齋時不乞食，定應空漱口。」〔註106〕生死問題在行端的詩與禪中是重要的主題，惟有破除生死障礙才能「無待逍遙」，領悟「本身盧舍那」的義理。這種對生死問題的深刻思考是佛教的固有傳統，亦與元代社會惡劣生存條件有關聯。在行端的語錄中可以發現為數甚多的下火文，因而僧人的圓寂使得行端將其對生死問題的思考融入其詩歌與禪學中，如其《草堂陵藏主火浴，牙齒、數珠不壞，堅固尤多，因為說偈八首・其七》「出生兼入死，此事本來同。常寂光明裏，真空境界中。諸塵無隔礙，眾法盡圓融。一個閒皮袋，何曾是我依」，〔註107〕勘破生死，對於肉身這個「閒皮袋」便能看破，領悟無生妙諦。

佛性自足，人人皆有，為禪宗的基本思想。但由於眾生迷自本心、昧自本性，所以元叟在其佛理詩中宣揚明心見性，意在讓學人歇卻馳求心，澄心靜慮，明自本心，見自本性，以上所列第三首至第七首詩即是。值得注意的是第五首《吾家有一物》，將佛性擬人化，饒有趣味，應該是對寒山《可貴天然物》詩的模擬，寒山此詩寫到：「可貴天然物，獨一無伴侶。覓他不可見，出入無門戶。促之在方寸，延之一切處。你若不信受，相逢不相遇」，〔註108〕二詩的不同之處在於寒山此詩強調不可將佛性當作實體的存在，佛性廣泛存在於一切

〔註105〕《卍續藏經》（第124冊），第49～51頁。
〔註106〕（唐）王維，（清）趙殿成箋注：《王右丞集箋注》，上海：上海古籍出版社，1961年，第30頁。
〔註107〕《卍續藏經》（第124冊），第46頁。
〔註108〕（唐）寒山著，項楚注：《寒山詩注》，北京：中華書局，2000年，第420頁。

處而不可尋覓，若是不能領悟佛性奧妙一味向外馳求，將是「相逢不相遇」的結果。行端的詩重在說明佛性自足，無欠無剩。

行端禪師《擬寒山子詩》中的山居修道詩共有六首，詩中書寫自己布衣蔬食，遊賞煙霞，參禪悟道的生活。其詩如下：

> 何事居此中，此中絕塵跡。盈朝霧濛濛，竟夜泉瀝瀝。巑岏四面山，磥砢一拳石。高眠百無憂，任你春冬易。木落湫水寒，千峰正岑寂。惟聞虎嘯聲，不見人行跡。霜露濕岩莎，月輪掛空壁。此時觀此心，獨坐盤陀石。偃仰千岩內，超然與世違。採芝為口食，紉槲作身衣。瀑水淋苔磴，湫雲漬草扉。閒吟竺仙偈，幾度歷斜暉。山中高且寒，人罕來登陟。松搖雪珊珊，蘿罥煙冪冪。岩花春不開，潭冰夏方釋。住此夫何為，心源湛而寂。我住在峰頂，白雲常不開。窗扉沿薜荔，門徑疊莓苔。山果猿偷去，岩花鹿獻來。常年無一事，石上坐堆堆。高高峰頂頭，閴寂無人遊。煙雲日夜起，崖樹風颼颼。巢鶴坐鄰並，野鹿為朋儔。渴酌岩下水，寒拖粗布裘。捫蘿陟危嶠，企石窺遐陬。盤桓依松坐，俯仰時還休。逢春恰如臘，在夏常如秋。常年沒羈絆，終身有何愁。東西市廛子，苦火燒骷髏。今生不了絕，更結來生仇。〔註109〕

第一首詩寫作者在隱居山中，遠離塵囂，觀山間四時、陰晴、朝昏變化，雖然時序變遷，但自己卻能困眠饑餐，任運隨緣，進入「形容寒暑遷，心珠甚可保（《寒岩深更好》）」〔註110〕的境界。這首詩應該是模仿寒山的《粤自居寒山》《一自遁寒岩》詩，寒山這兩首詩的最後兩句分別為「快活枕石頭，天地任變改」「任你天地移，我暢岩中坐」。〔註111〕行端的山居詩看似寫流泉、怪石、潭水、明月、山谷……等自然物象，其實在觀照山水自然中詩人領悟的是心性的澄明清淨，行端禪師曾言「山河大地，草木叢林，晝夜常作師子吼聲，普為天人群生開演無上微妙解脫法門」，〔註112〕況且禪門素有拈花玩月、見山見水、執拂豎杖而體悟真諦的深遠且生動的開悟傳統。大乘佛教是主張慈悲濟世的，所以即便詩人書寫的是個人山居修行生活，也表現出對此岸世界的關懷，

〔註109〕《卍續藏經》（第124冊），第49～51頁。

〔註110〕（唐）寒山著，項楚注：《寒山詩注》，北京：中華書局，2000年，第732頁。

〔註111〕（唐）寒山著，項楚注：《寒山詩注》，北京：中華書局，2000年，第430、448頁。

〔註112〕《卍續藏經》（第124冊），第4頁。

如最後一首詩描寫山間幽靜閒適生活，亦不忘勸告奔波於名利之世人早脫輪迴。

元叟行端《擬寒山子詩》中勸俗詩共有二十六首，其中主要書寫人生無常、世事虛幻，沙門戒律鬆弛、傷風敗教，世人追名逐利及道士企求長生久視的虛妄，也有同情世俗社會中人民生活的悲慘。行端用來闡述人生無常與世事虛幻的詩歌有：

> 城中一少年，容貌如神仙。身披火浣服，手把珊瑚鞭。常騎紫騮馬，醉倒春風前。三日不相見，聞說歸黃泉。有婦昡顏色，折花吳水春。繡裙金蛺蝶，寶帶玉麒麟。窈窕言無敵，娉婷謂絕倫。誰知楊氏女，骨化馬嵬塵。昨日東家死，西家賻冥財。今朝西家死，東家陳奠杯。東東復西西，輪環哭哀哀。不知本真性，懵懂登泉臺。人生無百年，業累有千般。奸詐盈腸肚，貪婪滿肺肝。聲為聲誑惑，色被色欺瞞。欲脫輪迴去，如斯也大難。東海揚蓬塵，青山作平地。王母蟠桃花，迢遙不知處。人生能幾何，剛抱千年慮。芭蕉欲經冬，秋來早枯悴。天上日沒月又出，山中葉落花還開。黃泉只見有人去，不見一人曾得回。名利是何物，人心自不灰。榮來終有辱，樂去無可哀。富家草還出，貧門花亦開。耕桑枉辛苦，鬚白鬢毛衰。浮世空中花，只今須剿絕。四蛇同篋居，兩鼠共藤齧。六道常輪迴，三途每盤折。一生百千生，何時得休歇。今古一場空，憑誰較吉凶。巴歌攙白雪，瓦缶亂黃鍾。運去虎為鼠，時來魚作龍。賢明貧坎坷，癡騃富雍容。事過都是空，事來本非有。請君聽我言，莫飲無明酒。〔註 113〕

前兩首分別寫英俊男子鮮衣怒馬、不可一世，可「士別三日」卻早赴黃泉。同樣寫少女顧盼生姿，身著繡裙，腰束寶帶，窈窕娉婷，宛如貴妃。但即便美豔如綠珠與楊貴妃，也會在世事無常中突然破滅。行端的兩首詩中人物刻畫細膩生動，是對寒山《城中娥眉女》《俊傑馬上郎》一類詩的成功模擬，主旨相同，皆是宣說人生無常，早日皈依三寶的道理，如寒山《俊傑馬上郎》詩「四運花自好，一朝成萎黃。醍醐與石蜜，至死不能嘗」，〔註 114〕其中的醍醐與石蜜皆以美味食物比喻佛法。第三、四、五、六首也在宣說人生短暫，如不皈依佛門，

〔註 113〕《卍續藏經》(第 124 冊)，第 49～51 頁。

〔註 114〕（唐）寒山著，項楚注：《寒山詩注》，北京：中華書局，2000 年，第 64～65 頁。

將會在苦海中沉溺。後四首詩意在通過名利、榮辱、聲色、機遇的變換無端，說明人世的一切追求皆是「空中花」，正所謂有求皆苦之理。

釋行端批判佛門戒律鬆弛，學人參禪不得要領的詩作如下所示：

> 近來林下人，多學塵中客。養婦兼養兒，買田復買宅。善果無二三，惡因有百千。他日閻王前，恐難逭其責。世有一般漢，實少虛頭多。口中一片錦，肚裏森干戈。真佛自不信，喃喃念彌陀。饒你見彌陀，彌陀爭奈何。磨磚不成鏡，掘地難覓天。如何苦死坐，要學如來禪。欲識如來禪，歷劫常現前。卷之在方寸，舒之彌大千。耆婆不得妙，烈火開金蓮。報爾參玄人，及早須猛省。心佛皆虛名，浮生只俄傾。莫待無常來，臨嫁卻醫癭。祖師鐵牛機，虛空沒關鎖。須彌上搖船，大海裏燒火。放去非屬他，收來豈存我。咄哉啞羊僧，如虎覩水磨。我笑一種人，平生好輕忽。讀書不曾精，開口輒罵佛。佛者覺義也，何必苦罵之。古佛去已久，罵之徒爾為。覺即覺自心，常令無染污。寶月琉璃中，光明洞今古。心外無別佛，佛外無別心。此心若不信，六道常漂沉。西方大聖人，況乃孔丘語。吾儂非謬傳，你儂須聽取。當人早早宜自修，歡樂何曾有終畢。長安陌上貂錦兒，只恐無繩繫白日。〔註 115〕

僧人辭親出家，便應該恪守戒律，刻苦修道，自利利他。《四十二章經》中對僧人的修持如此要求，「佛言：『辭親出家，識心達本，解無為法，名曰沙門。常行二百五十戒，進止清淨……』」〔註 116〕，可見嚴持戒律、證得道果是佛陀對釋子的基本要求。但行端生活的時代漢傳佛教由於國家的宗教政策及藏傳佛教的影響等多種原因致使佛門風氣惡劣，「看卻今之叢林，更是說不得也。所在之處或聚三百、五百浩浩地，只以飯食豐濃，僚舍穩便為旺化也，兄弟當時早有者個說話在。今諸方豈堪具述，據曲錄木者，智眼既已不明。擔缽囊者，信根又復淺薄。爭人爭我，以當宗乘。行盜行淫，以為佛事。身披師子皮，心行野干行。聞禪聞道，似鴨聽雷。視利視名，如蠅見血。傷風敗教，靡不有之。先佛所謂：『師子身中蟲，自食師子身中肉』，此其是也」，〔註 117〕（行端的《示壽維那》中亦有對當時叢林不正之風的斥責）此種情況讓「夙負大志，以斯（佛）

〔註 115〕《卍續藏經》（第 124 冊），第 49～51 頁。
〔註 116〕尚榮譯注：《四十二章經》，北京：中華書局，2010 年，第 8 頁。
〔註 117〕《卍續藏經》（第 124 冊），第 18 頁。

道自任」〔註 118〕的行端痛心疾首，所以第一首詩可視為詩人的不平之鳴。詩人在詩中勸告學人不能口中念佛名，心中懷險惡。光陰易逝，參禪者不可枯坐修行，佛法遍在一切處，行住坐臥皆可參禪。在最後一首詩中流露出行端的時間意識，他認為歲月不居，時節如流，想要用繩子繫住太陽是不可能的。屈原在《離騷》中曾寫到「吾令羲和弭節兮，望崦嵫而勿迫」，〔註 119〕二者的時間意識一致，但創作手法相反。

行端《擬寒山子詩》中的勸俗詩也有對民眾的勸導，既有警示，亦有同情。行端禪師悲智雙運，用詩歌將自己對歷史與社會現實的感受記錄下來，此類詩歌如下所示：

> 形本無其形，分彼復分此。名本無其名，攻非復攻是。一朝兩眼閉，送向荒山裏。蓬蒿穿骷髏，誰管他與你。紙薄未為薄，人薄方為薄。虎惡未為惡，人惡方為惡。虎惡尚可防，人惡難捉摸。紙薄尚可操，人薄難憑託。天堂是自修，地獄非他作。何如早歸依，如來大圓覺。人生在世有何事，日用但教心坦平。珠與金銀沖（充？）屋棟，到頭難免北邙行。因果歷然如指掌，顢頇莫謾過青春。皮囊出了又還如，六趣茫茫愁殺人。業風鼓擊枯骷髏，貪心如海不知足。諸佛悟之登涅槃，眾生從此入地獄。古今學仙者，煉藥燒丹沙。七龍兼五鳳，期以升紫霞。一朝兩腳偏，骨竟沉泥沙。前路黑如漆，苦哉佛陀耶。人生在世間，其才各有施。大非小所堪，小非大所宜。若使堯牽羊，而令舜鞭之。羊肚不得飽，堯舜空自疲。權門有貪狼，掠脂又剜肉。一己我喜歡，千家盡啼哭。溢窖堆金銀，盈箱疊珠玉。只知丹其轂，不知赤其族。田園草舍間，男女每團圞。摘果謀供客，繅絲備納官。婦憂夫貌悴，母憂子身寒。一個溘然死，號啕哭繞棺。〔註 120〕

第二首詩是對寒山《俗薄真成薄》詩的模擬並且超越了寒山原詩，寒山《俗薄真成薄》寫到：「俗薄真成薄，人心各不同。殷翁笑柳老，柳老笑殷翁。何故兩相笑，俱行險詖中。裝車競嵽嵲，翻載各瀧涷。」〔註 121〕與寒山詩相比

〔註 118〕《卍續藏經》（第 124 冊），第 67 頁。
〔註 119〕（宋）洪興祖補注，卞岐整理：《楚辭補注》，南京：鳳凰出版社，2007 年，第 23 頁。
〔註 120〕《卍續藏經》（第 124 冊），第 49～51 頁。
〔註 121〕（唐）寒山著，項楚注：《寒山詩注》，北京：中華書局，2000 年，第 378 頁。

行端詩以紙張雖薄，但可拿住，猛虎雖惡，但可防護，而風俗澆薄的社會中人心卻淡薄險惡，令人防不勝防。從文學角度賞析，顯然行端禪師此詩更為生動形象。從宣教角度分析，行端的詩自然更容易被民眾接受。後兩首詩具有現實針對性，前者是對封建統治者「朱門酒肉臭」的腐敗生活的批判，後者是對平民百姓「路有凍死骨」悲慘世界的同情，深刻地表現出行端禪師對現實社會中貧富懸殊的社會現實的深刻思考，亦展現出大乘佛教徒的慈悲心腸。

由於行端禪師對《寒山詩》的出色模擬，所以當時叢林衲子爭相傳誦其擬作。因記錄其《擬寒山子詩》傳播情形的文獻不足徵，所以對當時歷史場景不得而知。幸運的是釋正印的《和元叟和尚擬寒山詩》尚留存於世，謄錄如下：

> 我見世間人，利名日交接。二鼠每侵藤，四蛇常在篋。要得脫苦輪，三生六十劫。廣額放屠刀，滅卻三途業。參禪並看教，迷悟千萬般。常啼學般若，何須賣心肝。賢愚同一揆，僧俗互相瞞。十步九吃攧，方知行路難。菩薩不厭宣，二乘墮空寂。豐干騎虎來，拾得指羊跡。題岩千偈多，照水雙瞳碧。不貴萬戶侯，豈羨兩千石。〔註 122〕

第一首詩中的「二鼠」指黑白二鼠，喻日月；「四蛇」喻四大。李小榮先生曾揭示出「二鼠四蛇」的譬喻故事載於宋雲《翻譯名義集》、求那跋陀羅譯《賓頭盧突羅闍為優陀延王說法經》、鳩摩羅什注《維摩詰所說經》，筆者於此不再贅述。〔註 123〕

孫昌武先生說：「據傳他（行端）的《擬寒山詩》原有百首。實際他的全部創作都滲透著寒山詩的影響。」〔註 124〕孫先生對於佛教文學可謂食髓知味，行端的詩作確實貫徹了寒山子詩的精神品格與美學風格，如其《山房自述》：

> 故園歸路隔天涯，絕頂閒房且寄家。翻罷貝多山月上，一棚花影漾袈裟。〔註 125〕

〔註 122〕《卍續藏經》（第 123 冊），第 308～309 頁。

〔註 123〕李小榮著：《敦煌佛教音樂文學研究》，福州：福建人民出版社，2007 年，第 230～232 頁。

〔註 124〕孫昌武著：《僧詩與詩僧》，北京：中華書局，2020 年，第 169 頁。

〔註 125〕《卍續藏經》（第 124 冊），第 42 頁。

意境高遠，閒適恬淡，近乎王維、寒山山居詩空靈自然的境界。「元叟行端用他的擬寒山詩在元代禪宗史上寫下濃重的一筆，又成為文學史上悠久的擬寒山詩傳統的一份成績，在文學史上寫下值得讚歎的一頁」。〔註126〕誠如孫先生所言，元叟行端的佛教文學成就不容忽視，其高足楚石梵琦《和天台三聖詩》所取得的成就應與其師行端的影響密不可分。

元代叢林中天台三聖文化影響甚大，主要表現在元代僧詩中的天台三聖、元代禪師的《擬寒山詩》、元代禪師的逗機施教及畫壇中的天台三聖三方面。現在通過對元代尊宿橫川如珙、中峰明本、元叟行端三人《擬寒山詩》的這個側面的考察，我們可以知道以寒山及其詩歌為代表的天台三聖文化在元代叢林中的傳播盛況。總體而言，三位禪門碩德《擬寒山詩》的創作動機是對僧詩創作傳統的繼承，更是佛教徒的一種佛教信仰的文學踐履即——「以文字作佛事」。具體而言，三人的擬作亦有區別，如珙的擬作風格較為通俗淺顯，明本擬詩的警世勸導意味濃厚，行端則較為全面地模擬了《寒山詩》，風格多樣，意境深遠。元叟行端《擬寒山詩》的美學風格迥異於世俗詩歌的抒情言志，他的主要目的在於應機施教、勸導眾生皈依三寶，因而其美學風貌是通俗樸素、富含「理趣」。三位禪師的《擬寒山詩》實為有元一代佛教文學的重要成就，亦是元代文學的重要組成內容。故而，從《擬寒山詩》中既可管窺僧人文學創作的流變，又能以這些「文字禪」的文本蠡測元代禪宗的發展狀況，這也是楚石梵琦創作《和天台三聖詩》的一大助緣。

第三節　元代禪師逗機施教及禪畫中的天台三聖文化

在元代，禪師逗機施教與禪畫中的天台三聖文化是一種獨特的文學現象，亦是一種重要的文化現象。首先，元代禪林中禪師將詩人寒山與水牯牛等同，從而進行一種「無想」境界的修持；其次，禪師們對寒山在其詩中以圓月象徵真如佛性的善巧方便進行了充滿活力的詮釋與翻案；最後，元代禪林文化中寒拾笑呵呵的外在形象則蘊含著法喜、憐憫、和合的深厚內涵。

自以寒山及其詩為核心的天台三聖文化產生之後，寒山因行為神異，言語「一言一氣，理合其意，沉而思之，隱況道情，凡所啟言，洞該玄默」〔註127〕，

〔註126〕孫昌武著：《僧詩與詩僧》，北京：中華書局，2020年，第174頁。
〔註127〕（唐）寒山，項楚注：《寒山詩注》，北京：中華書局，2000年，第931頁。

所以在唐代寒山及其詩便被叢林用作接引學人的方式。如博通經論、嚴持戒律的藥山惟儼（751～834）在向馬祖道一（709～788）表述自己對佛法的領悟時曾言：「某甲在石頭處，如蚊子上鐵牛。」馬祖對此予以肯定，「祖曰：『汝既如是，善自護持。』侍奉三年。」〔註128〕馬祖與藥山二位禪師在禪修生活中便引用了寒山《若人逢鬼魅》中的「蚊子上鐵牛，無渠下嘴處」。〔註129〕降至宋代，士人性格內斂，對心性問題極為關注；禪宗在朝廷與文士的支持下得到進一步發展；印刷術的進步使得禪宗文獻廣泛流佈……在諸多因素影響下宋代禪宗文化極為發達。天台三聖文化作為宋代禪林中人參禪悟道的重要手段，臺灣學者黃敬家將宋代禪師引用寒山詩的功用總結為三方面：「以『寒山牧牛』喻悟道歷程」「引用寒山詩作為悟道的機鋒語」「引用寒山詩作為悟境的暗指」。〔註130〕在元代叢林中，寒山詩的引用既繼承宋代禪林的傳統，如對「水牯牛」「圓月」等蘊含禪趣的意象的保留，又發生了新變，這種新變表現在兩方面，其一，就禪師引用寒山詩而言，雖仍以暗指悟境為主，但引用寒山的詩歌更為多樣、表達的內涵更為豐富。其二，寒山、拾得的呵呵大笑在禪師語錄及禪畫中成為重要的表現內容。

一、寒山子與水牯牛之「無想」法門

元代禪林繼承宋代禪宗文化中在結夏安居時將寒山與水牯牛並稱的傳統以啟發學人，踐履無所分別、遠離煩惱的「無想」修行法門。寒山與水牯牛發生關聯的最早記載見於唐代文遠記錄的《趙州錄》，其中記載：「師因到天台國清寺，見寒山拾得。師云：『久響寒山拾得，到來只見兩頭水牯牛。』寒山拾得便作牛斗。師云：『叱叱。』……一日二人（寒山、拾得）問師：『什麼處去來？』師云：『禮拜五百尊者來。』二人云：『五百頭水牯牛釁尊者。』師云：『為什麼作五百頭水牯牛去？』山云：『蒼天！蒼天！』師呵呵大笑。」〔註131〕相傳由唐人閭丘胤所作《寒山子詩集序》亦載：「（寒山）或於村墅與牧牛子而歌笑，或逆或順，自樂其性，非哲者安可識之矣。」〔註132〕可見，自唐代起

〔註128〕（宋）普濟，蘇淵雷：《五燈會元》，北京中華書局，1984年，第257頁。

〔註129〕（唐）寒山，項楚：《寒山詩注》，北京：中華書局，2000年，第169頁。

〔註130〕黃敬家：《寒山詩在宋元禪林的傳播研究》，臺北：臺灣學生書局有限公司，2016年，第43～79頁。

〔註131〕（唐）文遠記錄，徐琳校注：《趙州錄校注》，北京：中華書局，2017年，第435～436頁。按：《聯燈會要》卷二十九、《五燈會元》卷二等書中亦記載趙州與寒、拾相遇。

〔註132〕（唐）寒山，項楚：《寒山詩注》，北京：中華書局，2000年，第931頁。

寒山與水牯牛便有密切關係。〔註 133〕由宋至元，寒山子與水牯牛的故事便成為禪師指點學人的經典公案。

釋昭如（1246～1312），字海印，俗姓楊，江西人，臨濟宗僧，嗣法雪岩。「智證特殊，開道最勝。道價揭於諸方，玄風暢於外域，一時賢士大夫喜從之遊。」〔註 134〕昭如在夏安居期間上堂說法時將寒山與水牯牛一起拈出：「結夏過半月，那事如何說？寒山子、水牯牛、蠟人冰、鵝護雪，總是鑽空覓穴，諸方難見易識，瑞筠易見難識。直饒萬緣休罷，一字不留，擬議不來，晴天霹靂。」〔註 135〕「那事」指學人在夏安居期間剋期取證的佛性，在禪宗看來對於真如本性的體悟只能是「如人飲水，冷暖自知」式的親修親證，是「開口即錯」「擬議即差」。昭如禪師將「寒山子」「水牯牛」「臘人冰」「鵝護雪」列舉出意在告訴參禪學人：被無明籠罩的人執著於事物各不相同的表象，處於「難見易識」的愚昧狀態，若能去除自己的分別意識，了無掛礙，單刀直入，便能自然體會到一切現量、佛性清淨。

「因此，這種『無想』的般若，重點不在否定世界的真實性，也不引導人們脫離現實的社會生活。而是要求處在世俗的社會之內，同真實世界交往的過程中，從思想上驅除彼此真偽、善惡是非、好醜毀譽等一切能夠牽動人們煩惱的世俗觀念或物質誘惑，而達到所謂『平等一心』『無所分別』的精神境界。其實，這也正是『無想』的定義」。〔註 136〕可見，只要內心消除外界一切差別是非，即「萬緣休罷」，「寒山子」便是「水牯牛」，亦是「蠟人冰」，泯滅凡聖，觸目菩提，現量具足。這時，進入「無想」境界的學人便當下悟入，不再執著語言文字，即「不立文字」，而能捨筏登岸，如聞霹靂，恍然頓悟。

釋如砥（1268～1350）上堂說法時曾舉出雲門示眾：「結夏已過二十日，寒山子作麼生？自代云：『和尚問寒山，學人對拾得。親言出親口，平地成狼藉。會麼？雙峰與麼道，也是普州人送賊』。」〔註 137〕如砥的說法方式屬於文

〔註 133〕閭序經余嘉錫等學者考證為偽作，但正如項楚所言：「不過閭丘胤序雖是偽作，其中應該有一些真實的成分。」（唐）寒山，項楚注：北京：中華書局，2000 年，第 2 頁。

〔註 134〕《海印昭如禪師語錄》《卍續藏經》（第 122 冊），第 610 頁。

〔註 135〕《海印昭如禪師語錄》《卍續藏經》（第 122 冊），第 591 頁。昭如等同萬物、去除分別的思想以寒山子講演的法語還見於同書第 592、620 頁。

〔註 136〕任繼愈著：《中國佛教史》（第二卷），北京：中國社會科學出版社，1985 年，第 69～76 頁。

〔註 137〕《平石如砥禪師語錄》，《卍續藏經》（第 122 冊），第 381 頁。

字禪中的拈古。「拈古，也稱拈提、拈則，是在舉出古人公案之後加以簡單評議、議論。」〔註 138〕如砥舉出雲門文偃的公案，並想像雲門當時若是提問他「寒山子作麼生」的問題，便以「拾得」作為答案回答。問寒山，答拾得，這實際是禪宗「二道相因」的思維方式。〔註 139〕如此回答既能「截斷眾流」，讓人擺脫思維邏輯的束縛，又能「涵蓋乾坤」，讓人不再有彼與此、人與我的執著。最後如砥又破除學人的法執，隨說隨掃，如果執著師父的語言，就如同被賊偷竊還為賊送行一般可笑。

據虞集所撰《曇芳和尚語錄序》可知，釋守忠（1275～1348），字曇芳，俗姓黃，江西人。曇芳嗣法玉山珍，屬臨濟宗楊岐派。歐陽玄為其撰《元故大中大夫佛海普印廣慈圓悟大禪師大龍翔集慶寺長老忠公塔銘》稱「禪師智圓而行滿，識朗而學純。言簡而要，機靜而應」。〔註 140〕曇芳在上堂時，舉古德公案：「『結夏已半月了也，寒山子作麼生？』又道：『結夏已半月了也，水牯牛作麼生？』師拈云：『徑山結夏恰半月，寒山子、水牯牛，嘯月眠雲，饑餐渴飲。似地擎山，不知山之孤峻。如石含玉，不知玉之無瑕。』」〔註 141〕曇芳禪師向學人講述自己在結夏期間的參禪體驗：對佛性的體會不能向外馳求，領悟地自擎孤峻之山、石自含無瑕之玉，從而返觀本心，是非雙遣，無思無慮，便能體悟日用即道，不假外求。於此「無想」境界中，寒山子與水牯牛的外在分別便蕩然無存，而能「嘯月眠雲，饑餐渴飲」，任運隨緣，一切皆是佛性自足的彰顯。

釋清欲（1288～1363）在上堂說法中亦舉出寒山子與水牯牛的話頭：

> 上堂：舉圓悟和尚示眾云：「古德道：『結夏已十一日，寒山子作麼生？』」又道：「結夏已十一日，水牯牛作麼生？」山僧即不然，結夏已十一日，燈籠、露柱作麼生？若識得燈籠、露柱，即識得水

〔註 138〕楊曾文：《宋元禪宗史》，北京：中國社會科學出版社，2006 年，第 147 頁。

〔註 139〕「《壇經・付囑品》載惠能語曰：『說一切法，莫離自性。忽有人問汝法，出語盡雙，皆取對法，來去相因。』有云：『若有人問汝義，問有將無對，問無將有對，問聖以凡對。二道相因，生中道。』這種思想的源頭，從文獻上看，或可溯至《大智度論》，《釋集散品第九下》反覆云：『離是二邊行中道，是為般若波羅蜜。』但到了禪宗，才成為他們的宗旨，同時也是他們最基本的思維方式。」見於張伯偉著：《禪與詩學》，杭州：浙江人民出版社，1992 年，第 108 頁。

〔註 140〕《曇芳守忠禪師語錄》《卍續藏經》（第 123 冊），第 353 頁。

〔註 141〕《曇芳守忠禪師語錄》《卍續藏經》（第 123 冊），第 333 頁。

> 牯牛，即識得寒山子。脫或擬議，老僧在你腳底。師云：「千鈞之弩不為鼷鼠而發機，三大老也是為他閒事長無明。」開福結夏已十五日了也，堂中兄弟盡是諸方煆了底金，總不須問著。行但行，住但住，坐但坐，臥但臥。忽若露柱著衫南嶽去，燈籠沿壁上天台。狸奴、白牯牛無消息，拾得、寒山笑滿腮。山僧今日卻有個細大法門為汝說破了也，巡堂吃茶。〔註142〕

在引用古德寒山子與水牯牛的話頭說法時，了庵清欲又增加了燈籠、露柱，突破傳統說法的慣例，意在消除學人記誦文字、參死句的現象。清欲讓學人明白有情與無情平等無二，皆有佛性。因此，「若識得燈籠、露柱，即識得水牯牛，即識得寒山子」。對佛性的體會只可意會不可言傳，所以有「世尊拈花，迦葉微笑」式的心心相印。若企圖用語言文字呈現真諦，只能是「老僧在你腳底」，敗壞世尊家業。清欲在應機施教中為使學人解黏去縛甚至如此說法：「文殊、普賢、寒山、拾得、疥狗、泥豬，者白拈賊，喝一喝。」〔註143〕學人若能超越對現象界的世俗認識（即「俗諦」），才能突破二元論，去除「我執」，達到「無想」境界。「『吾我想』是滋生其他眾生想的基礎。所以『無想』的最高綱領是『無我想』。於是據此宣稱只有這樣的『無想』，才是大乘的唯一標誌：『菩薩於無思想而不動搖，是故菩薩得知一事，了無數事。』(《須真天子經．道類品》)」，〔註144〕學人從而能以「般若」智慧認識出世間的真諦，即色即心，色空不二。

元代禪師以寒山子及水牯牛作為逗機施教的公案，意在讓乍入叢林的新僧或為法所縛的學僧能夠達到對存在的超越。在禪師看來世間外相雖各有差異，但息心攝念，明心見性，便會發現世間種種差別皆是由於自己的清淨本性為無明遮蔽而產生的，即「三界惟心」。「苦憶寒山子」〔註145〕的釋大訢（1284～1344）在上堂說法中亦使用同樣的方式：「寒山掃地接豐干，卻是南嶽讓和尚。」〔註146〕在訢豐干與南嶽是雖二而一的，皆是古佛應身，或者進一步說

〔註142〕《了庵清欲禪師語錄》《卍續藏經》（第123冊），第600頁。

〔註143〕《了庵清欲禪師語錄》《卍續藏經》（第123冊），第627頁。

〔註144〕任繼愈著：《中國佛教史》（第二卷），北京：中國社會科學出版社，1985年，第75～76頁。

〔註145〕釋大訢曾言「幾片白雲橫谷口，數聲寒雁起滄州。令人苦憶寒山子，紅葉斷岸何處秋」，《笑隱大訢禪師語錄》《卍續藏經》（第121冊），第215頁。

〔註146〕《希叟紹曇禪師語錄》《卍續藏經》（122冊），第217頁。

均為虛空而無自性，所以寒山不會對豐干與南嶽懷讓有所區別。正如禪林流行語「觀世音菩薩將錢買胡餅，放下手，卻是饅頭」，〔註 147〕胡餅與饅頭是因緣和合而生，皆可飽腹無有差別，「在全然了悟如觀世音菩薩的眼裏，早已斷除了所有對立的差別見解，而達於一如境界，可謂聲色並悟、根塵透脫」，〔註 148〕究竟臻至即色即空之境。

二、寒山圓月與佛法真如

「吾心似秋月，碧潭清皎潔。無物堪比倫，教我如何說。」〔註 149〕寒山的《吾心似秋月》詩語言樸素，洗盡鉛華，詩句流轉，比喻貼切，餘音嫋嫋，滋味悠長，文化意蘊豐富。項先生評價此詩：「寒山筆下的碧潭秋月，不沾纖塵，猶如心性大放光明，不沾絲毫的煩惱雜念，這是禪宗追求的最高境界，也能淨化讀者的心靈，引起無限的遐想。」〔註 150〕寒山將圓月與心性在詩中聯繫起來——「圓滿光華不磨瑩，掛在青天是我心。」〔註 151〕這種詩化的書寫溝通了中印的佛教文化，亦為我國禪宗文化發展增色不少。〔註 152〕圓是一種獨特而完美的圖形。古今中外的人們對圓的體悟可謂心有靈犀，古希臘美學家畢達哥拉斯認為「一切平面圖形中最美的是圓形」〔註 153〕錢鍾書先生有言：「竊嘗謂形之渾簡完備者，無過於圓。」〔註 154〕在印度佛教中，圓是一種作為象徵完美的圖形，被推崇備至。印度早期的佛、菩薩雕像以及佛教的建築皆推崇圓形。〔註 155〕佛教向來也有以圓月說法的傳統，「釋書屢以十五夜滿月喻正遍智，如《文殊師利問菩提經》云：『初發心如月新生，行道心如月五日，不退轉心如月十日，如

〔註 147〕《月江正印禪師語錄》《卍續藏經》(第 123 冊)，第 224 頁。

〔註 148〕吳言生著：《禪宗詩歌境界》，北京：中華書局，2001 年，第 164 頁。

〔註 149〕(唐)寒山注，項楚著：《寒山詩注》，北京：中華書局，2000 年，第 137 頁。

〔註 150〕(唐)寒山注，項楚著：《寒山詩注》，北京：中華書局，2000 年，第 13 頁。

〔註 151〕(唐)寒山注，項楚著：《寒山詩注》，北京：中華書局，2000 年，第 519 頁。

〔註 152〕首次將圓月意象與佛理聯繫在一起的中國作家應是簡文帝蕭綱，其《十空六首・其二》云：「圓輪既照水，初生亦映流。溶溶如漬壁，的的似沉鉤。非關顧兔沒，豈是桂枝浮。空冷誰雅識，還用喜騰猴。萬累若消蕩，一相更何求。(南朝・梁)蕭綱著，肖戰鵬，董志廣校注：《梁簡文集校注》(一)，南開大學出版社，2012 年，第 243 頁。

〔註 153〕《古希臘羅馬哲學》，1957 年版，三聯書店，第 36 頁。轉自蔣述卓：《佛教與中國古典文藝美學》，嶽麓書社，2007 年，第 166 頁。

〔註 154〕錢鍾書著：《談藝錄》，北京：生活・讀書・新知三聯書店，2019 年，第 277 頁。

〔註 155〕參見蔣述卓著：《佛教與中國古典文藝美學》，長沙：嶽麓書社，2007 年，第 165～167 頁。

來智慧如月十五日。』」〔註 156〕據錢先生列舉以月喻法的佛經還有《除蓋障菩薩所問經》《大乘本生心地觀經》《雜阿含經》《增一阿含經》。〔註 157〕此外，《大般涅槃經》卷五亦以明月喻佛性清淨自足。禪林中也有以圓相表示悟法的傳統，如「南陽忠國師作圓相以示道妙，為仰宗風至有九十七種圓相」。〔註 158〕寒山詩將圓、月、真如融為一爐，用樸素流暢的詩的體裁呈現出來，既讓月作為詩歌的意象擁有了新的佛教文化內涵，也讓我國禪宗文化中增加了指月話禪的參禪傳統，還讓寒山圓月成為禪林人士廣泛參究的公案。

在唐代寒山《吾心似秋月》詩便被禪宗法眼宗祖師文益用作典故，其《睹木平和尚》云：「相看陌路同，論心秋月皎。」〔註 159〕據黃敬家研究稱：「宋代禪師引用寒山詩作為上堂開示或師徒對話的媒介，以『吾心似秋月，碧潭清皎潔。無物堪比倫，教我如何說』一詩被引用的次數最多，筆者統計有三十四位宋代禪師的語錄曾引用、化用此詩。」〔註 160〕元代禪師引用寒山《吾心似秋月》詩的人數與次數雖不及宋代，但元代禪師卻對寒山以月象徵佛性的做法產生了懷疑。禪師在懷疑以月喻法開示學人的同時，更多地引用寒山《若人逢鬼魅》詩，認為佛性真如不可言說。

宋元之際的赴日僧在日本的各大道場對寒山《吾心似秋月》詩引用較多，且對寒山以月喻法產生懷疑。釋圓鑒文永七年（1270）在日本肥前州春日山高城護國禪寺說法開示的法語中對寒山將月比作佛性有所懷疑：「吾意異秋月，誰呼為皎潔。無物可比倫，因甚則不說？是則是，都不恁麼時作麼生打？刀須是邠州鐵。」「春山疊亂青，春水漾虛碧。莫謂寒山子，使心似秋月。」〔註 161〕

〔註 156〕錢鍾書著：《談藝錄》，北京：生活·讀書·新知三聯書店，2019 年，第 279 頁。任半塘先生曾指出「婆羅門向以初生之月為進學漸滿之象，故望月乃其常課。《增壹阿含經》八《安般品》二載世尊告曰『猶如婆羅門，月末之月，晝夜周旋，但有其損，未有其盈。……月初生時，隨所經過，日夜光明漸增，稍稍盛滿，便於十五日夜具足盛滿……是故婆羅門當學如初月。』《日喻經》云：『應戒比丘，以皎月圓滿為戒行』」。任半塘著：《敦煌歌辭總編》（新 1 版），上海：上海古籍出版社，2006 年，第 828 頁。任先生認為婆羅門有望月做功課的傳統，但從其所引經文分析，修行如初月乃世尊教育婆羅門時的觀點。

〔註 157〕錢鍾書著：《談藝錄》，北京：生活·讀書·新知三聯書店，2019 年，第 279 頁。

〔註 158〕錢鍾書著：《談藝錄》，北京：生活·讀書·新知三聯書店，2019 年，第 278 頁。

〔註 159〕（唐）寒山，項楚：《寒山詩注》，北京：中華書局，2000 年，第 138 頁。

〔註 160〕黃敬家著：《寒山詩在宋元禪林的傳播研究》，臺北：臺灣學生書局有限公司，2016 年，第 64 頁。

〔註 161〕《大覺禪師語錄》《大正新修大藏經》（第 80 冊），第 250 頁。

釋道隆（？～1297）在日本相州巨福山建長禪寺中秋上堂開示學人：「『吾心似秋月』，自不知醜拙，拂袖便行去，有甚麼本據？寒山子、老南泉點檢將來，不值半錢。建長今日與諸人玩月去，也只是不得道著個『圓』字，不得犯著個圓相。若道著、犯著，罰錢三貫，胡餅一堂。遂打一圓相，托起云：『除此一月實，餘二即非真明明。休向指邊會，眼裏無箸（按：原作「筯」，疑為「箸」字訛誤）一世貧。」〔註 162〕從此次道隆上堂的法語中可見其對寒山將心比作中秋月是不以為然的，道隆禪師認為心性是圓滿具足的，任何外物皆不足比擬。如將中秋月當作清淨圓明的心性，將無異於認指作月。當參禪僧人消除心中所有的執著後，將會一貧如洗，了無掛礙，自家寶藏便忽然現前。其中的「眼裏無著一世貧」應如此理解：「著」即是指「月」工具，亦指中秋天空圓月（佛性為心月，空靈圓滿，所以道隆以圓相象徵）。「一世貧」是形容心性清淨。如錢先生言：「釋氏更明以貧匱喻心體之淨，如《大般涅槃經．梵行品》第八之三：『菩薩觀時，如貧窮人，一切皆空』，寒山詩：『寒山有一齋，齋中無闑隔，六門左右通，堂中見天碧，其中一物無，免被人來借。』禪宗慣用此語，……正是《莊子》所謂『無無』、《維摩詰所說經》所謂『空空』之境」。〔註 163〕

臨濟宗釋如砥（1268～1350），「為西岩（西岩惠公）的孫，東岩（東岩日公）上足」，〔註 164〕又稱天童正覺禪師。如砥在當時道望頗高，「又能以其道大振於東南，天下學者莫不宗仰。嘗觀其提唱之際、徵辯之時，擒縱予奪，雷奔電激，悚神駭目，莫可擬測，而使學者渙然而釋疑，超然以有得」。〔註 165〕釋如砥在中秋開示學人時，對寒山《吾心似秋月》詩進行了批評：

> 中秋，上堂：「吾心似秋月，碧潭清皎潔。無物堪比倫，教我如何說。」師云：「寒山子與麼道，大似抱贓叫屈。」便下座。〔註 166〕

在如砥看來佛性是言筌所不能及的，圓明具足的心性只能靠學人自己在修習

〔註 162〕《圓鑒禪師語錄》《大正新修大藏經》（第 80 冊），第 55 頁。

〔註 163〕錢鍾書著：《錢鍾書集：管錐編》，北京：生活．讀書．新知．三聯書店，2007 年，第 2008～2009 頁。按：《趙州錄》中亦能發現禪宗對「貧」的追求，「問：『貧子來，將什麼過與？』師云：『不貧。』云：『爭奈覓和尚何？』云：『只是守貧。』」（唐）文遠，徐琳：《趙州錄校注》，北京：中華書局，2017 年，第 281 頁。

〔註 164〕《平石如砥禪師語錄》《卍續藏經》（第 122 冊），第 374 頁。

〔註 165〕《平石如砥禪師語錄》《卍續藏經》（第 122 冊），第 374 頁。

〔註 166〕《平石如砥禪師語錄》《卍續藏經》（第 122 冊），第 381 頁。

中體悟而得。寒山將佛性用圓月表述出來不利於學人修證，所以如砥說寒山是做賊被抓，人贓俱獲，卻叫冤喊屈。《續古尊宿語要・別峰珍禪師語》記載珍禪師同樣認為寒山在《吾心似秋月》詩中以月示禪是「抱贓叫屈」：「『吾心似秋月，碧潭清皎潔。無物堪比倫，教我如何說。』師云：『大小寒山子，大似抱贓叫屈。若是山僧，又且不然。』以柱（拄）杖打一圓相云：『騰騰離海嶠，漸漸出雲衢。』」〔註 167〕但珍禪師比如砥略遜一籌，佛性是不可言說的，究其終極是「空空」的，圓相與圓月皆為方便善巧。

釋清珙（1272～1352）認為清淨圓明的本心無與倫比，他將寒山《吾心似秋月》詩改寫為，「寒山曾有言，吾心似秋月。我亦曾有言，吾心勝秋月。秋月非不明，有圓復有缺。安得如我心，圓明常皎潔。有問心如何，教我如何說」。〔註 168〕可見釋清珙認為月有圓缺的變化，而心性是亙古圓滿的。佛性是言語無法形容的，心性本體圓明皎潔的特性非邏輯推理可得，而需參禪親自證悟。雖然不能將圓月與真如等同，但學人若能捨筏登岸，通過圓月的指代體悟到心性本體的具足圓滿，便會舉足動步，步步蓮生，終達彼岸，獲得真諦。如釋文康的上堂說法：「『吾心似秋月，碧潭清皎潔。無物堪比倫，教我如何說。』曩謨悉達多般怛囉，春風吹萬匯，觸處盡開花。」〔註 169〕

元代禪師在教導學人時注重宣揚佛性難以言說的特徵，從而讓參禪學人生起疑情，通過長時間的參究而最終頓悟。佛性的「不可思議」性，就是寒山《吾心似秋月》詩中的「無物堪比倫，教我如何說」，也是其《若人逢鬼魅》詩中的「蚊子叮鐵牛，無渠下嘴處」。元代禪師運用「無物堪比倫，教我如何說」來逗機施教相對較少，如釋清茂（1262～1329）在上堂教導學人時說到：「烹卻露地牛，日輪正卓午。無為實性門，開卻通天路。通天路既開，普請諸人從者裏入。所以道：『我若向刀山，鑊湯自枯竭。咄！咄！咄！「無物堪比倫，教我如何說。」』」〔註 170〕

元代禪師能理解寒山《吾心似秋月》詩的原意，卻繼承唐宋叢林中對寒山《若人逢鬼魅》詩斷章取義的理解傳統。可當元代禪師以之作為開示學人的手段時，又能「翻案」出新。寒山《若人逢鬼魅》詩如下：

〔註 167〕陳耀東著：《寒山子詩集版本研究》，北京：世界知識出版社，2007 年，第 451 頁。

〔註 168〕《石屋清珙禪師語錄》《卍續藏經》（第 122 冊），第 642 頁。

〔註 169〕《穆庵文康禪師語錄》《卍續藏經》（第 123 冊），第 795 頁。

〔註 170〕《古林清茂禪師語錄》《卍續藏經》（第 123 冊），第 410 頁。

若人逢鬼魅，第一莫驚懼。捺硬莫采渠，呼名自當去。燒香請佛力，禮拜求僧助。蚊子叮鐵牛，無渠下嘴處。〔註 171〕

寒山這首宣揚佛教神力的勸俗詩的本意是讓當時的人們皈依佛教，但禪師們卻對此詩的「蚊子叮鐵牛，無渠下嘴處」進行了新的理解與應用。

如溈仰宗初祖釋靈祐（771～853）有言「魏魏堂堂，煒煒煌煌。聲前非聲，色後非色。蚊子上鐵牛，無你下嘴處」，〔註 172〕以及上文列舉的藥山惟儼禪師皆脫離寒山詩的語境，用此聯詩比喻佛法不可言說。宋代釋真淨（1080～1085）上堂說法時也引用寒山「蚊子上鐵牛，無渠下嘴處」，以便遵守禪林對佛性「不說破」的語言規則。「在聖壽開堂，僧問：『有一人慾出長安，有一人慾入長安，未審那個在先？』師云：『多少人疑著？』進云：『不許夜行』。師云：『蚊子上鐵牛。』」〔註 172〕可知釋真淨在聖壽此次說法的過程中使用「蚊子上鐵牛」意在截斷學人對佛性猜測的思路。〔註 174〕

唐宋禪師多引用「蚊子叮鐵牛，無渠下嘴處」形容自己如同叮鐵牛的蚊子不能用語言將真如和盤托出，而元代的釋原妙化用此句詩頗有新意。釋原妙（1238～1295）為高僧明本之師，又稱高峰原妙禪師。晚明高僧雲棲袾宏在《高峰大師語錄序》中評價其「近有慈明（楚圓）、妙喜（宗杲）之風，遠之不下德山（德山宣鑒）、臨濟（義玄）諸老。偉哉！堂堂乎，可謂照末法之光明幢」。〔註 175〕原妙在《示眾》中如此開示學人：「若論此事，如蚊子上鐵牛相似，更不問如何若何，便向下嘴處拼命一鑽，和身透入，正恁麼時，如處百千萬億香水海中，取之無盡，用之無竭。設使志不堅，心不一，悠悠漾漾，東飛西飛，饒你飛到非想非非想天〔註 176〕，依舊只是個餓蚊子。」〔註 177〕原妙用蚊子比

〔註 171〕（唐）寒山著，項楚注：《寒山詩注》，北京：中華書局，2000 年，第 168～169 頁。

〔註 172〕陳耀東著：《寒山子詩集版本研究》，北京：世界知識出版社，2007 年，第 313 頁。

〔註 173〕陳耀東著：《寒山子詩集版本研究》，北京：世界知識出版社，2007 年，第 331 頁。

〔註 174〕禪宗語言中有時以長安指代佛性，如「問：『狗子還有佛性也無？』師云：『家家門前通長安。』」（唐）文遠、徐琳校注：《趙州錄校注》，北京：中華書局，2017 年，第 326 頁。

〔註 175〕《卍續藏經》《高峰原妙禪師語錄》（第 122 冊），第 653 頁。

〔註 176〕「舊曰：『非有想非無想』，無色界有四天，此為其中之第四天，三界之最頂也。」丁福保著：《佛學大辭典》，北京：文物出版社，1984 年，第 651 頁。

〔註 177〕《卍續藏經》《高峰原妙禪師語錄》（第 122 冊），第 714 頁。

喻參究禪理的學人，勉勵學人只要修行要勇猛精進，即使是鐵牛也能吸出血，最終徹見自己本來面目。

寒山圓月與佛性真如的比喻雖可能讓乍入叢林的僧人在修行中有執指為月的危險，但將其作為禪師宣講禪理或開悟學人的方便善巧卻屢試不爽。正如寒山《岩前獨靜坐》言：「因指見其月，月是心樞要。」〔註178〕寒山圓月與佛性真如的關係元代禪師們可謂得其精髓，有破有立，隨說隨掃。釋清茂上堂說法時對寒山《岩前獨靜坐》的發揮便是元代禪師對圓月與佛性見解的典型，「中秋上堂，十五日以前，掘地覓天。十五日以後，攜籃盛水走。〔註179〕正當十五日，天明日頭出。待到黃昏月到窗，無限清光滿虛空。豈不見寒山子曾有言『岩前獨靜坐，圓月當空耀。萬象影現中，一輪本無照』〔註180〕，若謂『中秋分外圓』，墮它光影何時了？下座。」〔註181〕明淨澄澈、圓滿具足的中秋月是本性的絕佳象徵，它如同摩尼珠一樣成為佛徒們的自家寶藏，但學人需要提防成為「墮光影漢」。故而，了堂惟一禪師在中秋上堂說法時向學人們宣講，「舉寒山子詩云：『高高峰頂上，四顧極無邊。獨坐無人知，明月照寒泉。泉中且無月，月自在青天。吟此一曲歌，歌中不似禪。』〔註182〕師云：『竹山未免下個注腳，蘇盧蘇盧、唏唎唏唎。』便下座。」〔註183〕在釋惟一看來，以月喻禪如同自己說法一般只是「注腳」而非佛法究竟。只有尋覓到自己本來的清淨心，方能明白禪月中蘊藏的無限意味，即「君見月光明，照燭四天下。圓暉掛太虛，瑩淨能瀟灑。人道有虧盈，我見無衰謝。狀似摩尼珠，光明無晝夜」。〔註184〕

三、寒拾大笑的佛教意蘊

傳為閭丘胤所作的《寒山子詩集序》記載寒山具有笑呵呵智者的形象特

〔註178〕（唐）寒山著，項楚注：《寒山詩注》，北京：中華書局，2000年，第733頁。

〔註179〕「攜籃盛水走」出自寒山《我見瞞人漢》：「我見瞞人漢，攜籃盛水走。」（唐）寒山著，項楚注：北京：中華書局，2000年，第536頁。

〔註180〕古林清茂禪師在此引用的是寒山《岩前獨靜坐》詩。（唐）寒山著，項楚注：《寒山詩注》，北京：中華書局，2000年，第733頁。

〔註181〕《卍續藏經》《古林清茂禪師語錄》（第123冊），第433頁。

〔註182〕釋惟一引用寒山《高高峰頂上》詩，項楚的《寒山詩注》中此詩中的「明」「中」二字作「孤」「終」。（唐）寒山著，項楚注：北京：中華書局，2000年，第750頁。

〔註183〕《卍續藏經》《了堂惟一禪師語錄》（第123冊），第896頁。

〔註184〕（唐）寒山著，項楚注：《寒山詩注》，北京：中華書局，2000年，第897頁。

徵：「時僧遂捉罵打趁，（寒山）乃駐立撫掌，呵呵大笑」「亂便禮拜，二人連聲喝亂，自相把手，呵呵大笑叫喚。乃云：『豐干饒舌，饒舌。彌陀不識，禮我何為？』」「徐步長廊，呵呵撫指。」〔註 185〕但在傳為唐代貫休繪製的《應真高僧像卷・寒山拾得》禪畫中寒山於老松下閉目冥想，拾得則聚精會神地閱讀手中經卷。由此可知在唐代禪畫中寒山與拾得以呵呵大笑的智者形象可能尚未出現在禪畫中。宋代寒山與拾得以笑哈哈的智者的形象逐漸出現於禪畫中，黃敬家認為：「宋代禪師即有相應於畫中寒山、拾得的笑態而加以發揮的頌古。」〔註 186〕雖然宋元時期以天台三聖為題材的繪畫在內容上出現了四睡圖（寒山、拾得、豐干枕虎而眠）的發展，「而『笑』卻是禪門形塑寒山圖像中最顯著的特徵」〔註 187〕；崔小敬亦關注到禪畫中寒山與拾得笑呵呵的特徵，崔氏認為寒拾笑的特徵受到禪宗的影響〔註 188〕；李舜臣進一步指出「宋元散聖形象最常見的表情是笑，而寒拾尤為突出，幾乎無時不笑，無事不笑，或開懷大笑，或咧嘴憨笑，或獨言獨笑，或佯狂怪笑，全然不同於經典佛像或慈祥、或靜穆、或聖潔、或威嚴的笑容。」〔註 189〕但三位學者皆未進一步闡釋寒拾笑的內涵及寒拾以笑呵呵的形象出現受禪宗具體的影響為何物，筆者在此試以元代禪師寒山、拾得畫讚即題畫文學〔註 190〕與元代禪師語錄相關內容對這一問題進行探討。

寒山、拾得笑呵呵的形象屢屢出現於元代禪畫及禪師的詩讚中，成為元代佛教詩歌的重要意象，亦為元代禪師在讚詩中寄寓禪理的重要存在。

〔註 185〕（唐）寒山著，項楚注：《寒山詩注》，北京：中華書局，2000 年，第 931～933 頁。

〔註 186〕黃敬家著：《寒山詩在宋元禪林的傳播研究》，臺北：臺灣學生書局有限公司，2016 年，第 199 頁。

〔註 187〕黃敬家著：《寒山詩在宋元禪林的傳播研究》，臺北：臺灣學生書局有限公司，2016 年，第 198 頁。

〔註 188〕崔小敬著：《寒山：一種文化現象的探尋》，北京：中國社會科學出版社，2010 年，第 149 頁。

〔註 189〕李舜臣：《從「禪門散聖」到「和合二仙」圖像藝術中寒拾形象的演變》，《宗教學研究》，2021 年第 4 期，第 134 頁。

〔註 190〕「廣義的題畫文學，則泛指以畫為題，或命意，或讚賞，或寄興，或議論的詩詞歌賦或散文體裁等文學作品」。《觀看、敘述、審美——中國題畫文學研究方法論之建構》，衣若芬，載於《觀看、敘述、審美——唐宋題畫文學論集》，臺北：「中央研究院中國文哲研究所」2004 年，轉自黃敬家著：《寒山詩在宋元禪林的傳播研究》，臺北：臺灣學生書局有限公司，2016 年，第 177～178 頁。

> 釋聖一（生卒年不詳，為無準師範（1178～1249）弟子。）《寒山拾得》：路頭拾得親族無，直下指空在半途。剔起眉毛相看笑，寒山歸去沒工夫。〔註191〕
>
> 釋紹明（1226～1286）《寒山·其一》寒山有佳篇，白紙寫不到。極其巨耐處，冷地偷眼笑。〔註192〕
>
> 釋如砥（1268～1350）《寒山》：天台山中，國清寺裏，掃帚隨身，塵埃滿地。只知指點笑他人，對面還有人笑你。〔註193〕
>
> 釋清欲（1288～1363）《寒拾二大士·其一》：混俗威儀，出塵標格。見個甚麼，自笑自拍。明月清風三百篇，流落人間無處著。〔註194〕
>
> 釋惟一（生卒年不詳）《寒山拾得二大士》：掣瘋與掣癲，非凡亦非聖。颺下菜渣桶，放來笤帚柄。答豐干不遊五臺，嚇溈山同出松徑。寫盡天下心，長吟並短詠。倒握鐵蒺藜，擊碎軒轅鏡。拍肩大笑太無端，森羅萬象齊歡慶。〔註195〕

從以上宋末元初至元末明初的諸禪師的讚類詩中可知寒山、拾得笑咍咍的智者的形象特徵是元代禪畫作家表現的重要內容，也是禪師們賞畫題詩及表達禪學見解的重點所在。

元代禪畫與禪宗語錄中寒山與拾得的笑可分為：體悟佛法後的歡笑、對學人不能識心見性的冷笑、知己間默契的憨笑三種。如曇芳守忠禪師在教導學人時的法語：「舉梁武帝請傅大士講經。大士以尺揮按一下，武帝愕然。寶公云：『會麼？』帝云：『不會。』寶公云：『大士講經竟。』師云：『大士講經竟，山深水亦深。豐干騎猛虎，拾得笑吟吟。』」〔註196〕曇芳守忠舉傅大士為梁武帝講法不說一字，寶誌禪師詢問梁武帝是否體會到佛法，而梁武帝卻沒能領會其中的妙諦。釋守忠通過舉出古人公案意在讓參禪學人明白佛法是不著色相的，只有像豐干禪師那樣消除機心、解黏去縛方能與天地萬物為侶，這時便會

〔註191〕《聖一禪師語錄》《大正新修大藏經》（第80冊），第22頁。
〔註192〕《佛光禪師語錄》《大正新修大藏經》（第80冊），第217頁。
〔註193〕《平石如砥禪師語錄》《卍續藏經》（第122冊），第389頁。
〔註194〕《了庵清欲禪師語錄》《卍續藏經》（第123冊），第697頁。
〔註195〕《了堂惟一禪師語錄》《卍續藏經》（第123冊），第928～929頁。
〔註196〕《曇芳守忠禪師語錄》《卍續藏經》（第123冊），第324頁。

法喜充盈，禪悅滿懷。由此可知拾得的笑是頓悟本心的歡笑。《橫川行珙禪師語錄》載：「僧問汾陽和尚（汾陽善昭（947～1024）屬臨濟宗），示眾：『夫說法者須具十智同真，若不具十智同真，邪正不辨，緇素不分，不可為人天眼目。如何是十智同真？』……師云：『寒山撫掌，拾得呵呵』」〔註 197〕可見寒山與拾得撫掌呵呵大笑是因為對「十智同真」的領會。再如古林清茂示眾說法，「萬法本閒，惟人自鬧。放過臨濟、德山，打殺雲門、雪嶠。盡大地是金剛眼睛即不問，拈卻糞箕笤帚，寒山子為甚麼拍手大笑？澤廣藏山，埋熊伏豹。」〔註 198〕寒山子拍手大笑蘊藏的禪機是用笤帚掃淨「色相」「空相」，歇卻馳求心。自性本心，具足完滿，無欠無剩，如銀碗盛雪，通透澄明。元代禪師對寒拾呵呵大笑的開悟的肯定，實則與禪宗建構的不立文字的參悟證道觀念史即「世尊拈花，迦葉微笑」的傳統一脈相承。

出現於我國唐代的天台三聖文化生長在漢傳佛教的文化土壤中，自然屬於大乘佛教文化。元代禪師將天台三聖稱作大士，便是天台三聖文化屬於大乘佛教文化的重要特徵。在上文的舉例中能發現天台三聖被稱為「大士」。何為「大士」？丁福保的《佛學大辭典》解釋為「大士（術語），菩薩之通稱也，或以名聲聞及佛。士者，凡夫之通稱，簡別於凡夫而稱為大。又，士者，事也。為自利利他之大事者謂之大士。」〔註 199〕在陳義孝編的《佛教常見詞彙》中對「大士」一詞有更為具體的釋義：「士是事的意思，指成辦上求佛果，下化眾生大事之人，如觀世音菩薩就叫觀音大士。大士已證得『十地』之境界，『十地』分聲聞乘十地、緣覺乘十地、菩薩乘十地、佛乘十地。而這裡的大士十地實指菩薩乘十地，即歡喜地、離垢地、發光地、焰慧地、難勝地、現前地、遠行地、不動地、善慧地、法雲地。此十地是菩薩五十二位修行中的第五個十位，在此十地，漸開佛眼，成一切種智，已屬聖位。」〔註 200〕由此來看，將天台三聖（將寒拾稱為大士較為常見）稱作大士，絕非無中生有。南宗禪雖主張頓悟成佛，但開悟之後仍需普渡眾生。中國佛教的修行方式雖因根機利頓有差異，但大乘的淑世精神是殊途同歸之所在。「寒山文殊」「拾得普賢」「豐干彌

〔註 197〕《橫川行珙禪師語錄》《卍續藏經》（第 123 冊），第 364～365 頁。

〔註 198〕《古林清茂禪師語錄》《卍續藏經》（第 123 冊），第 409 頁。

〔註 199〕丁福保著：《佛學大辭典》，北京：文物出版社，1984 年，第 188 頁。

〔註 200〕該詞條的釋義出自陳孝義編，《佛教常見詞彙》，佛教青年協會印贈，轉引自《傅大士評傳》，義烏叢書編纂委員會編；趙福蓮著，上海：上海人民出版社，2012 年第 3 頁。

陀」的稱呼皆能佐證世人將三聖視為菩薩之化身。因此，被供奉在佛殿中的這三位詩人的言行便蘊含悲智雙運的救助與關懷，寒拾呵呵大笑的舉止實則包藏著佛教的悲憫與教化。

月江正印的語錄中記載其以寒山、拾得悲憫僧人錯會佛法的呵呵大笑教導學僧，「僧問：『牛頭未見四祖，因甚百鳥銜花？』師云：『世情偏向有錢家。』進云：『見後因甚不銜花？』師云：『人義盡從貧處斷。』師乃云：『凡夫色礙，二乘空礙，菩薩色空無礙。嘉州大象騎個蹇驢兒，走進陝府鐵牛鼻孔裏。拜白安居，撞見寒山、拾得跳出來，撫掌呵呵大笑云：『佛法不是這個道理』，畢竟是個什麼道理？任從滄海變，終不為君通。』」〔註 201〕月江正印在此舉出禪宗牛頭派創始人牛頭法融（594～657）與禪宗四祖道信（580～651）的公案來說明，若是從俗諦的角度看法融在拜見道信先後有「百鳥銜花」的不同，但從真諦的角度審視外在環境的一切變化皆未曾變，佛性湛然具足。如此詮釋牛頭與四祖的公案實則在唐代禪林中已露端倪，「問：『牛頭未見四祖，百鳥銜花供養；見後，為什麼百鳥不銜花供養？』師曰：『應世，不應世』」「問：『牛頭未見四祖時如何？』師云：『飽柴飽水。』云：『見後如何？』師云：『飽柴飽水。』」〔註 202〕由此可知，只要頓悟本心，人人皆是古佛應世，如同任運隨緣的水牯牛一般饑餐困眠，得大自在、大休歇。寒山、拾得撫掌大笑是冷笑參禪學僧不能體悟真如佛性的圓成具足。

曇芳守忠元宵上堂開示學人，「山河無隔礙，光明處處通。佛殿上燒香，三門頭合掌。寒山拾得大笑掀天，一對金剛兩腳踏地。」〔註 203〕守忠教導學僧不可僅僅實踐佛教軌儀，認為念佛燃香便是佛法。若有法執而不開悟，必定會讓寒山、拾得冷笑一場。寒拾的冷笑是對學僧不能領悟佛法妙諦的無奈，亦是大乘菩薩關懷娑婆世界的隨機施設。

拾得自幼被豐干禪師收養，孤苦伶仃。隨後，拾得與寒山相識，並為其提供食物，又常常一起談玄論道，因此二人結下深厚的友誼。如拾得《從來是拾得》詩寫道：「從來是拾得，不是偶然稱。別無親眷屬，寒山是我兄。兩人心相似，誰能徇私情。若問年多少，黃河幾度清。」〔註 204〕〔在元代的禪畫與禪

〔註 201〕《月江正印禪師語錄》《卍續藏經》（第 123 冊），第 225～226 頁。

〔註 202〕（唐）文遠，徐琳校注：《趙州錄校注》，北京：中華書局，2017 年，第 88、286 頁。

〔註 203〕《曇芳守忠禪師語錄》《卍續藏經》（第 123 冊），第 324 頁。

〔註 204〕（唐）寒山著，項楚注：《寒山詩注》，北京：中華書局，2000 年，第 854 頁。

師所寫的畫讚中亦表現寒拾友情。如現藏於日本東京國立博物館的《寒山拾得圖》便是由元代畫師因陀羅所作。在畫中寒拾二人於山旁松下，相對而坐，頭髮蓬鬆，笑容滿面。從繪畫中不難看出二人相交甚篤。寒拾心靈默契的呵呵大笑成為象徵知己間情誼的符號，為元代禪人所豔羨。如了庵清欲在寒拾畫讚中所寫：

> 《寒拾二大士·其四》：一笑相看兩兄弟，面皮塵土髮鬅鬙。驚人有句無題目，說與森羅萬象聽。〔註 205〕

元代禪師們既注意到蓬頭垢面、呵呵大笑的寒山、拾得二人以瘋癲佯狂而應機施教的遊戲三昧境界，又視寒拾二人為心有靈犀的知己模範。因此，象徵和諧與友誼的笑哈哈的寒拾形象遂成為後世繪畫與詩文創作表現的重要主題。〔註 206〕

元代的禪宗語錄及禪畫中保存著關於天台三聖文化在元代禪林的流佈與接受的珍貴資料。尤為重要的是，禪師以天台三聖的事蹟或詩句表達禪境、開示學人，畫僧以禪畫蘊含禪機、寄託禪趣，均可視作為元代禪僧對三聖詩歌的接受與詮釋。通過元代禪師的逗機施教與禪畫創作中包含的天台三聖文化現象這一側面的考察，便自然可以窺見有元一代的叢林中天台三聖文化氛圍的濃厚。綜上可知，正是元代叢林中濃厚的三聖文化氛圍孕育出元明之際以楚石梵琦禪師為代表的《和天台三聖詩》這種新佛教文學的生命，也使得以寒山及其詩為代表的天台三聖文化成為後世叢林中觀念史與生活史的重要內容。

〔註 205〕《了庵清欲禪師語錄》《卍續藏經》（第 123 冊），第 698 頁。

〔註 206〕崔小敬在其《寒山：一種文化現象的探尋》的第三章指出明清寒山繪畫的新變之一為「民俗化」,「所謂民俗化是指隨著『和合二仙』傳說及信仰的形成，寒山、拾得被賦予了象徵和諧美好的『和合二仙』的新身份」。《寒山：一種文化現象的探尋》，崔小敬著：北京：中國社會科學出版社，2010 年，第 151 頁。筆者認為寒山、拾得雖在明代成為和合神，但由宋元禪師語錄及梁楷、因陀羅的《寒山拾得圖》可知，寒拾的傳說與畫作本身便蘊含象徵和諧美好的和合精神的基因。

第四章　《和天台三聖詩》：異代知音的追隨

由元代僧詩中的天台三聖文化、元代釋子的擬寒山詩與元代禪師逗機施教及禪畫中的天台三聖文化這三個維度可知，元代叢林乃至元代社會中的天台三聖文化的文化氛圍極為濃厚，這便孕育出佛教文學中的新生命——《和天台三聖詩》。

第一節　天台三聖文化的接受

在元代禪林文化中，僧詩中的天台三聖文化、禪師的擬寒山詩、禪師逗機施教及禪畫中的天台三聖文化形成楚石梵琦接受天台三聖文化的叢林空間。就楚石梵琦個人接受天台三聖文化的途徑具體而言主要有：天台山參方禮祖的叢林傳統、師門創作傳統、吟詠謄抄三聖詩、上堂說法及禪畫題詩中的三聖文化等方面。

天台山鐘造化之神秀，東晉佛門因緣深厚的孫綽撰《遊天台山賦》。隋代，智者大師開創了佛教中以止觀修行為特色的天台宗。爾後，楊廣依智顗遺願建立國清寺，天台山遂成為天台宗的祖庭所在。又由於中日佛教交往密切，前往天台山瞻禮的國內外僧侶絡繹不絕。唐宋時期天台三聖文化逐步形成，「寒山文殊，遁跡國清。拾得普賢，狀如貧子」「豐干饒舌，饒舌。彌陀不識，禮我何為？」〔註1〕元代又是我國與日本、高麗等國交流的重要時期，故而國內外

〔註1〕（唐）寒山著，項楚注：《寒山詩注》，北京：中華書局，2000年，第932頁。

僧侶於天台參方禮祖便成為叢林生活的重要內容。

天台三聖文化作為元朝佛教生活史與觀念史的有機構成，楚石梵琦身處元代江南禪林接受此種文化遍十分自然。如楚石梵琦的《送炬首座遊台溫》：「飲光論劫坐禪，未免把纜放船。文殊三處度夏，大似遼天索價。英俊道流，去住自由。朝遊檀特，暮往羅浮。天宮說法了也，知是般事便休。人人釋迦彌勒，個個寒山拾得。走遍天台雁蕩，抹過山城海國。從來鼻孔大頭垂，莫道相逢不相識。」〔註 2〕詩中除闡明佛徒不可執迷坐禪，真如佛性人人皆有的禪理外，亦可見寒山、拾得與釋迦、彌勒對應出現，亦見寒拾在叢林中地位之高。又如楚石梵琦《送儀侍者遊天台雁蕩》：「前釋迦，後彌勒，心不見心，無相可得。出門綠水青山，到處花紅草碧。如斯舉似，魚魯參差。直下承當，天地懸隔。寒山子道：『千年石上古人蹤，萬丈岩前一點空。』此一點空不可取，天台雁蕩隨西東。衲僧行腳休輕議，略以虛懷標此位。非凡非聖強安名，高踏毗盧頂上行。」〔註 3〕楚石梵琦在送侍者行腳的詩篇中為其闡釋泯滅凡聖、超佛越祖、破除空執的禪理，亦傳播了寒山文化。再如其《送伊藏主遊四明天台》：

> 出門拈起拄杖子，不擇山林與城市。第一穿過玲瓏岩，先聽主翁敷妙音。翻身直上玉几峰，踏著從前自家底。八萬四千設利羅，須知不在金壇裏。好風穩送寶陀船，剎剎塵塵逢大士。訪雪竇，遊清涼，觸目無非聖道場。天寧定水善知識，獅子吼笑群狐藏。霞城豈獨觀風景，五百聲聞須喚醒。一一教他出世來，鬧中不礙身心靜。直饒茶盞現奇花，也待眾生心自肯。國清三聖誰不知，興發到處題新詩。虛空作紙大海墨，稻麻竹葦皆毛錐。諸方說禪浩浩地，解舉此話今其誰。滑石橋，難措足，下有龍蟠無底谷。多少遊人不敢窺，懸崖日夜飛銀瀑。舉頭更望華頂雲，千里萬里長相逐。摩挲拄杖又向西州還，一毫頭上忽然突出須彌山。〔註 4〕

此外，還有《送義禪人遊台雁》：「昔年有個閭丘老，不識豐干空懊惱。寒山拾

〔註 2〕（元）梵琦著，于德隆點校：《楚石梵琦全集》，北京：九州出版社，2017 年，第 261 頁。

〔註 3〕（元）梵琦著，于德隆點校：《楚石梵琦全集》，北京：九州出版社，2017 年，第 277 頁。

〔註 4〕（元）梵琦著，于德隆點校：《楚石梵琦全集》，北京：九州出版社，2017 年，第 277 頁。

得姿癲狂，走入深林無處討。」〔註5〕《送諸侍者遊天台雁蕩》：「豐干寒拾面目真，屈曲寒藤上高樹。」〔註6〕也有日本與高麗僧人不遠萬里至天台參方禮祖，如《送日本東藏主遊台雁》：「台山之東雁山西，有一句子無人提。忽然蹉口道得著，五百尊者俱掀眉。澗下水流，峰頭雲起。青松瑟瑟，白石齒齒。賓頭盧或往或來，諾詎那乍彼乍此。直饒迴向如來乘，也是陳年爛葛藤。教外別傳重舉似，千尋海底剔金燈。」〔註7〕又如《送高麗順禪人歸國》：「普賢身中行一步，超過恒河沙佛土。昨日方離海岸來，今朝便往高麗去。我此浙江，何異汝鄉。冬寒向火，夏熱乘涼。達本心者頭頭是道，昧真性者處處迷方。父母未生有甚麼，與他辛苦擔皮囊。效善財，參知識，禮文殊，謁彌勒。不知放下馳求心，向內外中間絕消息。或遊山，或面壁。或垂手入廛，或韜光晦跡。煅凡成聖只須臾，拄天撐地也奇特。順禪人，須委悉，紅日照中春，清風生八極。」〔註8〕以上兩首詩雖未直接涉及天台三聖，但只要僧侶前往天台山，幾乎處處皆是三聖文化遺跡。文殊、普賢、彌陀似乎又成為三聖的另一種稱呼。

從元朝禪人前往天台山參方禮祖這一傳統中可以看出，天台三聖文化已然成為天台文化與佛教文化的重要組成。楚石梵琦在送別中外釋子前往天台、雁蕩瞻仰古佛祖庭時，既向中外僧侶介紹天台三聖文化，又能持續加深自己對國清三聖的理解與信仰。

楚石梵琦嗣法元叟行端禪師，寫有《徑山寂照先師元叟和尚讚》：「這慈尊，真滅門，是非盡剗，佛祖平吞。藏雲克家之子，妙喜四世之孫。用首山竹篦，全提正令；瞎摩醯頂目，巨闢重昏。二十年天下徑山，綿裹泥團，錦包特石；千七百堂中衲子，棒雨如點，喝似雷奔。掀翻海嶽，震動乾坤。把斷牢關一句子，金香爐下鐵崑崙。」楚石梵琦認為其師超佛越祖、是非雙遣，以禪宗話頭教導學人，法利眾生，光芒耀瞎佛祖正法眼。在楚石梵琦眼中行端作禪師為大慧宗杲的四世弟子能繼承臨濟宗楊岐派機鋒峻烈、棒喝交加的宗風，可見其對行端禪師的推崇。行端曾創作《擬寒山詩》百首，這應當促進了楚石梵琦吸收

〔註5〕（元）梵琦著，于德隆點校：《楚石梵琦全集》，北京：九州出版社，2017年，第249頁。

〔註6〕（元）梵琦著，于德隆點校：《楚石梵琦全集》，北京：九州出版社，2017年，第277頁。

〔註7〕（元）梵琦著，于德隆點校：《楚石梵琦全集》，北京：九州出版社，2017年，第248頁。

〔註8〕（元）梵琦著，于德隆點校：《楚石梵琦全集》，北京：九州出版社，2017年，第263頁。

天台三聖文化。「虎岩伏公時住徑山，請師（行端）居第一座，既而退處楞伽室，擬寒山子詩百篇，四方衲子，多傳誦之」。〔註 9〕雖在現存文獻中尚未發現楚石梵琦明言自己的《和天台三聖詩》受其師影響的記載，但在其對天台三聖文化的接受與詮釋方面，我們推論楚石梵琦受其師的影響應該是合乎情理的。

楚石梵琦的同門釋文琇亦對天台三聖文化十分熟悉，如其上堂法語：「上堂：『可貴天然物，獨一無伴侶。覓他不可見，出入無門戶。促之在方寸，延之一切處。你若不信受，相逢不相遇。』（按：此處引用寒山《可貴天然物》詩）寒山子來也，不審，不審。」〔註 10〕另外，文琇撰寫的《佛祖讚》中有《寒山拾得》：

手裏生笤，猶放不下。贏得埃塵，遍滿華夏。

那一句子，不在思量。擎蕉執筆，雁過瀟湘。

拾得磨玄玉，寒山把毛錐。擬向萬仞崖，寫此一首詩。

雖未形點畫，文采光陸離。渴讀即止渴，饑讀即止饑。除卻老豐干，知音今有誰。

不是癲狂不是癡，或看經卷或看詩。閭丘曾被豐干誤，卻向枯藤覓兔蹊。

拾得展卷，寒山指月。用無所用，說無所說。惹得豐干饒舌，閭丘屈節。謂其起佛見法見，貶向二鐵圍山。也是喚鹿作馬，證龜為鱉。別！別！別！大洋海底滾紅塵，六月炎天飛白雪。〔註 11〕

由文琇為天台三聖所作的畫讚可知，其對三聖的詩作與事蹟是了熟於胸的，並且能領悟禪畫中的禪機，從而在讚詩中以詩寓禪。

楚石梵琦的另一同門愚庵智及禪師也對三聖文化極為熟悉，如其《次南堂了庵和尚韻》：「拂袖中吳第一峰，南堂岌岌凜高風。坐令鷲嶺真規復，不翅松源正脈通。長庚爛爛橫宵漢，野鶴翩翩絕檻籠。快活有時無著處，瘋癲寒拾恰相同。」〔註 12〕愚庵智及此詩讚揚了庵清欲有古佛作風，提振宗門。同時，亦認為清欲已領悟禪宗中的遊戲三昧，自在無礙，達到了寒拾的修行境界。

由楚石梵琦之師元叟行端及其兩位同門文琇與愚庵智及的佛教文學創作中的天台三聖文化因素，我們可以推測其師門中濃厚的三聖文化氛圍對梵琦

〔註 9〕《卍續藏經》（第 124 冊），第 68 頁。
〔註 10〕《卍續藏經》（第 124 冊），第 379 頁。
〔註 11〕《卍續藏經》（第 124 冊），第 403～404 頁。
〔註 12〕《卍續藏經》（第 124 冊），第 362 頁。

是裨益良多的。

楚石梵琦十分鍾愛三聖詩，吟詠品咂、謄寫唱和，實為三聖的元代知音。楚石梵琦吟詠把玩三聖詩有詩為證，如其以下詩作：

《我讀寒山詩》：我讀寒山詩，虛空尋鳥跡。誰能橫點頭，獨有松下石。一字不可加，千金豈能易。捧心學西子，取笑非求益。

《我和寒山詩》：我和寒山詩，有得復有失。覓句行掉頭，揮毫坐搖膝。依他聲律轉，自我胸襟出。法法皆現前，當空一輪日。

《寒山三百篇》：寒山三百篇，十倍高風雅。舜若多神抄，無言童子解。陽春白雪曲，自下和者寡。世慮誦時空，塵緣吟處罷。吾將列作圖，寢臥於其下。

《多處三兩言》：多處三兩言，少時千百卷。擬抄寒山詩，歷劫寫不遍。

《三聖數百篇》：三聖數百篇，篇篇明佛理。流傳古尚多，散落今餘幾。讀者通賢愚，知之出生死。休將陽春曲，喚作江城子。

《吾廬信可樂》：吾廬信可樂，水石清且奇。渺渺沿流去，騰騰信腳歸。千尋蔭嘉木，五采拾靈芝。天闊雲霧散，月明星宿稀。無人同夜坐，自詠寒山詩。

以上六首詩真實生動地記錄了楚石梵琦接受三聖詩的過程，在不斷地含英咀華中楚石梵琦日趨推崇欽慕天台三聖，並且形諸筆端，如：

《四明咫尺是天台》：四明咫尺是天台，野鶴孤雲共往來。水石參差連梵宇，金銀璀璨接仙臺。攀蘿挽葛登山頂，解帶披裘曳履回。長憶豐干與寒拾，此中行坐盡悠哉。

《寒山不可見》：寒山不可見，石上訪遺蹤。木屐藏何處，華臺隔幾重。溪流深夜月，樹老舊時松。可歎閭丘子，棲棲失所從。

《拾得寒山弟》：拾得寒山弟，寒山拾得兄。從來無住處，借問甚時生。寒暑隨緣過，乾坤似掌平。何人知此意，步步踏瑤京。

《獨推華頂秀》：獨推華頂秀，難與眾峰群。遁跡潛心處，登高縱目頻。清溪飛白鳥，碧落卷丹雲。不慕寒山子，其誰作隱倫。

《奇哉拾得公》：奇哉拾得公，說此無生理。本住天台山，常遊國清寺。神珠照夜明，智劍吹毛利。你推倒普賢，普賢推倒你。

由此可以明白品咂謄寫三聖詩是楚石梵琦接受與理解天台三聖文化的重要途徑之一。

與元代其他禪師一樣，楚石梵琦也在逗機施教與禪畫題詩中瞭解天台三聖的詩作與事蹟。如「上堂，舉僧問南院：『從上諸聖，什麼處去？』……師云：『雪竇雖是明眼宗師，要且未知寶應老落處。既未知寶應老落處，因什麼道『拂子不知來處』？只具一隻眼。妙喜老漢道個瞎，也是東家人死，西家人助哀。」〔註13〕楚石梵琦說法中的「東家人死，西家人助哀」，便是引用寒山與拾得的典故。《五燈會元》卷二《天台拾得》記載：「天台山拾得子，一日掃地，寺主問：『汝名拾得，因豐干拾得汝歸。汝畢竟姓個甚麼？』拾得放下掃帚，插手而立。主再問，拾得拈掃帚掃地而去。寒山搥胸曰：『蒼天，蒼天！』拾得曰：『作甚麼？』山曰：『不見道東家人死，西家人助哀。』二人作舞，笑哭而出國清寺。」〔註14〕公案中寺主問拾得的原來名字為何，實則類似於問本來面目如何。拾得默而不答，與維摩詰回答文殊的方式如出一轍，表明祖師西來意不可言說。楚石梵琦在此次說法中又認為大慧宗杲實在是個「多口阿師」，以死語示人。

同時，德高望重、佛學精湛的楚石梵琦或是自發而作、或是他人請作，共創作出九首以天台三聖為主題的讚詩作品。其寒拾讚詩如下：

> 閭丘未到國清前，誰識文殊與普賢。三寸舌頭輕漏泄，有何伎倆掣瘋癲。大圓覺海是伽藍，到了何曾有聖凡。兩個頭陀高拍手，從教人道太襤襂。國清寺裏豈無人，只話寒山拾得貧。笤帚糞箕常在手，可憐淨地卻生塵。遙望東南紫氣堆，崩雲泄雨轉崔嵬。聖賢面目分明在，莫道斯人去不回。（《寒拾讚四首》）〔註15〕
>
> 寺裏隨僧住，山前跨虎過。閭丘太守到，道你是彌陀。（《因陀羅所畫諸聖，聞上人請讚・豐干》）
>
> 不居妙喜界，不戀清涼山。個個求成佛，輸他道者閒。（《因陀羅所畫諸聖，聞上人請讚・寒山》）
>
> 當初因拾得，便以此為名。欲識這個意，無生無不生。（《因陀

〔註13〕（元）梵琦著，于德隆點校：《楚石梵琦全集》，北京：九州出版社，2017年，第10頁。

〔註14〕（宋）普濟著，蘇淵雷點校：《五燈會元》，北京：中華書局，1984年，第121頁。

〔註15〕（元）梵琦著，于德隆點校：《楚石梵琦全集》，北京：九州出版社，2017年，第228頁。

羅所畫諸聖，聞上人請讚・拾得》）〔註16〕

寒山拾得兩頭陀，或賦新詩或唱歌。試問豐干何處去，無言無語笑呵呵。（《〈寒山拾得圖〉讚》）〔註17〕

火有尖新句，芭蕉葉上當。分身百千億，只是一文殊。（《題〈寒山圖〉》）〔註18〕

楚石梵琦以天台三聖為主題的這九首題畫文學作品目前有兩幅真蹟存世，其中《〈寒山拾得圖〉讚》見於《水墨美術大系》第四卷《梁楷、因陀羅》，日本講談社1975年出版。《題〈寒山圖〉》曾出現在日本關西美術競賣株式會社2015年春季拍賣會。〔註19〕

元明時期僧侶前往天台山參方禮祖的叢林傳統、師門影響、吟誦謄寫三聖詩、上堂說法及禪畫題詩是楚石梵琦接受與理解天台三聖文化的重要途徑。正是在如此的禪林文化背景下，楚石梵琦終於創作出開庚和三聖詩風氣之先的《和天台三聖詩》。

第二節　首次全篇唱和三聖詩

張伯偉先生在其1992年出版的著作《禪與詩學》中將禪師對寒山詩的運用歸納為三種類型，即：作為參禪的工具、作為上堂的法語、作為模擬的對象。〔註20〕張先生的歸納是符合禪林中天台三聖文化（或者精確地說是寒山文化）傳播的事實。陳耀東先生1994年發表《寒山詩之被「引」「擬」「和」——寒山詩在禪林、文壇中的影響及其版本研究》中又擴充了後世創新寒山詩的方式。〔註21〕但全面審視禪僧的文藝創作後能夠發現：禪師對天台三聖文化的運

〔註16〕《豐干》《寒山》《拾得》分別見於（元）梵琦著，于德隆點校：《楚石梵琦全集》，北京：九州出版社，2017年，第233頁。

〔註17〕（元）梵琦著，于德隆點校：《楚石梵琦全集》，北京：九州出版社，2017年，第700頁。

〔註18〕（元）梵琦著，于德隆點校：《楚石梵琦全集》，北京：九州出版社，2017年，第705頁。

〔註19〕以上兩幅梵琦真蹟的信息見於（元）梵琦著，于德隆點校：《楚石梵琦全集》，北京：九州出版社，2017年，第700、705頁。

〔註20〕張伯偉著：《禪與詩學》，杭州：浙江人民出版社，1992年，第248～255頁。

〔註21〕陳耀東：《寒山詩之被「引」「擬」「和」——寒山詩在禪林、文壇中的影響及其版本研究》，《吉首大學學報》，1994年第6期，第59～66頁。

用與轉化還存在以下幾種方式，即詩文中的典故、繪畫（包括詩讚）、擴寫。〔註 22〕根據現存文獻可知，楚石梵琦是叢林中對天台三聖詩全部進行唱和的第一人。與法燈泰欽、慈受懷深、王安石、陸游及元代禪師的《擬寒山詩》相比，楚石梵琦的庚和之作需要符合原詩韻律，故而難度更大。不僅在於需要全篇庚韻的才能，還在於需要超佛越祖的勇氣與創新精神。或許惟有晚唐曹洞宗的祖師曹山本寂（840～901）曾創作的《對寒山子詩》能與楚石梵琦的庚和之作可埒才角妙，曹山本寂「復注《對寒山子詩》，流行寓內。蓋以寂素修舉業之憂也，文辭遒麗，號富有法才焉」，〔註 23〕曹山本寂的《對寒山子詩》現已無文獻可徵。張伯偉先生在《曹山本寂禪師〈對寒山子詩〉原貌試探》中對「對」進行了闡釋，「以『對』作為發揚義理的方式，在《對寒山子詩》之前已有。值得注意的是，在文體上，《天對》同樣是仿照《天問》的，即同樣是四言詩體。因此，『對』不僅指內容上相得益彰，也指形式上的彼此相應。以此類推，則《對寒山子詩》也應當是以詩體為之的。」〔註 24〕由此可知，曹山本寂具有較好的文學創作素養，且其在闡發寒山詩時亦有詩歌形式方面一一對應的要求。據《寒山子詩集管解序》可知，曾有禪師勸黃庭堅創作《和寒山子詩》，山谷因才力不濟而作罷，「昔寶覺禪師嘗命太史山谷道人和寒山子詩，山谷諾之，及淹旬不得一辭。後見寶覺，因謂：『更讀書作詩十年，或可比陶淵明；若寒山子者，雖再世莫能及也。』由是觀之，其詩律之妙，當默而識之，絕非世間之拘墟於宮商、束教於平側者之所能彷彿也。」〔註 25〕又，白隱禪師《寒山詩闡提紀聞》載「山谷或時侍晦堂（晦堂祖心），而道話之次。晦堂云：『庭堅今以詩律鳴天下，為寒山詩者，庚韻得和否？』魯直答云：『昔杜少陵一覽寒山詩結舌耳，吾今豈敢容易可和韻哉！直饒雖一生二生、而作詩吟，難到老杜境界，矧亦寒山詩哉！』晦堂俯首之。」〔註 26〕根據虞集的《寄謙上人詩》：

〔註 22〕擴寫指「廣寒山詩」一類，如清代仁山寂震曾以 8 首新詩「廣」一首寒山詩，共作「廣寒山詩」264 首。具體內容可參閱：張雅雯《以詩證禪：仁山寂震〈廣寒山詩〉揭顯之三峰宗風》，《法鼓佛學學報》，第 30 期，新北：法鼓文理學院，2022 年，第 55～90 頁。

〔註 23〕《宋高僧傳》《大正新修大藏經》（第 50 冊），第 786 頁。

〔註 24〕張伯偉著：《禪與詩學》，杭州：浙江人民出版社，1992 年，第 244 頁。

〔註 25〕（唐）寒山著，項楚注：《寒山詩注》，北京：中華書局，2000 年，第 976 頁。

〔註 26〕轉引自黃博仁著：《寒山及其詩》，臺北：新文豐出版股份有限公司，1980 年，第 18～19 頁。關於杜甫與寒山的關係可參看《寒山詩集版本研究》，陳耀東著，北京：世界知識出版社，2007 年版，第 69 頁。

「不見謙公二十年，石橋依舊架晴川。定應和盡寒山集，倘許人間一句傳」，〔註 27〕可知元代的謙上人亦創作出不少《和寒山詩》。

根據現有文獻，筆者認為楚石梵琦是全篇賡和天台三聖詩的第一人，理由如下：楚石梵琦的《和三聖詩自序》寫道：「天台三聖詩流佈人間尚矣。古今擬詠非一，而未有次其韻者。余不揆凡陋，輒撰次和之，殆類摸象耳。雖然，象之耳，亦豈外於似箕之言哉！歲丙申中秋，四明比丘梵琦頓首。」〔註 28〕由此可知《和天台三聖詩》創作於至正十六年（1356），此時楚石梵琦六十一歲。此外，還有佐證，清欲的《楚石和尚和三聖詩集序》寫道：「富哉三聖詩，妙處絕言跡。擬之唯法燈，和之獨楚石。十虛可銷隕，一字難改易。灌頂甘露漿，何人不蒙益。楚石和尚《和三聖詩集》，晟藏主編次，求余題之，因用韻以寓擊節之意云。至正十八年（1358）十月初三日，南堂遺老清欲。」〔註 29〕故而可知，楚石梵琦是為和三聖詩開風氣之先的重要人物。洪武戊寅（1398 年）冬，大佑在《和天台三聖詩序》中記載華藏原明禪師將楚石和詩刻梓流傳、法利眾生的情況。〔註 30〕永樂丙申（1416 年）夏，幻居比丘淨戒於《刊三聖諸賢詩辭總集序》中稱讚楚石梵琦和詩「觀夫豐干、寒、拾三聖所唱，楚石琦公之和，韻皆痛快激烈，斥妄警迷」。〔註 31〕石樹道人（生卒年不詳），嗣法具德弘禮（1600～1667）。石樹道人通隱傚仿楚石梵琦賡和三聖詩，他在唱和緣起中曾言：

> 擬作者如法燈、慈受、中峰諸祖，而賡韻者惟國朝楚石梵琦禪師。余初讀之，不知三聖之為楚石，楚石之為三聖，再讀之，恍若三聖之參前，楚石之卓立也……去餘三百年之上有楚石，去楚石五百年之上有三聖，時移事易，風韻若合符節。彼在盛唐國初者，猶有世道人心之歎。今時人心逾薄，生茲不辰，所見所聞，又當超三

〔註 27〕陳耀東著：《寒山詩集版本研究》，北京：世界知識出版社，2007 年，第 443 頁。

〔註 28〕（元）梵琦著，于德隆點校：《楚石梵琦全集》，北京：九州出版社，2017 年，第 436 頁。

〔註 29〕（元）梵琦著，于德隆點校：《楚石梵琦全集》，北京：九州出版社，2017 年，第 435 頁。

〔註 30〕（元）梵琦著，于德隆點校：《楚石梵琦全集》，北京：九州出版社，2017 年，第 436 頁。

〔註 31〕葉珠紅編著：《寒山資料類編》，臺北：秀威信息科技股份有限公司，2005 年，第 10 頁。

> 聖、楚石而快言之，隨拈三聖韻而為石樹詩，不逾月而和竟。乃囅然曰：「吾願在二十年前，而酬於二十年後，吾事畢矣。」〔註 32〕

楚石梵琦賡和三聖詩的發軔之功於此可見一斑。

明末清初，臨濟宗福慧野竹（1623～？）與其弟子宗昌對楚石梵琦《和天台三聖詩》甚是喜愛，宗昌寫道「三聖詩，傳之舊矣，而擬之者過半，未有如元楚石和尚次其韻，高朗如日星者。昌小騃，學不及古，然敢忘先德之遺愛哉？乃今憶吾師野竹和尚住嵩山寺十有四年。康熙己酉（1669 年）秋，忽湖南巨微大師至，自天童惠楚石和尚三聖詩集，吾師讀竟，愛其蒼奧高朗，絕不襲時人故事，遂和之」。〔註 33〕「絕不襲時人故事」，就指楚石梵琦不再囿於擬寒山詩之一隅，以非凡魄力大膽創新——全篇賡和三聖詩。福慧野竹共賡和三聖詩三百四十七首，因其是閱讀過三聖原詩、楚石梵琦和詩後創作的，所以，或以三聖為唱和對象，或以楚石梵琦為唱和對象。〔註 34〕

清代張寂的《重刻〈和天台三聖詩〉序》記載楚石梵琦和詩的流佈情況，「本傳所載，著有《北遊》《鳳山》《西齋》三集，及和天台三聖、永明（永明延壽）、陶潛、林逋諸家詩。而《西齋集》與《和三聖詩》，五百年來，尤膾炙於老儒尊宿之口」。〔註 35〕

近代的寬仁居士林春山踵武前賢楚石梵琦、石樹通隱亦全篇賡韻三聖詩，其在《和天台三聖詩自序》寫道：

> 賡韻而和者，有明初楚石梵琦禪師；再和者，有明末石樹通隱禪師。二師之巨作，不僅為千載唱酬之韻事，實為無量眾生之慈舟，不意煥然善哉。石老禪師有序言曰：「俟後五百歲，或有人焉，讀而和之。」餘生於二老五百年之後，以吾向所欲和者，今繼二老之後而完成之。豈期我得會三聖於千載之上，及約二老於五百年之前，以締千載唱酬之法緣也歟。〔註 36〕

崔小敬先生在其著作中還提及現代的胡鈍俞先生全篇賡和三聖詩，顧毓琇先

〔註 32〕葉珠紅編著：《寒山資料類編》，臺北：秀威信息科技股份有限公司，2005 年，第 11 頁。

〔註 33〕《嘉興大藏經》（第 33 冊），第 422 頁。

〔註 34〕祁偉著：《禪宗寫作傳統研究》，北京：中華書局，2021 年，第 85 頁。

〔註 35〕（元）梵琦著，于德隆點校：《楚石梵琦全集》，北京：九州出版社，2017 年，第 437 頁。

〔註 36〕葉珠紅編著：《寒山資料類編》，臺北：秀威信息科技股份有限公司，2005 年，第 15 頁。

生創作《和寒山詩二十首》。〔註37〕

由此可見，楚石梵琦庚和三聖詩開創了禪宗文學一個悠久的、重要的寫作傳統，也使得天台三聖文化流播千載，其貢獻可借隱元和尚的詩表述：「先賢開後學，後進繼前武（《寒山徹骨寒》）」。〔註38〕究其原因，正在於佛教因應中國文化實際以通俗詩歌自利利他、慈雲遍布、法雨普潤，利於擴大受眾範圍，從而煥發出勃勃生機。就創新的勇氣、規模的宏大、聲律的要求、流傳的久遠、影響的廣泛諸因素而言，楚石梵琦的這場戴著鐐銬的舞蹈無疑是驚豔四座的。

正如黃敬家所言，「模擬，代表的是對前人風格內涵的認同和共鳴，從閱讀前人作品產生的接納和內化，並有意識地創作類似的作品。因此，模擬作品的價值，實不應限於與原作比較的方式看待，這只會使擬作因風格承襲而顯得創造性不足，導致評價偏低，這也是一向文學史忽略擬作價值的原因。若從對前人作品的接受視角，觀察前人作品如何透過傳播，形成後代的擬作現象，一方面顯示某種文學典律正透過後代擬作而形成；一方面可視為典律作品在後代所形成之最明顯的影響效應。」〔註39〕黃氏對擬寒山詩的認知同樣也適用於楚石梵琦的《和天台三聖詩》，因此，筆者試圖運用以闡釋和詩為主要方法，以比較研究為輔的手段分類解讀楚石梵琦的《和天台三聖詩》。

第三節　妙諦梵行：禪理詩

楚石梵琦《和天台三聖詩》按照創作主題可分為禪理詩、山居詩、勸導詩三類，與天台三聖詩歌的主題基本一致，部分作品反映出元代的社會現實。楚石梵琦在禪理詩中以詩歌的形式闡釋自性、認識論、生命觀與自己的修持法門。

我國臺灣學者杜松柏在其專著《禪學與唐宋詩學》中定義禪理詩為「夫了

〔註37〕崔小敬著：《寒山：一種文化的探尋》，北京：中國社會科學出版社，2010年，第37～38頁。

〔註38〕葉珠紅編著：《寒山資料類編》，臺北：秀威信息科技股份有限公司，2005年，第253頁。

〔註39〕黃敬家著：《寒山詩在宋元禪林的傳播研究》，臺北：臺灣學生書局有限公司，2016年，第83～84頁。另外，黃敬家認為「以寒山詩而言，和寒山詩至明代才有」，這是不符合文學史的論斷。根據現有文獻可知梵琦與謙上人皆是在元代創作的和詩。

其說而精述其奧理者，禪理詩也」，〔註 40〕楚石梵琦《和天台三聖詩》中此類詩歌為數不少。楚石梵琦屬於南禪宗臨濟宗楊岐派僧人，對其禪理詩中詮釋自性的詩歌進行分析，當有必要明確自性的含義與南宗禪的自性特徵。「『性』指一切事物不變的性質、本質、主宰。『性』也稱『自性』，『性含萬法是大，萬法盡是自性見』，性含一切事物，或者說，一切事物都是自性的顯現，這裡講的性就是自性」。〔註 41〕南宗禪認為自性具有「空寂性」的特徵，「自性是空寂性。《壇經》認為眾生應當『本源空寂，離卻邪見』，這裡講的本源，也就是自性。自性是空寂的，離卻如生滅、來去等多種邪見的。……這也就是說清淨性與空寂性是一回事」。〔註 42〕楚石梵琦的《心如大圓鏡》詩寫道「心如大圓鏡，萬象同輝耀。本淨非琢磨，元明不隨照。於中有得失，向上無玄妙。打破此鏡來，吾人云甚要」，便是闡釋自性清淨、不假雕琢，人的自性並非實有如「大圓鏡」，而是空寂的，即「打破此鏡」。楚石梵琦對自性空寂的闡釋與慧能的自性思想合若符契，此詩立意與慧能詩偈《菩提本無樹》「菩提本無樹，明鏡亦非臺。佛性常清淨，何處有塵埃」〔註 43〕是神似的。

楚石梵琦闡釋自性清淨空寂的詩作還有以下四首：

《歷歷根境識》：歷歷根境識，堂堂佛知見。本空不待掃，元有何須轉。得旨常快活，臨濟善通變。舒開白玉豪，突出黃金面。〔註 44〕

《胡為起一念》：胡為起一念，不覺墮六趣。若了心體空，方知法身具。靈山非遠近，曠劫真旦暮。生死甚疲勞，今朝忽然遇。〔註 45〕

《獼猴一舍住》：獼猴一舍住，窈窕六窗通。不限內與外，無妨西復東。貪來心似火，老去鬢如蓬。善惡俱無礙，皆由本性空。〔註 46〕

〔註 40〕杜松柏著：《禪學與唐宋詩學》，臺北：黎明文化事業有限公司，1976 年，第 300 頁。

〔註 41〕方立天著：《中國佛教哲學要義》（上冊），北京：中國人民大學出版社，2012 年，第 325 頁。

〔註 42〕方立天著：《中國佛教哲學要義》（上冊），北京：中國人民大學出版社，2012 年，第 325 頁。

〔註 43〕（唐）慧能著，郭朋校釋：《壇經校釋》，北京：中華書局，1983 年，第 16 頁。

〔註 44〕（元）梵琦著，于德隆點校：《楚石梵琦全集》，北京：九州出版社，2017 年，第 448 頁。

〔註 45〕（元）梵琦著，于德隆點校：《楚石梵琦全集》，北京：九州出版社，2017 年，第 530 頁。

〔註 46〕（元）梵琦著，于德隆點校：《楚石梵琦全集》，北京：九州出版社，2017 年，第 537 頁。

> 《將瓶貯虛空》：將瓶貯虛空，繞四天下走，貯處空不少，瀉時空不有。神識空一如，妄想著於韭。出釜而入腸，到頭何所有。〔註47〕

楚石梵琦認為如果能體認到自性空寂的禪理便能自在無礙，貪欲、生死、善惡皆不能束縛自己。自性空寂，無欠無餘，即色即空，萬物皆是妄想假有，情塵意垢無有自性。

楚石梵琦主張領悟自性不可執著於佛教中經、律、論中的語言文字，同時又不能因噎廢食完全地脫離文字，一言以蔽之，即「不立文字」「不離文字」。如其《聰明長不昧》詩「若向言中覓，徒添鏡上痕」〔註48〕；《身將枯木同》「不離文字相，不即真如性」〔註49〕；《虛心待萬物》「將欲究根本，問取石女兒」〔註50〕；《諸佛成菩提》「更擬問如何，但言今日困」〔註51〕。對於清淨自性的把握主要在於自我的頓悟，如其《白日城東際》詩所言「白日城東際，紅妝水北陲。尋春何處女，障面不勝吹。惹草縈羅帶，穿花避玉羈。風前立不語，此意有誰知」〔註52〕。體悟自性如同女子尋春，不必四處馳求，當下即是，觸目菩提。楚石梵琦認為對禪的領悟需要以用顯體，即「月印千江一月攝」，這與寒山的觀點是一致的，列舉二人詩比較便可明白：

> 高高峰頂上，四顧極無邊。獨坐無人知，孤月照寒泉。泉中且無月，月自在青天。吟此一曲歌，歌終不是禪。（寒山《高高峰頂上》）〔註53〕

> 我今欲說禪，不可作禪會。謂渠是即觸，謂渠非即背。背觸二俱掃，洞庭湖無蓋。如何繼先德，將此傳後代。白月上林端，清風

〔註47〕（元）梵琦著，于德隆點校：《楚石梵琦全集》，北京：九州出版社，2017年，第558頁。

〔註48〕（元）梵琦著，于德隆點校：《楚石梵琦全集》，北京：九州出版社，2017年，第467頁。

〔註49〕（元）梵琦著，于德隆點校：《楚石梵琦全集》，北京：九州出版社，2017年，第469頁。

〔註50〕（元）梵琦著，于德隆點校：《楚石梵琦全集》，北京：九州出版社，2017年，第478頁。

〔註51〕（元）梵琦著，于德隆點校：《楚石梵琦全集》，北京：九州出版社，2017年，第544頁。

〔註52〕（元）梵琦著，于德隆點校：《楚石梵琦全集》，北京：九州出版社，2017年，第443頁。

〔註53〕（唐）寒山著，項楚注：《寒山詩注》，北京：中華書局，2000年，第750頁。

起天外。（楚石梵琦《我今欲說禪》）〔註 54〕

我國禪宗由玄學與佛學融合而產生，其言意觀與道家的得魚忘筌、得兔忘蹄是接近的。禪宗主張言語道斷，因此，把握禪理時需要不背不觸，貴在妙悟。

楚石梵琦認為人的生命十分短暫，「閻浮界上客，閃電影中居（《物換人皆老》）〔註 55〕」。他認為自性是永恆不變的，而肉身無法逾越成住壞滅的鐵門檻。自性如同在旅客是長久的，而肉體如同隨時更換的旅舍一樣是無常的。如其《我有一間屋》：「我有一間屋，住來成逗留。方當未壞時，且可隨緣修。椽梠既差脫，崩摧何足憂。同袍倘見念，相送荒山頭」，〔註 56〕人的四肢牙齒如同屋子的椽梠一樣會崩摧朽爛，但自性卻是不生不滅的。其實將人的肉身比作房屋在寒山詩作中早已有之，如寒山《可惜百年屋》「可惜百年屋，左倒右復傾。牆壁分散盡，木植亂差橫。磚瓦片片落，朽爛不堪停。狂風吹驀塌，再豎卒難成」。〔註 57〕項楚先生此詩的按語如此解釋「寒山此詩之『百年屋』，即指人身，以屋舍朽爛，比喻年老身衰；以風吹屋塌，比喻溘然命終」，〔註 58〕誠為卓見。從中可以看出楚石梵琦對寒山詩的繼承，但楚石梵琦對待生命的態度似較寒山更為深入空境。追溯以屋喻身的詩歌傳統，似乎以敦煌文獻的記載為早，「如敦煌寫本《佛書》一則：『經云：「此身危脆，等秋露朝懸。命若浮雲，須臾散滅。」故王梵志詩云：「此身如館舍，命似寄宿客。客去館舍空，知是誰家宅？」又云：「人是無常身。」』（P.3021）」〔註 59〕

楚石梵琦認為世間每個人都無法逃避死亡，人們恐懼死亡的原因在於被情識障礙。若能擁有般若智慧，便能以金剛劍破煩惱賊，方可對治生命的短暫與無常。如其《人間那個無生死》詩所言「人間那個無生死，萬萬千千為情識。提起金剛王寶劍，卻來諸聖頭上行」。〔註 60〕以般若空觀觀照生命，便

〔註 54〕（元）梵琦著，于德隆點校：《楚石梵琦全集》，北京：九州出版社，2017 年，第 566 頁。

〔註 55〕（元）梵琦著，于德隆點校：《楚石梵琦全集》，北京：九州出版社，2017 年，第 526 頁。

〔註 56〕（元）梵琦著，于德隆點校：《楚石梵琦全集》，北京：九州出版社，2017 年，第 549 頁。

〔註 57〕（唐）寒山著，項楚注：《寒山詩注》，北京：中華書局，2000 年，第 475 頁。

〔註 58〕（唐）寒山著，項楚注：《寒山詩注》，北京：中華書局，2000 年，第 476 頁。

〔註 59〕轉自周裕鍇著：《文字禪與宋代詩學》，上海：復旦大學出版社，2017 年，第 200 頁。

〔註 60〕（元）梵琦著，于德隆點校：《楚石梵琦全集》，北京：九州出版社，2017 年，第 591 頁。

能勘破人與我生命虛幻空無的本質，即「無我亦無人，誰迷生死津（《無我亦無人》）」。〔註 61〕人的生命只是四大和合，緣起生成，生死的變化如同水與冰的形式轉化一般，而空性與寂滅是恒常存在的實質。如其《天寒雨作雪》：「天寒雨作雪，日暖冰為水。四大合而生，六塵離即死。人壽能幾何，佛法無多子。」〔註 62〕

楚石梵琦以般若空觀觀照生命，既有佛教傳統義理如緣起論、般若等思想的影響，也由元代的社會現實所決定。在封建社會，下層民眾被統治階級壓迫剝削，尤其元代的異族統治使得人民群眾身處水深火熱中。在恐怖的社會中，人民由於糧食、疾病、戰爭……使得他們的生命既短暫又無常，這樣的社會存在與佛教的義理相結合，自然加深了梵琦對般若空觀的體認。楚石梵琦在佛教思想的影響下形成的生命觀，讓他可以在險惡的社會現實中直面生死問題。「如果說，Shakespeare 在 Hamlet 中以『活還是不活，這就是問題』表現了歐洲文藝復興提出的特點；那麼，屈原大概便是第一個以古典的中國方式在二千年前尖銳地提出了這個『首要問題』的詩人哲學家。並且，他確乎以自己的行動回答了這個問題。這個否定的回答是那樣『驚采豔豔』，從而便把這個人性問題——『我值得活著麼？』提到極為尖銳的和最為深刻的高度。把屈原藝術提升到無比深邃程度的正是這個死亡主題——自殺的人性主題。它極大的發揚和補充了北方的儒學傳統，構成中國優良文化中一個很重要的因素」。〔註 63〕如果說屈原對待生死的態度與行為是對生的執著與肯定，是向死而生。那麼，中國佛教詩人在生死面前表現出的不生不滅、任運無礙便是對生命的解脫，是生死中的豁達。我們也可以說類似於楚石梵琦這類佛教詩人他們的生命觀極大的發揚和補充了儒家詩教觀對死亡問題的思考，形成中國傳統文化中一個重要的元素。

修行法門是楚石梵琦禪理詩的重要內容，主要包括持戒、參悟。「《華嚴經》說：『戒為無上菩提本。』因此，佛教的根本精神，即在於戒律的尊嚴」〔註 64〕。

〔註 61〕（元）梵琦著，于德隆點校：《楚石梵琦全集》，北京：九州出版社，2017 年，第 602 頁。

〔註 62〕（元）梵琦著，于德隆點校：《楚石梵琦全集》，北京：九州出版社，2017 年，第 618 頁。

〔註 63〕李澤厚著：《華夏美學》（修訂插圖本）天津：天津社會科學出版社，2001 年，第 194 頁。

〔註 64〕聖嚴著：《戒律學綱要》，北京：東方出版社，2019 年，第 11 頁。

作為禪僧的楚石梵琦不參狂禪，而是行解相應，嚴格持戒。佛教中有五戒十善，五戒中有不妄語，十善中有不綺語、離貪欲，均要求僧人清靜淡泊、正直坦誠、言談真誠。楚石梵琦的詩中對此亦有闡發，如《虛心絕嗜欲》「虛心絕嗜欲，實語無文綺。不學諸凡夫，誇張金與紫。真空作床座，妙有為衣被。過去佛盡然，當來亦如是」〔註 65〕，楚石梵琦認為作為僧人，言行要樸實無華，不能巧言令色、綺語側豔。聖嚴對綺語如此定義「綺語是花言巧語、誨淫誨盜、情歌豔詞、說笑搭訕、南天北地、言不及義等言語」，由此可見楚石梵琦此詩的佛教教化意義。

佛教十善中有離貪欲、離瞋恚，同時又將貪、瞋、癡視為三毒，為眾生身、口、意等惡行的根源。楚石梵琦以寓言詩的形式，饒有趣味地闡釋自己對三毒的認識，如《叵耐貪瞋癡》:「叵耐貪瞋癡，使我長發惡。三賊暗埋藏，一朝親捉著。心王苦相勸，令我莫打殺。元是自家親，孳生遍塵剎。逆之即煩惱，順之即喜悅。譬如猴被縛，縛緊將繩掣。掣繩繩轉緊，緩緩容渠說。渠說非我罪，總是君行轍。所好君欲生，所惡君欲殺。君作我受名，豈願隨君活。從此請辭去，不然同布薩。我聞頻點頭，契若石引鐵。可以書諸紳，處處逢人說。」〔註 66〕詩中將貪、瞋、癡比擬為三個賊，將心性也擬人化，又使用用繩縛猴的譬喻，意趣橫生。在詩中楚石梵琦又表明對貪、瞋、癡等煩惱不能「打殺」，須明白煩惱即是菩提，這便涉及證道之參悟方式。

參悟的關鍵在於通過修持戒、定、慧獲得般若智慧。《壇經》中指出獲得般若智慧的途徑，即「一念愚即般若絕，一念智即般若生」。〔註 67〕那麼如何是「一念智」，即「善知識！即煩惱是菩提。前念迷即凡，後念悟即佛」。〔註 68〕楚石梵琦在其禪理詩中對此法門進行了書寫，如《迷是悟中迷》寫道「迷是悟中迷，悟是迷中悟。迷悟非兩塗（途），皆由一心做。心源常湛寂，從本無住故。無住亦不立，生死海乃渡」。〔註 69〕楚石梵琦認為迷不離悟，悟不離迷，雖二而一，絕非二元對立的思維方式。

〔註 65〕（元）梵琦著，于德隆點校：《楚石梵琦全集》，北京：九州出版社，2017 年，第 489 頁。

〔註 66〕（元）梵琦著，于德隆點校：《楚石梵琦全集》，北京：九州出版社，2017 年，第 579 頁。

〔註 67〕（唐）慧能著，郭朋校釋：《壇經校釋》，北京：中華書局，1983 年，第 51 頁。

〔註 68〕（唐）慧能著，郭朋校釋：《壇經校釋》，北京：中華書局，1983 年，第 51 頁。

〔註 69〕（元）梵琦著，于德隆點校：《楚石梵琦全集》，北京：九州出版社，2017 年，第 520 頁。

楚石梵琦認為法性真如存在於宇宙中的萬事萬物，為一切現象的本體。因此，山河大地、花草蟲魚皆是法身與般若。如其以下詩歌：

水樹談玄久，山禽念佛多。(《須知真極樂》)〔註 70〕

綠水與青山，分明全體露。(《來從無量劫》)〔註 71〕

大地與山河，頭頭皆自己。(《世人妙丹青》)〔註 72〕

分明百草頭，畢竟一法該。(《吾佛住天台》)〔註 73〕

在禪宗的參悟傳統中，楚石梵琦達到了超凡入聖，由聖返凡的境界，即山水是山水、非山水、是山水。

楚石梵琦的禪理詩既有理趣橫生的佳作，也有「理過其辭，淡乎寡味」的有韻語錄。張伯偉對我國佛理詩的情況曾作如下分析：「但在中國古代，詩歌傳統的主流是抒情，因而以說理為內容的詩往往不受歡迎。玄言詩、佛理詩在流傳過程中散佚甚多，這也許是重要的原因。」〔註 74〕禪理詩作為佛理詩的重要構成，既是一種文學現象，亦是一種佛教文化現象。我們通過楚石梵琦的禪理詩既能窺見元代佛理詩創作之一斑，又能分析天台三聖文化的流佈及禪宗思想的流變。況且，楚石梵琦在其禪理詩中對自性的認知、對生死的超脫、對修行的思考是極為深刻的，甚至有對宇宙生成的思考，如其《天地一鴻爐》詩：「天地一鴻爐，萬物付陶冶。同在橐籥中，孰為呼吸者。得鹿反失鹿，失馬卻得馬。如看畫壁人，特地分高下。」〔註 75〕老子曾言：「天地之間，其猶橐籥乎！虛而不屈，動而愈出。」〔註 76〕陳鼓應譯為「天地之間，豈不像個風箱嗎？空虛但不會窮竭；發動起來而生生不息」。〔註 77〕可以看見老聃在此重視的是現象界生命的生生不息，而楚石梵琦是透過現象界來叩問宇宙終極的本體為何。

〔註 70〕（元）梵琦著，于德隆點校：《楚石梵琦全集》，北京：九州出版社，2017 年，第 487 頁。

〔註 71〕（元）梵琦著，于德隆點校：《楚石梵琦全集》，北京：九州出版社，2017 年，第 543 頁。

〔註 72〕（元）梵琦著，于德隆點校：《楚石梵琦全集》，北京：九州出版社，2017 年，第 603 頁。

〔註 73〕（元）梵琦著，于德隆點校：《楚石梵琦全集》，北京：九州出版社，2017 年，第 619 頁。

〔註 74〕張伯偉著：《禪與詩學》，杭州：浙江人民出版社，1992 年，第 138 頁。

〔註 75〕（元）梵琦著，于德隆點校：《楚石梵琦全集》，北京：九州出版社，2017 年，第 492 頁。

〔註 76〕陳鼓應注譯：《老子今注今譯》(修訂版) 北京：商務印書館，2003 年，第 93 頁。

〔註 77〕陳鼓應注譯：《老子今注今譯》(修訂版) 北京：商務印書館，2003 年，第 96 頁。

第四節　林下風流：山居詩

佛教與自然的因緣十分深厚，「釋尊乃獨行，於伽耶山之畢波羅樹下，敷吉祥草，跏趺而坐，以『不成正覺，不起此座』為誓」〔註 78〕，由此窺見，世尊悟道與山樹等自然界關係密切。「《經集》（Suttanipāta）是佛陀言說的結集，是目前印度佛教研究者公認的最早資料。在《經集》中，我們能讀到佛陀這樣的訓示：『對於此中消息，最好是通過在深沼中與在淺溝中的水來瞭解了。小川的水啊，激起聲浪而流著；大河的水啊，則無聲無臭地流著』」，〔註 79〕由此可見釋迦牟尼的證道與自然山水密不可分。不僅如此，佛陀本人亦是一位詩人。佛陀曾經應該創作出相當數量的「偈陀」（「『偈陀』是在佛教誕生之前印度已有的一種文體，意思是『詩歌』」〔註 80〕），「佛陀在弘法布教時，也往往使用『偈陀』」。〔註 81〕此後，以山水悟道與詩歌創作的傳統為無數釋子所繼承。巴利文三藏經藏中的《長老偈》與《長老尼偈》便是釋迦牟尼聲聞弟子的詩歌總集，產生時間與我國《詩經》大致相同。這部詩歌總集中便有以山水證道的詩歌，如《長老偈》中的《桑菩德長老偈》：

> 僧到寒林去，修習身隨念；獨自求進取，喜樂而心專；斷除諸煩惱，清涼且安然。〔註 82〕

在桑菩德長老修得三明（按：三明指宿命通、天眼通、漏盡通三種神通）後，向多聞天王派遣的兩個小鬼表達自己證道的體驗中可見安靜的樹林有利於修禪與習不淨觀，並最終破除煩惱獲得清涼。

又如《長老尼偈》中的《吉達長老尼所說偈二首》：

> （其一）
>
> 瘦弱又多病，出入依杖行。縱然累如此，仍上靈鷲峰。
>
> （其二）
>
> 袈裟置一旁，缽亦扣一邊。坐在山石上，斷除癡愚暗。修持破我執，諸使不再現。〔註 83〕

〔註 78〕釋印順著：《印度之佛教》，北京：中華書局，2011 年，第 14 頁。
〔註 79〕張伯偉著：《禪與詩學》，杭州：浙江人民出版社，1992 年，第 163 頁。
〔註 80〕鄧殿臣譯：《長老偈．長老尼偈》，合肥：黃山書社，2011 年，第 6 頁。
〔註 81〕鄧殿臣譯：《長老偈．長老尼偈》，合肥：黃山書社，2011 年，第 6 頁。
〔註 82〕鄧殿臣譯：《長老偈．長老尼偈》，合肥：黃山書社，2011 年，第 16 頁。
〔註 83〕鄧殿臣譯：《長老偈．長老尼偈》，合肥：黃山書社，2011 年，第 253 頁。

出生於王舍城富商家庭的吉達從大愛道出家，在年老之時壯心不已，登上靈鷲山苦行修道，山中的寂靜與其自身的修持使她終成羅漢。

佛教傳入中國，經過漢代依附於黃老方術的發展階段，至兩晉逐漸趨於獨立。中國的僧侶繼承印度佛教親近山水的傳統，更重要的是在道教思想的影響下來華僧人、中國僧人與山水自然的關係皆更為密切，並且以中國詩歌呈現自己在山水中的證道體驗。如「求那跋摩，此云功德鎧，本剎利種，治在罽賓國。……初跋摩至京，文帝欲從受菩薩戒，會虜寇侵疆，未及諮稟，奄而遷化。以本意不遂，傷恨彌深，乃令人譯出其遺文云：『……放捨餘聞思，依止樹林間，……阿蘭若山寺，道跡修遠離……』」〔註 84〕「曇摩密多，此云法秀，罽賓人也。……遂適龜茲……元嘉十年（公元四三三年）還都，止鍾山定林下寺。密多天性凝靖，雅愛山水，以為鍾山鎮岳，埒美嵩華，常歎下寺基構，臨澗低側。於是乘高相地，揆卜山勢，以元嘉十二年（公元四三五年）斬石刊木，營建上寺」〔註 85〕「于法蘭，……性好山泉，多處岩壑」（按：孫綽在《喻道論》中謂其可與阮籍媲美）〔註 86〕「時若耶山有帛道猷者，本姓馮，山陰人，少以篇牘著稱。性率素，好丘壑，一吟一詠，有濠上之風……後與壹（道壹）書云：『始得優游山林之下，縱心孔釋之書，觸興為詩，陵峰採藥，服餌蠲痾，樂有餘也。……因有詩曰：連峰數千里，修林帶平津。雲過遠山翳，風至梗荒榛。茅茨隱不見，雞鳴知有人。閒步踐其徑，處處見遺薪。始知百代下，故有上皇民。』」〔註 87〕釋慧皎的《高僧傳》中對僧侶喜好山水自然、吟詩體道寄情的記載頗多，如慧遠等人，茲不贅舉。

其中值得關注的是「野逸東山，與世異榮，菜蔬長阜，漱流清壑」〔註 88〕的支遁，他創作出一定數量的影響深遠的山水詩。如其《詠懷五首・其三》寫道「尚想天台峻，彷彿岩階仰。冷風灑蘭林，管籟奏清響。」〔註 89〕，所以清代學者沈曾植有言「康樂（即謝靈運）總山水老莊之大成，開其先者支

〔註 84〕（梁）釋慧皎撰，湯用彤校注，湯一玄整理：《高僧傳》，北京：中華書局，1992 年，第 105～114 頁。

〔註 85〕（梁）釋慧皎撰，湯用彤校注，湯一玄整理：《高僧傳》，北京：中華書局，1992 年，第 120～122 頁。

〔註 86〕（梁）釋慧皎撰，湯用彤校注，湯一玄整理：《高僧傳》，北京：中華書局，1992 年，第 166 頁。

〔註 87〕（梁）釋慧皎撰，湯用彤校注，湯一玄整理：《高僧傳》，北京：中華書局，1992 年，第 207 頁。

〔註 88〕（梁）釋慧皎撰，湯用彤校注，湯一玄整理：《高僧傳》，北京：中華書局，1992 年，第 162 頁。

〔註 89〕張富春著：《支遁集校注》，成都：巴蜀書社，2014 年，第 74 頁。

道林」。〔註 90〕唐代隱居寒岩的寒山創作出禪趣盎然的山居詩，影響了後世無數的佛教詩人。宋代詩僧人數眾多，山居樂道者自然不在少數，如趙抃的《贈詩僧》寫道：「戀勝窮幽彼上人，生平瀟灑樂天真。松間竹下成何事，坐諷行吟老更新。」〔註 91〕元代山居修道的僧人著名者如中峰明本等，修頭陀苦行，且創作出大量的山居詩。楚石梵琦之師元叟行端亦有山居修道的生活，如其《山居二首・其一》：「山木交柯莎滿庭，馬蹄且不污岩扃。篝燈對雪坐吟偈，擁衲繞泉行課徑。睡少每知茶有驗，病多常怪藥無靈。金園一歲一牢落，誰似孤松常自青。」〔註 92〕

楚石梵琦的《和天台三聖詩》中有相當數量的佛教山居詩，這些作品既是對佛教詩歌傳統與三聖山居修道生活方式的繼承與嚮往，也是自己體驗林泉之樂的真情流露。楚石梵琦的山居詩生動描寫了山林景物四時變化，同時，幽靜的山林讓詩人滌蕩紅塵，獲得無限清涼。在詩人眼中草木魚蟲、山河大地又皆是清淨法身，能夠讓詩人澄懷味象，悟得佛性真如。楚石梵琦山居詩的藝術特徵表現在詩人對光色變化觀察的十分仔細，其詩歌中亦使用禪宗中的「翻案法」。

楚石梵琦曾在其山居詩中多次直接表達自己對山水的鍾愛，如：

山林有何好，每愛此中游。（《山林有何好》）〔註 93〕

自從削髮來，便愛居山好。（《饑餐嶺上松》）〔註 94〕

平生愛山水，山水有清輝。（《平生愛山水》）〔註 95〕

問我何所樂，山林可棲託。（《問我何所樂》）〔註 96〕

吾廬信可樂，水石清且奇。（《吾廬信可樂》）〔註 97〕

〔註 90〕王運熙主編，鄔國平、黃霖編著：《中國文論選・近代卷》，南京：江蘇文藝出版社，1996 年，第 455 頁。

〔註 91〕《全宋詩》（第 6 冊），北京大學出版社，1992 年，第 4224 頁。

〔註 92〕《卍續藏經》（第 124 冊），第 46 頁。

〔註 93〕（元）梵琦著，于德隆點校：《楚石梵琦全集》，北京：九州出版社，2017 年，第 474 頁。

〔註 94〕（元）梵琦著，于德隆點校：《楚石梵琦全集》，北京：九州出版社，2017 年，第 487 頁。

〔註 95〕（元）梵琦著，于德隆點校：《楚石梵琦全集》，北京：九州出版社，2017 年，第 562 頁。

〔註 96〕（元）梵琦著，于德隆點校：《楚石梵琦全集》，北京：九州出版社，2017 年，第 563 頁。

〔註 97〕（元）梵琦著，于德隆點校：《楚石梵琦全集》，北京：九州出版社，2017 年，第 584 頁。

每愛天台景物奇，奇花異卉發無時。(《每愛天台景物奇》)〔註98〕

正是對山水的無比喜愛，讓詩人能對山中風光進行細緻地描寫。山中景物春夏秋冬的萬千姿態都能使詩人獲得審美娛悅，如其《無事晝寂寂》:「無事晝寂寂，不眠夜悠悠。雜花春絢爛，喬木夏颼颼。霜曉鶴踽踽，雪晴猿啾啾。此心坦蕩蕩，何必懷惆惆。」〔註99〕詩人在林中清靜無為，逍遙自在。絢爛的春花、清涼的林風讓詩人胸懷灑落、光風霽月，於是踽踽獨行在秋霜中的孤鶴、在雪停後啼叫啾啾的老猿並不能讓詩人淚下沾裳，詩人反而能轉識成智，「此心坦蕩蕩，何必懷惆惆」。同時，山中的野老與牧童也是詩人山居生活中交往的對象，如「野老攜壺至，山童拍手歌」(《田舍苦無多》)〔註100〕；「每聽樵夫唱，時逢牧豎歌」(《輪蹄具不到》)〔註101〕。

楚石梵琦鍾情山水的重要原因是山林清幽的環境可以使自己遠離塵囂、擺脫功名利祿的束縛，從而對治煩惱，自在無礙、優游逍遙。如其下列詩所示，「地遠心途寂，情忘理自窮(《地遠心途寂》)」〔註102〕「早來塵累盡，何處發根芽(《樂甚無為國》)」〔註103〕「絕無名與利，誰肯扣松關(《自我得身閒》)」〔註104〕「白石照清淪，幽棲遠俗塵(《白石照清淪》)」〔註105〕「城郭多是非，林泉無畏懾(《城郭多是非》)」〔註106〕「山居無可說，世事不須論(《山居無可說》)」〔註107〕「輪

〔註98〕(元)梵琦著，于德隆點校:《楚石梵琦全集》，北京：九州出版社，2017年，第589頁。

〔註99〕(元)梵琦著，于德隆點校:《楚石梵琦全集》，北京：九州出版社，2017年，第446頁。

〔註100〕(元)梵琦著，于德隆點校:《楚石梵琦全集》，北京：九州出版社，2017年，第472頁。

〔註101〕(元)梵琦著，于德隆點校:《楚石梵琦全集》，北京：九州出版社，2017年，第508頁。

〔註102〕(元)梵琦著，于德隆點校:《楚石梵琦全集》，北京：九州出版社，2017年，第441頁。

〔註103〕(元)梵琦著，于德隆點校:《楚石梵琦全集》，北京：九州出版社，2017年，第444頁。

〔註104〕(元)梵琦著，于德隆點校:《楚石梵琦全集》，北京：九州出版社，2017年，第447頁。

〔註105〕(元)梵琦著，于德隆點校:《楚石梵琦全集》，北京：九州出版社，2017年，第453頁。

〔註106〕(元)梵琦著，于德隆點校:《楚石梵琦全集》，北京：九州出版社，2017年，第492頁。

〔註107〕(元)梵琦著，于德隆點校:《楚石梵琦全集》，北京：九州出版社，2017年，第465頁。

蹄具不到，猿鶴自相過（《輪蹄具不到》）」〔註 108〕……可見楚石梵琦對山水自然屏障塵世作用的重視，覃召文先生曾言「由於整個身心都遠離塵世，只是接受大自然的薰陶，全無俗緣事障的干擾，僧侶的濁氣凡心便難以萌動。這樣大自然就成了僧侶修煉的一道天然屏障，隔開了鋪天蓋地般罩來的塵網」〔註 109〕，這與楚石梵琦的認識是一致的，即「深林中，聽松風。兩耳寂，萬竅通。盡情解，絕羅籠。問是誰，寒山翁（《深林中》）」〔註 110〕。

楚石梵琦甚至在暢懷遊賞山水煙霞中領悟到天地萬物的生命之美可以對抗生命的無常，「最愛千峰碧，從教兩鬢斑（《自我得身閒》）」〔註 111〕「晨昏但見雲霞起，杖履惟隨麋鹿遊。野色山光同闃寂，車輪馬足省喧啾。從他鏡裏添霜草，暢我林間坐石頭。無限英雄生又死，奈何日月去如流（《晨昏但見雲霞起》）」〔註 112〕，詩人明白英雄聖賢皆不能讓時間與生死停止，只有在領悟天地之大美的瞬間生命可以永恆。同時，詩人也勸告他人通過領略山泉江月之美對治生命的短暫與無常，「人命呼吸間，榮華定難保。不如天台去，山水清且好。江月長近簷，松風可娛老（《人名呼吸間》）」〔註 113〕。

在楚石梵琦的山居詩中人與物是平等的，即有情與無情平等。青山白雲、風月煙霞……萬象皆為賓客，如其《自我得身閒》寫道「雲深同鶴住，果熟共猿攀」〔註 114〕，鶴、猿與詩人如同知己般毫無猜疑，平等無二；又如其《千峰嵐氣收》言「明月為故交，白雲作鄰里」〔註 115〕，明月如故友般親切，白雲如鄰居般和睦；其《有識乃同倫》詩也寫道：「有識乃同倫，無情亦我親。

〔註 108〕（元）梵琦著，于德隆點校：《楚石梵琦全集》，北京：九州出版社，2017 年，第 508 頁。

〔註 109〕覃召文著：《禪月詩魂：中國詩僧縱橫談》，北京：生活·讀書·新知三聯書店，1994 年，第 107 頁。

〔註 110〕（元）梵琦著，于德隆點校：《楚石梵琦全集》，北京：九州出版社，2017 年，第 593 頁。

〔註 111〕（元）梵琦著，于德隆點校：《楚石梵琦全集》，北京：九州出版社，2017 年，第 447 頁。

〔註 112〕（元）梵琦著，于德隆點校：《楚石梵琦全集》，北京：九州出版社，2017 年，第 584 頁。

〔註 113〕（元）梵琦著，于德隆點校：《楚石梵琦全集》，北京：九州出版社，2017 年，第 440 頁。

〔註 114〕（元）梵琦著，于德隆點校：《楚石梵琦全集》，北京：九州出版社，2017 年，第 447 頁。

〔註 115〕（元）梵琦著，于德隆點校：《楚石梵琦全集》，北京：九州出版社，2017 年，第 615 頁。

煙霞方外侶，風月坐中賓。影散葡萄夕，香吹菡萏晨。談玄常浩浩，聽者未逢人。」〔註116〕在詩中「有識」「無情」皆可為朋侶、為賓客，甚至菡萏也能談玄說理。

楚石梵琦之所以將萬象與自己等同，是因為他認為山川草木、魚蟲鳥獸都具有佛性真如。翠竹黃花都是法身的顯現，都含有無上菩提。如其以下詩歌所示：

> 鳴蟲與落葉，共說無生禪。(《吾家在何許》)〔註117〕
>
> 盡大地教人作佛，一莖草上一金軀。(《此身閒逐片雲孤》)〔註118〕
>
> 大地與山河，頭頭皆自己。(《世人妙丹青》)〔註119〕
>
> 清風屢披拂，流水長舉似。試問本來人，欲將何物比。(《千峰嵐氣收》)〔註120〕

前三例詩作者用意較為明顯，最後一例作者遵循禪宗語言中不說破的語用規則，以清風流水指代禪宗中的「祖師西來意」。楚石梵琦這種將自然景物視做法身的思想來源有兩方面：一是大乘佛教中的泛神主義，「中國佛教多屬於大乘佛教系統（禪教更是如此），不同於小乘佛教把佛只看作佛陀，大乘佛教認為諸佛無量無數。從這種思想出發，在解釋自然的內在因緣時，中國佛教便往往表現出明顯的泛神主義精神」。〔註121〕二是道家思想的影響，「而（佛教）傳入中國以後，由於玄學思想的影響，他們吸收了道家的觀念，將山水自然視作『法身』的象徵」。〔註122〕楚石梵琦為禪宗僧人，因此第一方面的原因是適合他的。在楚石梵琦的詩中可以發現其對老莊語言與思想的運用與超越（如

〔註116〕（元）梵琦著，于德隆點校：《楚石梵琦全集》，北京：九州出版社，2017年，第529頁。

〔註117〕（元）梵琦著，于德隆點校：《楚石梵琦全集》，北京：九州出版社，2017年，第515頁。

〔註118〕（元）梵琦著，于德隆點校：《楚石梵琦全集》，北京：九州出版社，2017年，第591頁。

〔註119〕（元）梵琦著，于德隆點校：《楚石梵琦全集》，北京：九州出版社，2017年，第603頁。

〔註120〕（元）梵琦著，于德隆點校：《楚石梵琦全集》，北京：九州出版社，2017年，第615頁。

〔註121〕覃召文著：《禪月詩魂：中國詩僧縱橫談》，北京：生活·讀書·新知三聯書店，1994年，第123頁。

〔註122〕張伯偉著：《禪與詩學》，杭州：浙江人民出版社，1992年，第174頁。

《天地一鴻爐》《只道山無路》《在昔有幽人》等），故而第二方面的原因也同樣適用。

正是基於這種「一葉一菩提」的思想，我們可以解讀楚石梵琦山居詩中出現頻率達十五次之多的月亮意象。明月映寒山，衲子味菩提。盈虧或朗翳，如來為旨歸。在山居修道生活中，天空或是澄潭中的那一輪明月往往可以讓禪僧攝心凝慮，證得如來智慧；偶而亦會使其觸興揮毫。如楚石梵琦以下詩句：

月落澄潭裏，雲生疊嶂前。（《住久都忘世》）〔註 123〕

朗月非標指，清風自掃塵。（《至竟離名相》）〔註 124〕

蕭然坐深夜，見月出東南。（《白日誰扃戶》）〔註 125〕

風月兩無心，時時到窗戶。（《青山與白雲》）〔註 126〕

道人靜坐深林夜，明月高縣太古心。（《山好千千萬萬重》）〔註 127〕

夜空中的朗月與澄潭中的月影皆非禪月，但是當僧人坐禪時月的清朗澄澈、自足圓滿能夠象徵佛性真如的圓滿光明，從而有助於僧人進行佛教修持。更何況佛教向來有以月寓佛的傳統，如《文殊師利問菩提經》有言「初發心是月新生，行道心如月五日，不退轉心如月十日，補處心如月十四日，如來智慧如月十五日」；〔註 128〕又如《涅槃經》有云「譬如滿月，無諸雲翳，解脫亦爾」。〔註 129〕禪林亦有玩月、指月的傳統，更重要的是寒山屢屢以光明圓滿的月輪象徵心性的清淨自足，這深刻地影響了楚石梵琦對月的觀照。「道人靜坐深林夜，明月高縣太古心」，這高懸的「太古心」是古佛心，是寒山心，是楚石梵琦自己的清淨心。因此，楚石梵琦詩中的明月意象與世俗文學相比更為光明清淨，更富

〔註 123〕（元）梵琦著，于德隆點校：《楚石梵琦全集》，北京：九州出版社，2017 年，第 453 頁。

〔註 124〕（元）梵琦著，于德隆點校：《楚石梵琦全集》，北京：九州出版社，2017 年，第 461 頁。

〔註 125〕（元）梵琦著，于德隆點校：《楚石梵琦全集》，北京：九州出版社，2017 年，第 465 頁。

〔註 126〕（元）梵琦著，于德隆點校：《楚石梵琦全集》，北京：九州出版社，2017 年，第 519 頁。

〔註 127〕（元）梵琦著，于德隆點校：《楚石梵琦全集》，北京：九州出版社，2017 年，第 618 頁。

〔註 128〕轉自覃召文著：《禪月詩魂：中國詩僧縱橫談》，北京：生活·讀書·新知三聯書店，1994 年，第 126 頁。

〔註 129〕轉自（唐）寒山著，項楚注：《寒山詩注》，北京：中華書局，2000 年，第 13 頁。

有韻味，這也是在佛教文化薰染下佛教詩人作品的獨特處。

楚石梵琦的山居詩的藝術特徵還表現為詩人對光色的敏銳把握，不同色彩的對比使得詩歌的意境愈加空明寧靜，拈出幾例，窺其一斑：

> 山花紅似火，野草碧如煙。(《住久都忘世》)〔註130〕
>
> 清溪飛白鳥，碧落卷彤雲。(《獨推華頂秀》)〔註131〕
>
> 地暖白雲起，池寒紅葉浮。(《內外了無物》)〔註132〕
>
> 眼將山共青，心與月俱白。(《眼將山共青》)〔註133〕
>
> 碧樹改紅葉，白雲停翠巒。(《松籟劇流泉》)〔註134〕

春日山花盛開似跳動的火苗，有豔麗的花色，亦有無限的生機，平野中綠草如茵，遠遠望去如同煙霧朦朧。黃昏時溪流中映出飛鳥潔白的身影，碧空中卷舒著的雲朵在夕陽的渲染下顯得赤朱丹彤。山林中溫暖的氣候使白雲出岫，清寒的池水上的紅葉如同漂浮在空中。遠處隱隱的青山讓人視界清亮，自東山而上的月就是我那晶瑩剔透的心。有白雲依偎翠巒的剎那永恆，亦有草木零落的時序交替。正是由於詩人對山水自然色彩的精準把握，所以其山居生活是有著無限生機的，而非枯燥乏味。重要的是在詩人的筆下，山川草木與詩人達到平等無二、梵我一如的境界。

楚石梵琦山居詩特徵之一還在於使用禪宗「翻案法」〔註135〕，他使用較多的是「翻案法」中的「反用故事法」。「『反用故事法』，指就古書中的故事或有出處的詞語，採用逆向或否定語勢，轉換出新的思想境界」。〔註136〕如楚石

〔註130〕（元）梵琦著，于德隆點校：《楚石梵琦全集》，北京：九州出版社，2017年，第453頁。

〔註131〕（元）梵琦著，于德隆點校：《楚石梵琦全集》，北京：九州出版社，2017年，第508頁。

〔註132〕（元）梵琦著，于德隆點校：《楚石梵琦全集》，北京：九州出版社，2017年，第514頁。

〔註133〕（元）梵琦著，于德隆點校：《楚石梵琦全集》，北京：九州出版社，2017年，第561頁。

〔註134〕（元）梵琦著，于德隆點校：《楚石梵琦全集》，北京：九州出版社，2017年，第617頁。

〔註135〕關於「翻案法」的內涵及其與禪宗的關係可參閱周裕鍇著：《文字禪與宋代詩學》中的《翻案法：語言點化與意義翻轉》，上海：復旦大學出版社，2017年，第178～189頁。

〔註136〕周裕鍇著：《文字禪與宋代詩學》上海：復旦大學出版社，2017年，第184～185頁。

梵琦的《只道山無路》寫道：

只道山無路，哪知處處通。澗泉聲滴瀝，雲月影朦朧。上下千尋峻，東西四面同。谷神呼輒應，非在有無中。〔註 137〕

詩的末聯使用了老子《道德經》中的「谷神」一詞，這是對老子「谷神」思想的否定與超越。老子云：「谷神不死，是謂玄牝。玄牝之門，是謂天地根。綿綿若存，用之不勤。」〔註 138〕老子認為道體是無形態的，同時也是實有的。楚石梵琦詩中以佛教思想翻案出新，認為佛道既不是有，也不是無，而是不住有無兩邊的、不執著一切、不脫離一切的中道義，「故《中論》云：「諸法不有不無者，第一真諦也。」〔註 139〕中道觀有無雙遣，認為色為假有，如《放光般若經》所言「諸法假號不真，譬如幻化人，非無幻化人，幻化人非真人也」。〔註 140〕與老子的道體在有無之間相較更為玄奧，更富理趣。

楚石梵琦的山居詩創作，既有對佛教以自然山水參禪悟道傳統的繼承，也有對《莊子・齊物論》中南郭子綦「吾喪我」的人與自然合一思想的吸收。自言「平生愛山水」的楚石梵琦在大乘佛教泛神主義與中國道家思想的影響下能夠與萬物為侶，尤其能夠深味「月輪三昧」。由於戒、定、慧三學的修持，詩人能澄懷靜慮、專思寂想，進而十分敏銳地捕捉自然景物的光色變化，而「翻案法」中的「反用故事法」的使用使其摹寫山水的山居詩蘊含理趣。故而，林下風流與佛性真如的結合誕生了楚石梵琦的「道人之詩」，「若夫道人之詩，一自真性中流出，通天地萬物之靈，而無所作為也；湧泉源萬斛之富，而不立一字也。苟得其意，雖漁歌樵唱，鳥語蟲吟，乃至山河大地，牆壁瓦礫，有情無情，若語若默，一一皆宣妙諦，塵塵普轉法輪。若是者可與讀楚石詩」〔註 141〕。

第五節　宣教弘法：勸導詩

佛教勸導詩是指佛教詩人將佛教思想寓於通俗的詩歌中，通過書寫、吟詠等方式實現對僧俗的勸信與化導。王梵志是佛教勸導詩創作較早的佛教詩人，

〔註 137〕（元）梵琦著，于德隆點校：《楚石梵琦全集》，北京：九州出版社，2017 年，第 455 頁。

〔註 138〕陳鼓應著：《老子譯注及評介》，北京：中華書局，1984 年，第 85 頁。

〔註 139〕轉自《肇論》《大正新修大藏經》（第 45 冊），第 152 頁。

〔註 140〕轉自《肇論》《大正新修大藏經》（第 45 冊），第 152 頁。

〔註 141〕（元）梵琦著，于德隆點校：《楚石梵琦全集》，北京：九州出版社，2017 年，第 437 頁。

《王梵志詩集序》中寫道：「但以佛教道法，無我苦空。知先薄之福緣，悉後微之因果。撰修勸善，誡勖非違。……不守經典，皆陳俗語。非但志士回意，實亦愚夫改容。遠近傳聞，勸懲令善。貪婪之吏，稍息侵漁；尸祿之官，自當廉謹。各雖愚昧，情極愴然。」〔註 142〕寒山是佛教勸導詩創作數量較多，並且影響較大的一位佛教詩人，如其《凡讀我詩者》詩中所寫：「凡讀我詩者，心中須護淨。慳貪繼日廉，諂曲登時正。驅遣除惡業，皈依受真性。今日得佛身，急急如律令。」〔註 143〕楚石梵琦繼承寒山自利利他的佛教詩歌傳統，亦創作出大量的勸導詩。

楚石梵琦的勸導詩通過對民眾宣揚佛教觀照中生命的短暫與無常，批評世人貪求酒色權勢。為達到勸信的目的，詩人運用了正面鼓勵與反面威懾的寫作策略。針對僧眾戒律鬆弛的現象，詩人勇敢地批判佛教的不正之風。在淑世善生、警示僧眾的同時，楚石梵琦亦在詩中表達自己恢復古佛家風、紹隆佛教的思想。

在佛教思想的觀照下，生命的短暫與無常成為詩歌的重要主題。楚石梵琦為使民眾信奉或皈依佛教，在勸導詩中宣揚苦諦，尤其是八苦中的死苦。如其以下詩句所言，「人命呼吸間，榮華定難保（《人命呼吸間》）」〔註 144〕「苦樂隨時改，形骸與化遷（《苦樂隨時改》）」〔註 145〕「一夜白髮盡，粗豪空自矜（《當年可作了》）」〔註 146〕「誰是金石姿，常存不亡者（《自從開闢來》）」〔註 147〕「不見高堂會，空悲畫像懸（《故人猶記面》）」〔註 148〕……在這些詩句中人的生命是須臾幻滅的。

以女性容顏易老宣揚佛教的人生短暫與無常思想是楚石梵琦對寒山勸導

〔註 142〕（唐）王梵志著，項楚校注：《王梵志詩校注》（增訂本），上海：上海古籍出版社，2010 年，第 1 頁。

〔註 143〕（唐）寒山著，項楚注：《寒山詩注》，北京：中華書局，2000 年，第 15 頁。

〔註 144〕（元）梵琦著，于德隆點校：《楚石梵琦全集》，北京：九州出版社，2017 年，第 440 頁。

〔註 145〕（元）梵琦著，于德隆點校：《楚石梵琦全集》，北京：九州出版社，2017 年，第 460 頁。

〔註 146〕（元）梵琦著，于德隆點校：《楚石梵琦全集》，北京：九州出版社，2017 年，第 462 頁。

〔註 147〕（元）梵琦著，于德隆點校：《楚石梵琦全集》，北京：九州出版社，2017 年，第 474 頁。

〔註 148〕（元）梵琦著，于德隆點校：《楚石梵琦全集》，北京：九州出版社，2017 年，第 479 頁。

詩寫作傳統繼承的重要方面，對比二人之詩，一目了然：

花上黃鶯子，關關聲可憐。美人顏似玉，對此弄鳴弦。玩之不能足，眷戀在齠年。花飛鳥易散，灑淚秋風前。（寒山《花上黃鶯子》）〔註 149〕

春風入花柳，紅綠正堪憐。有女嬌顏色，無心理管絃。空房掩病枕，逝水惜凋年。化作孤飛雁，還來舊閣前。（楚石梵琦《春風入花柳》）〔註 150〕

城中娥眉女，珠佩何珊珊。鸚鵡花前弄，琵琶月下彈。長歌三日響，短舞萬人看。未必長如此，芙蓉不耐寒。（寒山《城中娥眉女》）〔註 151〕

東鄰嬌小女，芳意未闌珊。眉似初三月，琴能再四彈。頻來花下坐，自向鏡中看。不料傷春死，瓊樓夜夜寒。（楚石梵琦《東鄰嬌小女》）〔註 152〕

洛陽多女兒，春日逞華麗。共折路邊花，各持插高髻。髻高花匼匝，人見皆睥睨。別求醃醃憐，將歸見夫婿。（寒山《洛陽多女兒》）〔註 153〕

荒郊枯骷髏，舊日如花麗。對鏡寫蛾眉，教人梳鳳髻。嬌歌及豔舞，側立兼傍睨。一去不復還，冥冥泣其婿。（楚石梵琦《荒郊枯骷髏》）〔註 154〕

尤其是楚石梵琦對寒山《洛陽多女兒》詩的庚和否定了寒山對充滿青春朝氣的女性婚姻生活的肯定，他直接將骷髏與美女並列比較，警示世人：生命中的一切都是虛無的。只有讓世人認識到「前時美少年，豔豔如花質。不覺老來摧，

〔註 149〕（唐）寒山著，項楚注：《寒山詩注》，北京：中華書局，2000 年，第 765 頁。

〔註 150〕（元）梵琦著，于德隆點校：《楚石梵琦全集》，北京：九州出版社，2017 年，第 450 頁。

〔註 151〕（唐）寒山著，項楚注：《寒山詩注》，北京：中華書局，2000 年，第 47 頁。

〔註 152〕（元）梵琦著，于德隆點校：《楚石梵琦全集》，北京：九州出版社，2017 年，第 452 頁。

〔註 153〕（唐）寒山著，項楚注：《寒山詩注》，北京：中華書局，2000 年，第 163 頁。

〔註 154〕（元）梵琦著，于德隆點校：《楚石梵琦全集》，北京：九州出版社，2017 年，第 509 頁。

風霜面如漆（《前時美少年》）」〔註 155〕的人生無常，才能警醒眾生。

楚石梵琦在其勸導詩中也以富貴之家與聖賢之士皆難逃死亡來宣揚人生無常〔註 156〕的思想，從而達到使人們厭世，最終出世皈依佛門之目的。如其《富謂無貧日》詩寫道：「富謂無貧日，貧思有富年。由來人作鬼，枉用紙為錢。白骨深泥下，青苔古墓前。虛空猶可料，生死莫知邊。」〔註 157〕無論是富者追求財富長久，還是貧窮者追求擁有財富，又或是為死人送去的冥財，都不能改變人之生死無常。封侯成聖亦難免死亡，「磊落夔龍士，聰明堯舜君。黃扉論大道，紫塞樹奇勳。食肉封侯骨，經天緯地文。北邙山下路，到此漫云云（《磊落夔龍士》）」〔註 158〕。在梵琦看來塵世中的人，無論是磊落如舜的賢臣夔、龍，還是聖賢如堯、舜，或是府邸中已據要路津的宰相，或是邊塞建功立業的將軍，或是封有萬戶的王侯，或是經天緯地之俊傑，皆不能改變生命的短暫與無常，最終都要葬身北邙山，即「無壽者相」（《金剛經》）。故而，楚石梵琦認為不論像具有蘭之德性的屈原，或如令人厭惡似蕭艾的靳尚均難逃秋之肅殺，不二之法門是皈依佛教，即「風輪轉烏兔，不得須臾停。昨暮沉厚地，今晨出高冥。雪霜有肅殺，蘭艾俱飄零。人命若朝露，勸君尋佛經（《風輪轉烏兔》）」〔註 159〕。

對於世人貪求財色權勢之批判，是楚石梵琦勸導詩的重要內容。由於佛教的本體論是苦聖諦，因此在佛徒看來由凡人的色蘊、受蘊、想蘊、行蘊、識蘊構成的世俗世界的一切精神與物質都是幻如「化城」。因此，楚石梵琦在其勸導詩中以佛教一切空無的思想觀念批判世人為欲望驅使貪求財、權、酒、色，如其以下詩歌所言：

〔註 155〕（元）梵琦著，于德隆點校：《楚石梵琦全集》，北京：九州出版社，2017 年，第 601 頁。

〔註 156〕「無常——一切事物的現象，既都是暫時的各種因素的聚和散的活動，只要因素和形狀有變動，事物的聚和散的活動也就跟著變動，佛教把這種聚散活動的相狀，分為『生、住、異、滅』四種形態。這四種形態，從來不停留，所以是無常而不永恆的」。聖嚴法師著：《佛學入門》，西安：陝西師範大學出版社，2008 年，第 80 頁。

〔註 157〕（元）梵琦著，于德隆點校：《楚石梵琦全集》，北京：九州出版社，2017 年，第 476 頁。

〔註 158〕（元）梵琦著，于德隆點校：《楚石梵琦全集》，北京：九州出版社，2017 年，第 470 頁。

〔註 159〕（元）梵琦著，于德隆點校：《楚石梵琦全集》，北京：九州出版社，2017 年，第 479 頁。

何須求富貴，富貴盡成空。（《欲與雲為伴》）〔註 160〕

欲求身後名，個是閒言語。（《歲歲送春歸》）〔註 161〕

燃臍郿塢日，何止一酸辛。（《個個貪生富》）〔註 162〕

人間好男子，總與婦為奴。色膽充三界，貪心漫八區。（《人間好男子》）〔註 163〕

人心常不足，此事古相承。欲富身千歲，官貪日九升。黃泉葬白骨，粉字寫紅綾。酒肉陳高座，徒悲一聚蠅。（《人心常不足》）〔註 164〕

在這裡不是「勢位富厚，蓋可忽哉？（《戰國策·蘇秦以連橫說秦》）」的功利追求，而是富貴、功名、女色等等一切皆空。尤其第三例詩，楚石梵琦以董卓欲壑難填致使其不得善終的史實警醒凡夫的貪婪。據《後漢書·董卓列傳》記載，董卓在洛陽與長安荒淫無道，「又築塢於郿，高厚七丈，號『萬歲塢』。積穀為三十年儲。自云：『事成雄踞天下；不成守此足以畢老。』……乃屍卓於市。天時始熱，卓素充肥，脂流於地。守屍吏燃火置卓臍中，光明達曙，如是積日。諸袁門生又聚董卓之屍，焚灰揚之於路。塢中珍藏有金二三萬斤，銀八九萬斤，錦綺繢縠紈素奇玩，積如丘山」。〔註 165〕楚石梵琦將董卓荒淫縱慾、貪求富貴，最終不得善終的下場用作勸導詩的典故，能夠加強詩歌的警世意義。除以空無思想否定民眾的貪求外，楚石梵琦認為人們正確的財富觀應該是多多施捨，厚植福報，即「財物聚必散，智人乃行檀。如將泥彈丸，換彼黃金丸（《財物聚必散》）」〔註 166〕。從而引導眾生放下對財富功名等追求，做一個逍遙自在的「天真佛」，如其《教君放下著》云：「教君放下著，不肯暫回頭。

〔註 160〕（元）梵琦著，于德隆點校：《楚石梵琦全集》，北京：九州出版社，2017 年，第 469 頁。

〔註 161〕（元）梵琦著，于德隆點校：《楚石梵琦全集》，北京：九州出版社，2017 年，第 500 頁。

〔註 162〕（元）梵琦著，于德隆點校：《楚石梵琦全集》，北京：九州出版社，2017 年，第 505 頁。

〔註 163〕（元）梵琦著，于德隆點校：《楚石梵琦全集》，北京：九州出版社，2017 年，第 532 頁。

〔註 164〕（元）梵琦著，于德隆點校：《楚石梵琦全集》，北京：九州出版社，2017 年，第 537～538 頁。

〔註 165〕（南朝宋）范曄撰：《後漢書》，北京：中華書局，2007 年，第 681～682 頁。

〔註 166〕（元）梵琦著，于德隆點校：《楚石梵琦全集》，北京：九州出版社，2017 年，第 492 頁。

只道身常在，哪知死可憂。自今須猛省，從此莫貪求。好個天真佛，逍遙有甚愁。」〔註 167〕楚石梵琦雖否定人們貪求財富並勸告人們施設財物，但也肯定人們為生存通過正當途徑獲取財富，「為人不愛錢，生計何由厚。若學貪污輩，黃金堆到斗。身雖著衣服，行不如豬狗。一似瞎獼猴，隨他驢隊走（《為人不愛錢》）」〔註 168〕，此詩的價值觀置於今日的社會中也是適用的。

通過使用三世因果與地獄等佛教觀念從反面威懾世人，進行佛教宣傳是楚石梵琦勸導詩寫作的重要策略。在此，需要簡單地理解佛教中三世因果的觀念。教內人士聖嚴法師在講演中談到：「因果觀念從現實的事象上看，可以成為普遍的真理，比如說，如是因結如是果，又說善有善報，惡有惡報。……佛教把善惡行為的因果論，從現在的一生，穿過生前與死後的來源與去處，並且將之延伸到過去的無量生死及未來的無量生死，現在的這一生，不過是過去無量時間過程與未來無量時間過程中的一個連接點。通過了過去及未來的生和死的解釋，始能明白，我們現前一生的時間，實在太短促了。若要以現前一生的現象，說明因果道理，便像我們在一部巨著之中，摘出一句話來，加以主觀的解釋，那是斷章取義，無法正確地介紹那部著作之全貌一樣。以三世來說明因果，因果的道理始能完備。佛教講『業感緣起』，『業』是身心的行為所留下的慣性作用或餘勢，這種慣性，可以一直延續下去，直到無從著力之處為止。人的善惡行為，既是過去的業因所感受的業報，也是未來的業果之所以產生的原因。通過過去的生生世世及未來的生生世世，來看現在這一生死間的一切遭遇，便不會覺得尚有任何不合理或不能取得報償的事了。不過，若不能通過對於佛教教義的絕對信從，或不能通過宗教經驗的親歷，便不易理解，也不能接受這三世因果說的觀念。但是，佛教之成為合理化的，佛教之能以因果說而攝化眾生，形成龐大的宗教團體，即在於三世因果說的建立。」〔註 169〕楚石梵琦在勸導詩中宣揚佛教三世因果說不遺餘力，並且以此觀念化導眾生「諸惡莫做，眾善奉行」。如其以下詩歌：

《羊祜五歲時》：羊祜五歲時，探環桑樹孔。前生明皎潔，後世直

〔註 167〕（元）梵琦著，于德隆點校：《楚石梵琦全集》，北京：九州出版社，2017 年，第 539 頁。

〔註 168〕（元）梵琦著，于德隆點校：《楚石梵琦全集》，北京：九州出版社，2017 年，第 556 頁。

〔註 169〕聖嚴法師著：《佛學入門》，西安：陝西師範大學出版社，2008 年，第 83～84 頁。

儱侗。儒者或有疑，聞之心亦動。世尊說因果，實為開懵懂。〔註 170〕

《來往無量劫》：來往無量劫，受身安得同。昨朝如稚子，今旦作衰翁。不出因果內，常淪生死中。未能超彼岸，爭奈腳瀧涷。〔註 171〕

《眾生不了悟》：眾生不了悟，曠劫徇根塵。自性常空寂，由來絕糾紛。人生貪食獸，獸死卻為人。人獸更相食，防他業境昏。〔註 172〕

《他心諸佛心》：他心諸佛心，我肉眾生肉。都來無兩樣，豈可欺四足。他是畜頭人，我是人頭畜。雖曰異皮毛，何曾殊愛欲。請君斷羊膳，從此開魚獄。今世施歡喜，來生免嗥哭。臘月三十日，革囊將火浴。首參無量壽，身著自然服。〔註 173〕

《貪為地獄因》：貪為地獄因，瞋入修羅趣。只管向前行，也須回首顧。如來出世間，本救眾生苦。〔註 174〕

上舉楚石梵琦的第一首詩是利用教內人士的羊祜探環的歷史故事來宣揚佛教三世因果說的，據《晉書》記載：「羊祜字叔子，泰山南城人也。世吏兩千石，至祜九世，並以清德聞。……祜，蔡邕外孫，景獻皇后同產弟。……祜年五歲，時令乳母取所弄金環。乳母曰：『汝先無此物。』祜即詣鄰人李氏東垣桑樹中探得之。主人驚曰：『此吾亡兒所失物也，云何持去！』時人異之，謂李氏之子，則祜之前身也。」〔註 175〕楚石梵琦用佛教三世因果說解讀羊祜的歷史故事增加了宣教佈道的可信度，更易攝化眾生。在楚石梵琦看來，世人昧於因果、殺生害命，所以最終沉淪苦海或墮入地獄。

楚石梵琦在勸導詩中利用佛教的地獄觀念懾屈眾生，勸導世人一心向善，進而皈依三寶。「佛教所說的地獄，大大小小的有無量數目，但是由獄中所受苦報的不同而分，主要則分為根本地獄、近邊地獄、孤獨地獄等三大類，佛經

〔註 170〕（元）梵琦著，于德隆點校：《楚石梵琦全集》，北京：九州出版社，2017 年，第 495 頁。

〔註 171〕（元）梵琦著，于德隆點校：《楚石梵琦全集》，北京：九州出版社，2017 年，第 521 頁。

〔註 172〕（元）梵琦著，于德隆點校：《楚石梵琦全集》，北京：九州出版社，2017 年，第 542～543 頁。

〔註 173〕（元）梵琦著，于德隆點校：《楚石梵琦全集》，北京：九州出版社，2017 年，第 599 頁。

〔註 174〕（元）梵琦著，于德隆點校：《楚石梵琦全集》，北京：九州出版社，2017 年，第 619 頁。

〔註 175〕（唐）房玄齡等撰：《晉書》，北京：中華書局，1999 年，第 661～669 頁。

中通常所稱的地獄是指根本地獄。根本地獄的主要區分，則有上下縱貫的八大炎熱地獄，以及四方連橫的八大寒冰地獄。依照各人所犯罪業的差別等次，便到應到的地獄中取受報」，〔註 176〕楚石梵琦以地獄觀念勸導眾生的詩如：

下方陰有雪，絕定晝無雲。（《堆錢向百屋》）〔註 177〕

前鬼擔屍來，後鬼欲奪吃。邀人證其虛，竟賴實語力。雖遭後鬼啖，復因前鬼飾。思量我是誰，從此輪迴息。《前鬼擔屍來》）〔註 178〕

未死常遭病，魂靈在泰山。（《聚財能作祟》）〔註 179〕

人間一念惡，便屬閻羅部。兩手無寸鐵，何以製鐵狗。火逼寒風吹，癲狂四邊走。號呼痛切時，個是誰音吼。（《人間一念惡》）〔註 180〕

死後墮地獄，身先投鑊湯。（《寧食自己肉》）〔註 181〕

第一、三首詩便是以地獄恐嚇眾生及早醒悟，說明積蓄錢財不如皈依佛教。二者的區別在於第一首詩中的地獄是寒冰地獄，而第三首詩是「泰山地獄」觀念。寒冰地獄應指八寒地獄，「復有八寒那落迦，何等為八？一皰那落迦、二皰裂那落迦、三喝哳詀那落迦詀、四赫赫凡那落迦、五虎虎凡那落迦、六青蓮那落迦、七紅蓮那落迦、八大紅蓮那落迦（《瑜伽師地論・卷四》，按：那落迦為地獄音譯）」。〔註 182〕「構成特別的『泰山地獄』的說法，這在支謙所譯《佛說八吉祥神咒經》、康僧會譯的《六度集經》、竺佛念所譯的《出曜經》中都可以見到」〔註 183〕；第二首詩旨在化導世人破除「我執」，超脫輪迴，不受地獄之

〔註 176〕聖嚴法師著：《正信的佛教》，西安：陝西師範大學出版社，2008 年，第 29 頁。

〔註 177〕（元）梵琦著，于德隆點校：《楚石梵琦全集》，北京：九州出版社，2017 年，第 475 頁。

〔註 178〕（元）梵琦著，于德隆點校：《楚石梵琦全集》，北京：九州出版社，2017 年，第 480 頁。

〔註 179〕（元）梵琦著，于德隆點校：《楚石梵琦全集》，北京：九州出版社，2017 年，第 546 頁。

〔註 180〕（元）梵琦著，于德隆點校：《楚石梵琦全集》，北京：九州出版社，2017 年，第 552 頁。

〔註 181〕（元）梵琦著，于德隆點校：《楚石梵琦全集》，北京：九州出版社，2017 年，第 554 頁。

〔註 182〕轉自鄭阿財著：《敦煌佛教文學》，蘭州：甘肅教育出版社，2010 年，第 185 頁。

〔註 183〕陳引馳著：《中古文學與佛教》，北京：商務印書館，2017 年，第 396～397 頁。

苦。第四、五首詩以地獄中鐵狗、大火、寒風、鑊湯等恐怖的事物勸導眾生棄惡向善，從而避免墮入惡趣遭受地獄中種種酷刑。

楚石梵琦勸導詩的寫作策略還包括從正面宣揚佛教，包含兩個維度，一是宣揚佛教中三寶的功用；一是宣傳人人皆有佛性。楚石梵琦在詩中宣說佛、法、僧三寶具有消除種種煩惱與惡業的功用，認為皈依佛教可以讓被無明蒙蔽的眾生擺脫輪迴之苦。如「佛是大醫王，法為圓滿鏡。一照爍群昏，一丸消萬病（《挽弓挽其弦》）」〔註 184〕「歸依佛法僧，始信吾家好（《下士聞我說》）」〔註 185〕「聲色縱橫魔境擾，一揮智劍斬群邪（《茫茫苦海實堪嗟》）」〔註 186〕「永滅輪迴苦，休纏愛欲情（《觸耳語清泠》）」〔註 187〕。同時，楚石梵琦為了讓世人相信佛教，將佛陀的慈悲與母愛等同，「佛心憐眾生，如母病憶子。欲與子相見，方令母無事。別離動萬里，呼召非一次。可惜好田園，死屬司農寺（《佛心憐眾生》）」〔註 188〕。楚石梵琦在詩中將執迷不悟、一味攫取財富之凡夫比作去家萬里的游子，將佛陀比作家中時時刻刻盼望游子歸家的慈母，這樣的宣教手段更易打動人心，更容易勸導眾生。楚石梵琦在宣揚佛教功用時也會將佛法與道術比較，從而使道教的成仙長生之術相形見絀，如其《白首學神仙》：「白首學神仙，黃冠稱道士。甚欲登蓬萊，奈何阻若水。肉身無兩翅，難與鴻鵠比。年老丹不成，書多術猶秘。玉棺竟未下，金節徒思去。大患緣有身，長生諒非理。縱饒八萬劫，寧免歸死地。在漢淮南王，求仙為廁鬼。爭如學空寂，舉世絕倫比。詎見人民非，休論城郭是。太虛常湛然，名相誰能擬。」〔註 189〕

「所謂佛性即『佛種性』，指眾生成佛的可能性、因性、種子」。〔註 190〕

〔註 184〕（元）梵琦著，于德隆點校：《楚石梵琦全集》，北京：九州出版社，2017 年，第 534 頁。

〔註 185〕（元）梵琦著，于德隆點校：《楚石梵琦全集》，北京：九州出版社，2017 年，第 547 頁。

〔註 186〕（元）梵琦著，于德隆點校：《楚石梵琦全集》，北京：九州出版社，2017 年，第 588 頁。

〔註 187〕（元）梵琦著，于德隆點校：《楚石梵琦全集》，北京：九州出版社，2017 年，第 598 頁。

〔註 188〕（元）梵琦著，于德隆點校：《楚石梵琦全集》，北京：九州出版社，2017 年，第 602 頁。

〔註 189〕（元）梵琦著，于德隆點校：《楚石梵琦全集》，北京：九州出版社，2017 年，第 578 頁。

〔註 190〕方立天著：《中國佛教哲學要義》（上冊），北京：中國人民大學出版社，2012 年，第 326 頁。

弘忍和尚勘驗惠能時曾經有以下一段討論佛性問題的對話，「大師（弘忍）遂責惠能曰：『汝是嶺南人，又是獦獠，若為堪作佛！』惠能答曰：『人即有南北，佛性即無南北；獦獠身與和尚不同，佛性有何差別！』」〔註 191〕楚石梵琦繼承南宗禪人人皆有佛性的宗教思想，在其勸導詩中鼓勵世人增強對佛教的信心。如其以下詩歌「人身苟不妄，本具大神力」（《寒暑去復來》）〔註 192〕；「汝即是如來，如來即是汝」（《正念快貓兒》）〔註 193〕；「善才但合掌，妙德遙伸手」（《張公問李老》）〔註 194〕；「眼橫鼻直者，各自有心珠」（《最切不在身》）〔註 195〕……

在宣講眾生皆有佛性的同時，楚石梵琦還向世人強調佛教修行實踐的重要性。如其《問石石不答》云：「問石石不答，問山山不知。幾乾滄海水，誰食仙人芝。佛性不曾變，人心猶自癡。祇陀樹下蟻，又見絣繩時。」〔註 196〕此詩意為世上無人知道傳說中見證滄海桑田變化的神仙王遠與麻姑如今身在何方（葛洪《神仙傳・麻姑》），眾生若不能明心見性、精勤修持則必將與「七世佛仍蟻身」的螞蟻一樣。詩的最後一聯使用了《賢愚經・須達起精舍品第十一》中的典故，此經記載：「須達手自捉繩一頭，時舍利弗自捉繩一頭，共經精舍。……時舍利弗慘然憂色，即問尊者何故憂色。答言：『汝今見此地中蟻子不耶？』對曰：『已見。』時舍利弗語須達言：『汝於過去毗婆尸佛，亦於此地為彼世尊起立精舍，而此蟻子在此中生。尸棄佛時，汝為彼佛亦於是造立精舍，而此蟻子亦在中生。毗舍浮佛時，汝為世尊於此地中起立精舍，而此蟻子亦在中生。拘留秦佛時，亦為世尊在此地中起立精舍，而是蟻子亦於此中生。拘那含牟尼佛時，汝為世尊於此地中起立精舍，而此蟻子亦在中生。迦葉佛時，汝亦為佛於此地中起立精舍，而此蟻子亦在中生。乃至今日九十一劫受一種

〔註 191〕（唐）慧能著，郭朋校釋：《壇經校釋》，北京：中華書局，1983 年，第 8 頁。
〔註 192〕（元）梵琦著，于德隆點校：《楚石梵琦全集》，北京：九州出版社，2017 年，第 484 頁。
〔註 193〕（元）梵琦著，于德隆點校：《楚石梵琦全集》，北京：九州出版社，2017 年，第 546 頁。
〔註 194〕（元）梵琦著，于德隆點校：《楚石梵琦全集》，北京：九州出版社，2017 年，第 560 頁。
〔註 195〕（元）梵琦著，于德隆點校：《楚石梵琦全集》，北京：九州出版社，2017 年，第 564 頁。
〔註 196〕（元）梵琦著，于德隆點校：《楚石梵琦全集》，北京：九州出版社，2017 年，第 609 頁。

身，不得解脫。』」〔註 197〕由此可見楚石梵琦在勸導詩中宣揚眾生皆有佛性，增強眾生對佛教信心的同時，極為強調佛教踐履的重要性。

「人能弘道，非道弘人」，僧人是支撐佛教發展的重要組成，甚至是核心。因此，以僧人為勸導對象的勸導詩的重要性與世俗文學中的戒子詩差可相匹。元代以佛教為國教，僧人的地位較高，數量眾多，據《元史・本紀第十六》記載世祖至元二十八年，「宣政院上，天下寺宇四萬二千三百一十八區，僧、尼二十一萬三千一百四十八人」；〔註 198〕當時藏傳佛教得到極大的傳播，甚至有一部分藏傳佛教僧侶以房中術指導帝王修行。在僧侶數量如此龐大的情況下，僧人自然良莠不齊，宗風敗壞的現象屢見不鮮。楚石梵琦對佛教中僧人食肉、飲酒、置私產、娶妻、放高利貸等一系列現實問題進行尖銳地批判；對於佛教修行，他亦提出自己的修持方法；作為佛門龍象，他不僅自己精勤修行，也倡導僧眾振興佛教並且弘揚大乘佛教的淑世善生精神普渡眾生。

佛陀有言：「出家沙門者，斷欲去愛，識自心源，達佛深理，悟無為法。內無所得，外無所求」〔註 199〕，可見佛陀是要求僧眾無欲無求的進行修持。佛教戒律之效用在於約束僧眾進行清淨修行，由於佛陀成道初期佛弟子皆真心出家並且根器深厚，因此，「直到佛陀成道以後的第五年，才有比丘由於俗家母親的逼迫，與其原來的太太犯了淫戒。佛教的戒律，也就從此陸續制定起來。這是為了維護僧團的清淨莊嚴，也是為了保護比丘們的戒體不失」。〔註 200〕聖嚴在《戒律學綱要》中介紹出家戒主要有：沙彌及沙彌尼戒、式叉摩尼戒、比丘尼戒、比丘戒、菩薩戒五種，〔註 201〕其中佛教的五戒（不殺生、不偷盜、不邪淫、不妄語、不飲酒）是一切佛戒之根本，故又名根本戒。

在元代佛教戒律鬆弛，部分劣僧可謂身披獅子皮，心行野干行。楚石梵琦面對佛門宗風頹靡的慘狀，在勸導詩中勇敢地針砭時弊。如其以下詩歌：

> 《學道猶貪富》：學道猶貪富，為僧好買田。利名忙似箭，生死急如弦。作福居人後，隨邪在眾先。鑽頭入古井，仰面望青天。〔註 202〕

〔註 197〕《賢愚經》，《新修大正大藏經》（第 4 冊），第 420～421 頁。
〔註 198〕（明）宋濂等撰：《元史》（第 2 冊），北京：中華書局，1976 年，第 354 頁。
〔註 199〕尚榮譯注：《四十二章經》，北京：中華書局，2010 年，第 12 頁。
〔註 200〕聖嚴著：《戒律學綱要》，北京：東方出版社，2019 年，第 21 頁。
〔註 201〕聖嚴著：《戒律學綱要》，北京：東方出版社，2019 年，第 12 頁。
〔註 202〕（元）梵琦著，于德隆點校：《楚石梵琦全集》，北京：九州出版社，2017 年，第 486 頁。

《一等雞道人》：一等雞道人，形模恰似善。將心逐境流，作事隨情轉。每日縱無明，貪杯打大鬮。如何喚作僧，正是癡狂漢。〔註 203〕

《往古出家者》：往古出家者，出離三界家。近來出家者，返入他人家。繼（既？）拜別父母，重重貪愛加。放錢作衣資，置產收租課。結伴噇魚肉，同聲相唱和。厚茵高廣床，未夜先眠臥。肚裏濁如泥，外頭將水灑。童奴稍失意，未免惡瞋罵。乃是羅剎黨，假號僧伽耶。〔註 204〕

《昨見一群僧》：昨見一群僧，袈裟福田相。清晨入市鄽，彷彿如來樣。開口論貨財，妒人生怨悵。師資甚失禮，犬馬猶能養。既已傲同學，彌令心怏怏。行時又慢老，坐處各爭長。飲酒無威儀，純成俗人樣。醉來即鼾睡，睡起嫌未暢。依前詣酒家，更脫衣衫當。問法法不知，問書書在向。遊談誑檀越，假善求供養。又有一類僧，置產為高尚。枷鎖不離門，長官時問狀。卻嫌坐禪侶，專作死模樣。汲黯譬積薪，後來者居上。安危自業招，禍福非天降。臨死壞爛時，不如豬狗相。〔註 205〕

《古來持戒僧》：古來持戒僧，不畜犬與貓。常為殺蠶命，紙衣無絮包。三條束腰蔑，一把蓋頭茅。今則異於是，紛然名利交。〔註 206〕

楚石梵琦在詩中指出元代部分僧人貪富買田、飲酒食肉、放高利貸、收取租課、坐高廣床、瞋恚傲慢等斑斑劣跡，此等行徑已然違犯了不殺生、不妄語、不飲酒三條根本戒律。叢林中如此惡劣的風氣與佛陀訓導僧眾「剃除鬚髮，而為沙門。受道法者，去世資財，乞求取足。日中一食，樹下一宿，慎勿再矣」〔註 207〕相去甚遠，所以楚石梵琦勸導詩中對元代佛教史實的書寫是何等的痛心疾首，這也體現出其「憂道不憂貧」的高尚僧格。但最後一首詩中提

〔註 203〕（元）梵琦著，于德隆點校：《楚石梵琦全集》，北京：九州出版社，2017 年，第 533 頁。
〔註 204〕（元）梵琦著，于德隆點校：《楚石梵琦全集》，北京：九州出版社，2017 年，第 569 頁。
〔註 205〕（元）梵琦著，于德隆點校：《楚石梵琦全集》，北京：九州出版社，2017 年，第 580～581 頁。
〔註 206〕（元）梵琦著，于德隆點校：《楚石梵琦全集》，北京：九州出版社，2017 年，第 606 頁。
〔註 207〕尚榮譯注：《四十二章經》，北京：中華書局，2010 年，第 15 頁。

到持戒僧人是不能畜養犬貓的，這符合《四分律》卷五十三與《梵網經》卷二的要求，但與中國佛教的史實並不完全吻合。實際上佛教畜犬與其教義的慈悲利生精神一致，所以從南北朝至今佛教畜犬現象一直存在。〔註208〕（佛教畜貓的史實，筆者尚不清楚。《五燈會元》中記載「師因東西兩堂爭貓兒，師遇之，白眾曰：『道得即救取貓兒，道不得即斬卻也。』眾無對，師便斬之。」〔註209〕從禪師爭貓推測，當時應該存在畜貓的現象；此外，《雲外雲岫禪師語錄》中有《悼貓兒》詩云「亡卻花奴似子同，三年伴我寂寥中。有棺葬在青山腳，猶欠鐫碑樹汝功」〔註210〕，從詩中亦可知禪僧蓄養貓的事實）

如果說楚石梵琦勸導詩中反映的上述問題有蹈襲三聖詩的嫌疑，那麼反映僧人娶妻問題的詩歌則是楚石梵琦對元代佛教史實的記錄。如其以下兩詩：

《不作空王子》：不作空王子，甘為贋道人。辭家剔鬚髮，娶婦著冠巾。賈本牛羊質，湯休蟣虱臣。明珠不自惜，一旦棄灰塵。〔註211〕

《苦哉摩訶羅》：苦哉摩訶羅，破戒私置婦。官納田地租，家充弓弩手。死生無人替，財物為他有。業鏡在面前，尾巴插背後。〔註212〕

元代僧人娶妻情況十分常見，如馬祖常《河西歌效長吉體》、朱德潤的《外宅婦》等詩中皆有書寫，而陳高華先生在其《元代佛教史論》之《僧道多妻妾——元代宗教史的一個側面》中更是談到「僧、道妻妾是元代女性中一個特殊的群體，在其他朝代也存在，但如此普遍似不多見」。〔註213〕楚石梵琦在批評僧人娶妻的同時，也提出對治的方法。楚石梵琦提出僧人對治淫慾的兩種方法分別是舉反面例證與修習不淨觀，如其以下詩歌：

《吾聞鹿角仙》：吾聞鹿角仙，草舍藤蘿繞。清淨無欲身，莊嚴不貪寶。後因淫女過，貪彼顏色好。竟作蝻蝂蟲，俱成鴛鴦鳥。自茲失神力，由是落魔道。爾輩居華堂，身心豈可保。婦人如雨雹，

〔註208〕李利安，黃凱：《中古佛教畜犬現象之探析》，《西南民族大學學報》，第7期，第66～69頁。

〔註209〕（宋）普濟著，蘇淵雷點校：《五燈會元》，北京：中華書局，1984年，第139頁。

〔註210〕《卍續藏經》（第124冊），第1006頁。

〔註211〕（元）梵琦著，于德隆點校：《楚石梵琦全集》，北京：九州出版社，2017年，第513頁。

〔註212〕（元）梵琦著，于德隆點校：《楚石梵琦全集》，北京：九州出版社，2017年，第556～557頁。

〔註213〕陳高華著：《元代佛教史論》，上海：上海古籍出版社，2021年，第366頁。

能壞垂成稻。相勸早回頭，紅顏鏡中老。〔註 214〕

《婦女如畫瓶》：婦女如畫瓶，才覩知表裏。中藏屎尿惡，外假容顏美。口吻流涎唾，髻鬟堆垢膩。面香只燕脂，衣臭同齊紫。巧把珠玉裝，濃薰麝蘭氣。徒迷俗子眼，莫惑高人意。轉盼顏色衰，須臾光景去。不肯斷淫心，猶然誇皓齒。死時若朽木，未久蟲變異。遠送向荒山，遊魂作妖魅。生前悟自性，便入如來地。〔註 215〕

筆者認為第一首詩中使用鹿角仙典故的便是《大智度論》卷一七一角仙人故事。因為一角仙人亦是麋鹿之子。此故事的源流演變可參閱王慧慧編著的《漢譯佛經中的本生故事》之《一角仙人貪欲失神通本生》的解題，其中論述到「（一角仙人故事）出《大智度論》卷一七，此故事來源於《羅摩衍那》。《佛本行集經》卷一六、《大唐西域記》卷二等有記載。……敦煌石窟僅見於 428 窟，克孜爾 17、69 窟有此故事畫。」〔註 216〕現引一角仙人故事如下：

爾時，世尊為諸比丘說本生因緣：乃往過去世時，波羅奈國山中有仙人，以仲春之月，於澡盤中小便，見麋鹿合會，淫心即動，精流盤中。麋鹿飲之，實時有娠。滿月生子，形類如人，唯頭有一角，其足似鹿。鹿當產時，至仙人庵邊而產。見子是人，以付仙人而去。仙人出時，見此鹿子，自念本緣，知是己兒，取已養育。及其年大，勤教學問，通十八種大經。又學坐禪，行四無量心，即得五神通。一時上山，值大雨泥滑，其足不便躄地，破其軍持，又傷其足，便大瞋恚，以軍持盛水，咒令不雨。仙人福德，諸龍鬼神皆為不雨。不雨故，五穀、五果盡皆不生，人民窮乏，無復生路。

〔註 214〕（元）梵琦著，于德隆點校：《楚石梵琦全集》，北京：九州出版社，2017 年，第 572 頁。

〔註 215〕（元）梵琦著，于德隆點校：《楚石梵琦全集》，北京：九州出版社，2017 年，第 577 頁。

〔註 216〕王慧慧編著：《漢譯佛經中的本生故事》，蘭州：甘肅教育出版社，2016 年，第 523～524 頁。筆者於 2023 年 5 月發現陳明先生《印度佛教神話：書寫與流傳》（北京：中國大百科全書出版社，2016 年版）一書中第八章《「習欲隨沿流」——一角仙人故事的文本、圖像與文化交流》對一角仙人故事源流有清晰的梳理，亦論述了《吾聞鹿角仙》一詩。筆者認為此詩中蝜蝂蟲意象的選擇是受柳宗元《蝜蝂傳》影響，意在諷刺「今世之嗜取者」，理由如下：1. 柳宗元自幼閱讀佛經與佛教關係密切；2. 柳宗元寓言故事與佛教關係密切，如其「黔之驢」來源於佛經故事；3. 楚石梵琦作品曾化用《捕蛇者說》（如楚石梵琦《娑婆苦·漁家傲》其十三：「苛政猛於蛇與虎」）。

波羅奈國王憂愁懊惱，命諸大臣集議雨事。……王即開募：「其有能令仙人失五通，屬我為民者，當與分國半治。」

是波羅奈國有淫女，名曰扇陀，端正無雙，來應王募，問諸人言：「此是人、非人？」眾人言：「是人耳，仙人所生。」淫女言：「若是人者，我能壞之。」作是語已，取金盤盛好寶物，語王言：「我當騎此仙人項來。」淫女實時求五百乘車，載五百美女。五百鹿車，載種種歡喜丸，皆以藥和之，以眾彩畫之，令似雜果；及持種種大力美酒，色味如水。服樹皮，衣草衣，行林樹間，以像仙人，於仙人庵邊，作草庵而住。

一角仙人遊行見之，諸女皆出迎逆，好花妙香供養仙人，仙人大歡喜。諸女皆以美言敬辭聞訊仙人，將入房中，坐好床褥，與好淨酒以為淨水，與歡喜丸以為果蔬。食飲飽已，語諸女曰：「我從生已來，初未得如此好果、好水。」諸女言：「我以一心行善故，天與我願，得此好果、好水。」仙人問諸女：「汝何以故膚色肥盛？」答言：「我曹食此好果，飲此美水，故肥盛如此。」女白仙人言：「汝何以不在此間住？」答曰：「亦可住耳。」女言：「可共澡洗。」即亦可之。女手柔軟，觸之心動，便復與諸女更互相洗，欲心轉生，遂成淫事，即失神通，天為大雨。〔註217〕

楚石梵琦在詩中使用此鹿角仙人的典故意在勸導僧人嚴守戒律，遠離女色。否則，以前修行的功德便如同即將成熟的稻穗會被女色之冰雹打壞。第二首詩則使用佛教中的「不淨觀」修持方式，觀想女身的種種不淨。觀想女身之種種不淨相，認為女子雖外表豔麗如花瓶，實則革囊盛屎，身體的涎唾垢膩令人作嘔。

與勸導眾生相同，楚石梵琦在勸導僧侶時也使用地獄酷刑進行威懾恐嚇，如其《僧寺收民田》詩寫道：「命終入地獄，鐵棒敲驢脊。灌口用洋銅，其時悔無極。」〔註218〕不同之處是，楚石梵琦在勸導僧侶時或用溫和的勸告，或用大德事蹟勉勵。楚石梵琦慈悲溫和勸告僧人遵守戒律，如「禪心須勉勵，佛

〔註217〕王慧慧編著：《漢譯佛經中的本生故事》，蘭州：甘肅教育出版社，2016年，第524～526頁。

〔註218〕（元）梵琦著，于德隆點校：《楚石梵琦全集》，北京：九州出版社，2017年，第570頁。

戒好遵行（《富自貧時積》）」〔註219〕。梵琦使用大德的事蹟勸勉僧人，如「清涼觀國師，至老只著布。其子有圭峰，遺言以屍施。當知虛妄身，不是真實義。畢竟歸空無，如何貪富貴（《清涼觀國師》）」〔註220〕，以華嚴宗四祖澄觀國師（738～839）及其高徒圭峰宗密（為華嚴五祖，屬於「澄門四哲」之一，其他三位分別為僧睿、法印、寂光）的事蹟勉勵僧人清淨刻苦的修持。

楚石大師在勸導僧眾時，也為其指示正確的修持方式。他認為佛教徒的修行主要內容為持戒、向善、勇猛精進、坐禪、證悟，如其《作善如登梯》：「作善如登梯，造惡如入井。持戒如守城，坐禪如磨鏡。千般出心地，一等明佛性。聖者常自修，凡夫好爭競。」〔註221〕楚石梵琦作為南宗禪僧人強調的坐禪修行並非枯坐蒲團，死在經教文字下，而是在日常生活中領悟活潑潑的禪機，即「有人尋佛教，凝坐誦禪經。不肯求諸己，徒勞識一丁。茫然紙上語，默若霧中星。指出西來意，春山疊疊青（《有人尋佛教》）〔註222〕。」

楚石梵琦認為禪悟是不能絲毫懈怠的反求諸己的內心證悟，而非向外馳求、虛生浪死。其勸導詩指出在進行修持時需勇猛精進，「今時學道人，未困先疲極。無量劫修行，皆出勇猛力。中心自勉強，前進勿休息。初種蟠桃枝，果熟乃可吃（《今時學道人》）」〔註223〕。更重要的是去除「法執」，空空如也。如其《古今無二道》詩云：「古今無二道，佛魔亦同居。住相遭魔罥，觀空被佛驅。水中偏得火，衣內不留珠。酪本全拋卻，誰來問熟酥。」〔註224〕其中「衣內不留珠」句是對「法華七喻」中「衣珠喻」的成功翻案。《法華經・五百弟子受記品第八》中記載：「譬如貧窮人，往至親友家，其家甚大富，具設諸肴膳，以無價寶珠，繫著內衣裏，默與而捨去，時臥不覺知。是人既已起，遊行詣他國，求衣食自濟，資生甚艱難，得少便為足，更不願好者，不覺內衣

〔註219〕（元）梵琦著，于德隆點校：《楚石梵琦全集》，北京：九州出版社，2017年，第611頁。

〔註220〕（元）梵琦著，于德隆點校：《楚石梵琦全集》，北京：九州出版社，2017年，第607頁。

〔註221〕（元）梵琦著，于德隆點校：《楚石梵琦全集》，北京：九州出版社，2017年，第493頁。

〔註222〕（元）梵琦著，于德隆點校：《楚石梵琦全集》，北京：九州出版社，2017年，第488頁。

〔註223〕（元）梵琦著，于德隆點校：《楚石梵琦全集》，北京：九州出版社，2017年，第555頁。

〔註224〕（元）梵琦著，于德隆點校：《楚石梵琦全集》，北京：九州出版社，2017年，第538～539頁。

裏，有無價寶珠。與珠之親友，後見此貧人，苦切責之已，示以所繫珠。……」〔註225〕《法華經》「衣珠喻」意在讓人明白眾生皆有本具之佛性，而楚石梵琦發揮超佛越祖的精神，認為縱使知道衣中有珠，也要斷絕一切意識思維，方能最終破除法執，得入究竟一佛乘。

楚石梵琦作為一位胸懷天下、慈憫眾生的漢傳佛教詩人，他在詩中強烈地表現出繼承古佛英風、振興佛教的自覺性與大乘佛教淑世善生的兼濟性。楚石梵琦勸導詩中表現出繼承古德風範的詩歌茲引之如下：

《佛滅幾經年》：佛滅幾經年，如今條兩千。誰明乾屎橛，總似爛泥團。說法人成市，當陽口吐煙。身登獅子座，心在野狐邊。〔註226〕

《方袍圓頂人》：佛棄金輪王，何曾戀榮貴。子孫不唧（口留），個個無英氣。〔註227〕

《弟兄同造論》：弟兄同造論，無著與天親。不料千年後，空堆一屋塵。寂寥獅子吼，辜負比丘身。末世誰弘法，靈山見佛人。〔註228〕

《甜桃不結實》：昧卻祖師心，隨他文字語。〔註229〕

《三四十年前》：三四十年前，吾家大叢席。僧如無心雲，坐若不轉石。今日多閉戶，貪夫乃懷璧。將來知興亡，現在識損益。〔註230〕

在元代佛教風氣敗壞的現實面前，楚石梵琦在詩中對比今昔佛教人物天壤之別的行為痛心萬分。他目睹開創唯識宗的無著所著的《攝大乘論》《集論》與其弟世親（即天親）所著的《俱舍論》《莊嚴論釋》《攝大乘釋》《十地論》《唯識三十論》等佛教經典蒙塵，〔註231〕心中發問末法時期又有誰能弘揚佛法呢？

〔註225〕王彬譯：《法華經》，北京：中華書局，2010年，第245頁。

〔註226〕（元）梵琦著，于德隆點校：《楚石梵琦全集》，北京：九州出版社，2017年，第519頁。

〔註227〕（元）梵琦著，于德隆點校：《楚石梵琦全集》，北京：九州出版社，2017年，第583頁。

〔註228〕（元）梵琦著，于德隆點校：《楚石梵琦全集》，北京：九州出版社，2017年，第503頁。

〔註229〕（元）梵琦著，于德隆點校：《楚石梵琦全集》，北京：九州出版社，2017年，第562頁。

〔註230〕（元）梵琦著，于德隆點校：《楚石梵琦全集》，北京：九州出版社，2017年，第534頁。

〔註231〕關於無著與世親的詳細情況可參閱釋印順著：《印度之佛教》，北京：中華書局，2011年，第167～170頁。

禪宗祖師的不立文字的佛心無人能知，其師元叟行端法筵龍象盛集的叢林氣象已蕩然無存。有鑑於此，楚石梵琦自己梵行殫苦、修建佛寺雁塔，也勸勉僧眾「只談心地法，堪繼嶺南能（《不失沙門樣》）」〔註 232〕，振興佛教。

楚石禪師勸導詩中體現出慈悲濟世、教化眾生的精神，如「利益眾生事，莊嚴百福身。修成現在業，報得未來人。第一哀憐苦，偏多賑濟貧。非惟他受樂，亦足自怡神」（《利益眾生事》）〔註 233〕；「無始墮蒼茫，何由發智光。人間憂日短，地下恨時長。外道癡尤甚，天魔毒自傷。直須收六國，處處奉君王」（《無始墮蒼茫》）〔註 234〕；「形山中有寶，識海外無涯。此日能詳審，迷雲盡豁開。一塵收大地，六趣滅非埃。化彼同成佛，如將麥種灰」（《形山中有寶》）〔註 235〕。楚石梵琦主張僧侶利益眾生、憐苦濟貧，發揮佛教的社會救濟作用；教化為無明障礙的眾生，包括既癡又毒的外道魔鬼，像「秦王掃六合」一樣普渡天下蒼生；僧人識得自身佛性，證悟佛道還需要教化世人，方能如同以灰種麥收穫豐碩，法利世界。他思想中的兼濟性有兩個來源，一是大乘佛教菩薩道的修行精神，一是中國儒家思想的影響。

大乘與小乘相比，重要的不同點就在於大乘具有自利利他的要求。「大乘者，立成佛之大願，行悲智兼濟之行，以成佛為終極者也」。〔註 236〕大乘的菩薩道便有為眾生拔苦救濟的規定，「菩薩道雖深廣無倫，《般若經》以三句釋之，罄無不盡。……二、『大悲為上首』者：悲以拔苦為義。世間即苦，知之切者通之深，人莫不能離苦而莫知之也。背解脫，趣生死，吾不濟拔誰濟之？以有情之苦樂為苦樂，如母之子憂而憂，子樂而樂，故曰：『為眾生病』；『我不入地獄，誰入地獄。』悲心徹髓而莫能自己，唯悲所之。『菩薩但從大悲生』，悲心（情）動而後求佛果（意志），非為成佛而生大悲也。菩薩憫苦，與聲聞厭苦異」〔註 237〕。由此可知，楚石梵琦作為大乘佛教詩人，其詩中的兼濟思想

〔註 232〕（元）梵琦著，于德隆點校：《楚石梵琦全集》，北京：九州出版社，2017 年，第 540 頁。
〔註 233〕（元）梵琦著，于德隆點校：《楚石梵琦全集》，北京：九州出版社，2017 年，第 543 頁。
〔註 234〕（元）梵琦著，于德隆點校：《楚石梵琦全集》，北京：九州出版社，2017 年，第 590 頁。
〔註 235〕（元）梵琦著，于德隆點校：《楚石梵琦全集》，北京：九州出版社，2017 年，第 506 頁。
〔註 236〕釋印順著：《印度之佛教》，北京：中華書局，2011 年，第 127 頁。
〔註 237〕釋印順著：《印度之佛教》，北京：中華書局，2011 年，第 134 頁。

的重要來源便是大乘佛教菩薩道的修持義理。楚石梵琦詩中兼濟思想的另一重要來源是儒家思想。自幼便熟讀《論語》等儒家經典的楚石梵琦在出家後又與趙孟頫、虞集、宋濂等文人士大夫交往密切，職是之故，其詩中既有佛家眾生皆苦、拔苦得樂的慈悲精神，也有儒家兼濟天下、厚德載物的奮鬥精神。

元代僧詩中的天台三聖文化、元代釋子的擬寒山詩與元代禪師逗機施教及禪畫中的天台三聖文化三個維度構成了楚石梵琦創作《和天台三聖詩》的文化空間。楚石梵琦的師門、元代禪林的天台參方傳統以及楚石梵琦弘法所在地嘉興與天台相近的地緣關係等諸多因素讓他接受天台三聖文化之薰染。由於楚石梵琦鍾愛三聖文化，並敢於突破前人擬三聖詩的傳統，全篇庚韻，從而使其和詩達到「灌頂甘露漿，何人不蒙益」的效果。〔註 238〕楚石梵琦的《和天台三聖詩》以禪理詩、山居詩、勸導詩為主要內容。與元代僧人擬詠三聖詩不同，他的和詩既有佛學義理的闡釋，也有山居樂道的書寫，還有勸導僧俗的教誨，更有慈悲為懷的淑世善生精神。

正如楚石大師所言，「依他聲律轉，自我胸襟出」(《我和寒山詩》)〔註 239〕，在其《和天台三聖詩》偶而可以窺見這位佛教詩人的情感流露。如其《不覺成遺老》寫道：「不覺成遺老，猶能話舊遊。千人同一帳，萬里只孤舟。北過黃龍塞，南登白鷺洲。頻遭風雪苦，耳畔尚颼颼。」〔註 240〕此詩透露出作為方外之人的楚石梵琦的遺民意識及對遊歷北遊大都、上都往事的追憶（按：大慧宗杲一系的僧人素有忠君愛國的觀念〔註 241〕）。楚石梵琦雖曾北遊，但目的在於振興佛教，如其翻案孟浩然《望洞庭湖贈張丞相》的《陶生自荷鋤》詩所言：「本絕功名念，臨淵不羨魚。」〔註 242〕楚石禪師的和詩亦可透露出元代東亞佛教的互動性，如其《君乘日本船》：「君乘日本船，我

〔註 238〕（元）梵琦著，于德隆點校：《楚石梵琦全集》，北京：九州出版社，2017 年，第 435 頁。

〔註 239〕（元）梵琦著，于德隆點校：《楚石梵琦全集》，北京：九州出版社，2017 年，第 545 頁。

〔註 240〕（元）梵琦著，于德隆點校：《楚石梵琦全集》，北京：九州出版社，2017 年，第 467 頁。

〔註 241〕宗杲《示成機宜（季恭）》言「菩提心則忠義心也」，具體論述可參閱方立天著：《中國佛教哲學要義》之「菩提心與忠義心」，北京：中國人民大學出版社，2012 年，第 413～415 頁。

〔註 242〕（元）梵琦著，于德隆點校：《楚石梵琦全集》，北京：九州出版社，2017 年，第 464 頁。

泛高麗舸。風順且揚帆，浪粗宜正舵。蛟龍任出沒，晝夜從掀簸。一日至寶洲，開懷促席坐。」〔註 243〕就楚石梵琦研究而言，我們還能從其和三聖詩中發現他曾經可能撰寫過《僧史》。如其《吾年六十餘》：「吾年六十餘，自少離鄉里。謝事片時閒，推心何處起。焚香讀經律，染翰修僧史。且莫徇浮名，人生行樂耳。」〔註 244〕可以推測楚石梵琦這部僧史的撰寫繼承了孔子微言大義的「春秋筆法」與蕭何制定漢律的簡明觀念，如其《凡作史書者》：「凡作史書者，篇篇論事實。摧邪立忠正，萬古一寸筆。孔子修春秋，蕭何制漢律。後賢多避禍，權勢諛滿帙。」〔註 245〕殊為可惜的是，楚石梵琦這部立言正直的《僧史》至今未見流傳。

〔註 243〕（元）梵琦著，于德隆點校：《楚石梵琦全集》，北京：九州出版社，2017 年，第 550 頁。

〔註 244〕（元）梵琦著，于德隆點校：《楚石梵琦全集》，北京：九州出版社，2017 年，第 445 頁。

〔註 245〕（元）梵琦著，于德隆點校：《楚石梵琦全集》，北京：九州出版社，2017 年，第 545 頁。